小学館文庫

# 廃妃は再び玉座に昇る

## 耀帝後宮異史

はるおかりの



小学館

# 登場人物

劉《りゅう》美凰《みおう》……名は嫋《じょう》。翡翠公主、非馬公主とも呼ばれる。祲華《しんか》という力を持ち鬼道を操る。外見年齢は十六歳、実年齢は二十六。

司馬《しば》天凱《てんがい》……復位した新帝。名は炯《けい》。天凱はあざな。美凰を皇太后として皇宮に戻した。晟烏鏡《せいうきょう》を身に宿す。

司馬《しば》雪峰《せつほう》……名は莞《かん》。雪峰はあざな。廟号は敬宗《けいそう》。美凰の夫だった先帝。

劉《りゅう》 彩麟《さいりん》……名は瓔《えい》。彩麟はあざな。太后として権力をほしいままにした毒婦。通称、凶后。美凰を溺愛。

高牙《こうが》……美凰の明器（使い魔）。妖虎。

如霞《じょか》……美凰の明器。蛇精《じゃせい》。

星羽《せいう》……美凰の明器。童子の溺鬼《できき》。

袁勇成《えんゆうせい》……宗正寺《そうせいじ》の次官である宗正少卿《そうせいしょうけい》。天凱の命令で美凰を迎えにいく。

孔綾貴《こうりょうき》……皇城司《こうじょうし》の次官である皇城副使《こうじょうふくし》。十年前の美凰を知っている。

侑蒼梧《ゆうそうご》……天凱の影武者。

過貪狼《かたんろう》……皇帝付き宦官。老後のため蓄財に励む。

湯《とう》皇后……十歳。湯太宰の孫娘。天凱に恋している。

湯永魏《とうえいぎ》……朝廷を牛耳る太宰。美凰を憎んでいる。

湯才雄《とうさいゆう》……湯皇后の従兄。朝廷に仕える巫師。

圭鹿鳴《けいろくめい》……皇太后付き宦官。政変以前も美凰に仕えていた。

葉眉珠《ようびしゅ》……皇太后付き女官。

宋祥妃《そうしょうひ》……天凱の妃嬪。物見高い性格。美凰に興味を持つ。

丘《きゅう》 文泰《ぶんたい》……安済房で働く民間の巫師。

紅の洞房《ねま》であった。

赤く塗られた柱や壁は宮灯《とうろう》の明かりにしっとりと濡《ぬ》れ、はりめぐらされた百子《ひゃくし》龍《りゅう》鳳文《ほうもん》の繡帳《とばり》は金糸銀糸のまたたきに溺れている。

燮雲宮《しょううんきゅう》は絳英閣《こうえいかく》、皇帝と皇后がはじめての夜を過ごす華燭《はな》の閨《ねや》。

芳春《ほうしゅん》の吉日、劉美凰《りゅうみおう》は皇宮《こうぐう》の正門たる大耀門《だいようもん》をとおって輿入《こしい》れした。大婚《たいこん》の式典はつつがなく終わり、初々しい皇后は臥室《しんしつ》の敷居をまたぐ。巫山神女《ふざんしんにょ》にたとえられる玉のかんばせを紅蓋頭《こうがいとう》で隠したまま、美凰は極彩色の牀榻《しんだい》に腰かけた。ときめく胸をおさえつつ、月季紅《ばらいろ》の長裙《ちょうくん》に置いた白い手で落ちつきなく指甲套《つめかざり》をいじる。

もうじき紅蓮《ぐれん》の龍袍《りゅうほう》をまとった花婿がやってくる。花婿の名は司馬雪峰《しばせっぽう》。この大耀帝国の若き天子にして、美凰が恋い焦がれてやまない、初恋のひとである。

二年前、淡粉《うすべに》の花香る桃林でのこと。

桃の枝を手折ろうと背伸びしていた美凰のうしろから、すっとのびてきた手があった。ふりかえると、潘郎《はんろう》のような見目麗しい青年が立っていた。

それが雪峰だった。当時、彼は十八、美凰は十四。仙女の簪《かんざし》にも似た一朶《いちだ》の碧桃《へきとう》が目の前にさしだされたときにはすでに、心を奪われていた。

以来、彼のために花嫁衣装を着る日を夢見てきた。かなわぬ恋と涙したこともあっ
たけれど、雪峰も美凰を想っていることがわかると、頬を潤すしずくはうれし涙に変
わった。ふたりの婚約は古礼にのっとって結ばれ、とうとう今宵は床入りだ。

皇帝の来駕を告げる宦官の声が響きわたった。つねよりせわしげな衣擦れの音が近
づいてきて、美凰のそばでとまる。

「皇后、あなたに贈りものがある」

胸が高鳴った。紅蓋頭の下で頬が上気する。

「両手を出しなさい」

美凰は言われるままに両手をさしだした。格天井をむいたたなうらにずっしりと重
さがかかる。想像していたより、ずいぶん大きい。霖雨をすすったように濡れていて、
絹糸の束のようなものがねばっこく指にからみつく。

「これは……なんですの?」

尋ねるや否や、紅蓋頭がとり去られる。宮灯で照らされる視界に西瓜ほどの黒い塊
があらわれた。なにかしらと目を凝らすと、金くさい異臭が鼻をつく。

美凰は裂帛の悲鳴をあげた。反射的にそれをほうりすてる。宝相華が咲く花氈の上
を毬のように転がったその黒い塊は、女の生首だった。

「な、なぜ、こんな、こんなものを……」

「よく見ろ。生前、あなたを公主のように可愛《かわい》がってくれたあなたの伯母上だぞ」

毒のような嘲りを唇ににじませ、雪峰は生首を指さした。

首だけになった女はかっと見ひらいた両眼で格天井を睨《にら》んでいる。瑶池金母《ようちきんぼ》に勝るとも劣らぬ美貌。血まみれのその花顔《かお》は、まぎれもなく伯母劉彩麟《さいりん》のもの。

「天下を喰《く》い荒らした毒婦劉瓔《えい》は死んだ。次はおまえの番だ、劉嫋《じょう》」

雪峰は美凰という字《あざな》ではなく、名を呼んだ。口にするのも汚らわしいというように。

「そんな……どうして、わたくしには、なんのことか……」

「まだわからぬのか。それとも、無知を装って罪を逃れるつもりか」

五爪《ごそう》の金龍が飛翔《ひしょう》する上衣《じょうい》、鱗鳳《りんぽう》戯れる蔽膝《へいしつ》、天鹿文《てんろく》の舄《せきのくつ》。文人らしい長身痩躯《ちょうしんそうく》を飾るものは、二十四旒《りゅう》の冕冠《べんかん》にいたるまで返り血を浴びたように赤い。

「日々おまえが舌鼓を打っていた鼎食《びしょく》、身にまとっていた錦の衣、値千金の嬌鶯花《きょうおうか》の紅《べに》、半年ごとに使い捨てる豪奢《ごうしゃ》な調度品、おまえの飼い猫が食べていた餌さえも、すべて毒婦劉瓔が人を虐げ、人から奪い、人を殺して得たもの。おまえは無辜《むこ》なる蒼生《たみ》の膏血《こうけつ》を貪って生きてきた。たとえ自覚がなくても、それは裁かれるべき大罪だ」

刃物のようなまなざしが美凰をずたずたに引き裂く。

「劉嫋、おまえを廃位《はいい》する。しかるのち、極刑に処す」

美凰は呆然《ぼうぜん》と雪峰を見つめかえした。彼の瞳のなかに、美凰が恋したやさしい色が残っていないか、捜そうとして。

大耀《だいよう》王朝、明威《めいい》元年春。長らく政を壟断《ろうだん》してきた皇太后劉瓔《りゅうえい》が死んだ。敬宗《けいそう》は劉瓔の姪《めい》である皇后劉嬝《じょう》を廃し、劉一族の誅滅《ちゅうめつ》を命じた。この明威元年春の政変は俗に紅閨《こうけい》の変《へん》と呼ばれている。天下万民の怨憎を集める劉氏一門にとこしなえの死を宣告した場所が、あざやかな花嫁の洞房《ねま》であったことに由来するという。

墨を流したような夜の底で、一台の軒車《くるま》がとまった。舎人《しゃじん》が軒車の扉をひらくと、筋骨隆々の男がおりてくる。男の姓名は袁逸《えんいつ》、字《あざな》は勇成《ゆうせい》という。皇家の諸事をつかさどる宗正寺《そうせいじ》の次官、宗正少卿《しょうけい》をつとめている。

薄雲がちぎれた。おぼろな月光が天を衝《つ》くような巨大な門を湿らす。鏤金《るきん》の龍で縁どられた扁額《へんがく》に躍るは羈祆宮《きようきゅう》の飾り文字。羈祆宮はある時代の皇帝が廃位した后妃《こうひ》を幽閉するために建てた離宮だ。幾人もの廃妃がこの門扉の内側で怨《うら》み死にした。当世の主は、十年前の紅閨《こうけい》の変で廃された劉嬝《りゅうじょう》である。

劉娴の現在の身分は廃妃《はいひ》。廃位される直前、劉娴は皇后から貴妃《きひ》に位を落とされている。祖法《そほう》により、廃后《はいこう》が許されないためだ。皇后であっても廃されれば廃妃となる。いったん位を下げてから廃するのが慣例になっており、皇后であっても廃されれば廃妃となる。

廃妃劉氏――それが国母として君臨するはずだったかの女に冠せられた名である。

「なるほど……燐火宮《りんかきゅう》と呼ばれるはずだ。いまにも鬼火が出そうですね」

護衛の武官が下馬して門をふりあおいだ。近隣の民はだれも羈祆宮とは呼ばない。夜な夜な狐火《きつねび》が出ることから、燐火宮と呼ばれている。

「お、鬼火だと？　くだらん。どうせ童子《こども》だましの怪談だろう」

勇成はからからと笑った。官服の袖口でひたいの冷や汗を拭き、右手では護符を握りしめる。靄《もや》のごとく立ちこめる暗がり、闇を塗りこめた門扉、蕭々《しょうしょう》と風を震わす梟《ふくろう》の声。不気味を煮つめたような夜気をすいこむと、腸《はらわた》までもが縮みあがる。

「劉氏はこの十年で妖魔《ようま》になり果てたと聞きましたよ」

大柄な武官が鋼鉄のような肩をすぼめてぼそぼそと言った。

「口は耳まで裂け、目玉がぎょろりと飛びだして、髪という髪が毒蛇に変わり、虎の牙よりも鋭い糸切り歯からは真っ赤に焼いた鉄のような唾《つばき》がしたたっているとか」

「俺はべつの噂《うわさ》を聞いたぞ。劉氏は目もくらむような美女で、夜ごと男を寝所に引き入れているらしい。睦言《むつごと》を交わしおわったあとは、男の股を裂いて喰うんだそうだ」

「喰われるのは官吏だけだという話ですよ。劉氏は自分が宮中を追われたことを怨んでいます。官吏を捕らえて八つ裂きにしては、その骨を舐《な》めしゃぶるんです」

「む、無駄口をたたいていないで、さっさと開門させろ」

勇成は年若い武官を急《せ》かした。武官のうしろ姿が夜闇の口腔《こうこう》にすいこまれていく。

「よいか、羈祆宮にお住まいのご婦人はもはや廃妃劉氏ではなく、天下の母たる劉太后だ。われわれは勅使として皇太后さまをお迎えにはせ参じた。門扉のむこうには国母がおわすというのに、妖魔だのなんだの、戯言《たわごと》を申すとは不敬きわまりないぞ」

「そうはおっしゃいますがね、袁少卿《えんしょうけい》。実際、劉氏は妖魔みたいなものですよ。なにせ、あの凶后《きょうこう》の姪で、鬼《ばけもの》じみた霊力を持ってるんですから」

劉太后の通称を凶后という。劉太后も死後に廃位されているので、廃妃劉氏というのが正式な呼称だが、劉嫋と区別して巷間《こうかん》では凶后と呼ばれている。

「処刑されるとき、幾万の死霊を呼んだって話でしょう？　死霊どもは劉氏を守るために見物人を喰い殺したというじゃないですか。妖鬼《ようき》にちがいありませんよ」

「凶后は死んだが、劉氏は死なない。処刑されてもよみがえった忌まわしい不死の鬼女だ。そんな女を宮中に迎えようなんて、主上《しゅじょう》はどういうおつもりなんでしょうね」

数日前のことだ。昨年末に重祚《ちょうそ》した新帝が勅命を下した。

「先帝敬宗《けいそう》が廃妃劉氏——劉嫋に皇太后の尊称をたてまつる。宗正卿《そうせいけい》はすみやかに羈祆宮へ赴き、わが叔母上を宮中へお迎えせよ」

　宗正卿は宗正寺の長。勇成の上役だ。本来なら宗正卿がここにいるはずだったが、宗正卿は生ものにあたって腹を下してしまい、起きあがれなくなった。

　かくして勇成にお鉢がまわってきたのである。

「勅命に異議を申したてる権限はわれらにはない。粛々とつとめを果たすのみだ」

「ですが……劉氏が襲いかかってきたらどうします？」

「たとえ妖魔だとしても、相手が絶世の美女なら股を裂かれても悔いはないです」

「いい思いをするまえに喰われちまうよ。劉氏は死霊を爪牙《さき》に使うんだからな」

「皇太后さまは御年二十六の手弱女《たおやめ》であらせられる。大の男に襲いかかったり、股を裂いたりなさるはずがない。急ぎ拝謁いたし、明朝には皇太后さまに随行し――」

　野太い悲鳴が夜天《てん》をつんざいた。門扉へ駆けていった武官の声である。

「……ははは、威勢のいいやつだな。戦場でもないのに鬨《とき》の声《こえ》をあげるとは」

「鬨の声じゃないですよ！　悲鳴でしたよ！」

「劉氏だ！　劉氏が出たんだ！」

「噂はほんとうだったんだ。いまごろあいつ、股を裂かれて骨をしゃぶられて……」

　肉を喰いちぎるような音が聞こえる。ばりばりとかたいものを嚙《か》み砕く音も。

「……お、おい、様子を見に行ってこい」

「えっ、私!?　いやいやいや、こいつにしましょうよ！」

「そうだ、おまえ、劉氏に股を裂かれて喰われたいって言ってただろ！」

「喰われたいとは言ってませんよ！　美女が相手なら悔いはないって言っただけで」

「なんでもいいから、早く行け。とにかく開門させないことには……」

夜陰を引っかくような音を立てて、闇色の門扉がひらいた。人影は見えない。ただ黒々とした暗夜が一行をのみこまんとするかのように口をあけているのみ。

「さ、さて、門もひらいたことだし、皇太后さまにお目にかかるとしよう。おい、みなのもの、さっさと行くぞ。先陣はおまえだ。おまえはそのうしろを、おまえはさらにそのうしろを行け。俺はおまえたちのあとからついていく」

「いやいや、私のような下賤《げせん》の者が袁少卿の御前を歩くなど恐れ多いことで」

「俺は破落戸《ごろつき》あがりですし、袁少卿よりも前を歩けば礼儀知らずと言われますよ」

「われらは殿《しんがり》をつとめますので、袁少卿はどうぞお先に」

互いに譲りあっていると、どこからともなく、脂粉のにおいがただよってきた。

「ねえ、お兄さんたち。あたしと遊んでいかない？」

艶っぽい女の声。しゃなりしゃなりと歩く音。淡い月光が照らしだす帷帽《いぼう》。やがて暗がりのなかに榴花紅《ざくろいろ》の長裙《ちょうくん》をまとった女人が姿をあらわした。帷帽のせいで顔かたちは見えないが、世の男が一度は夢見る肉感的な身体《からだ》つきをしている。

「はい喜んで。ぜひとも遊ばせてください」

「おい馬鹿やめろ！　こんな時間にうろつく女はまちがいなく狐狸《こり》だぞ！」

「狐狸どころか劉氏かもしれませんよ。近づいたら喰われますって」

「おかしいこと。立派な殿方がそろいもそろって女ひとりに怯《おび》えるなんて」

婀娜《あだ》っぽい笑い声が波紋のようにこだまする。

「お、怯えているわけではない。心配しているだけだ。貴女《あなた》のような妙齢のご婦人がこのような人気《ひとけ》のない場所を夜歩きしては危ない。早く帰りなさい」

「あら、あたしを案じてくださるの？　おやさしいかた」

女が勇成にしなだれかかると、花蜜《みつ》をからめたような芳香が鼻腔《びこう》にからみつく。

「あっ、抜け駆けはずるいですよ、袁少卿！」

「だからそいつは狐狸にちがいないと言っているだろうが！」

「よしんば狐狸や劉氏でなかったとしても、ふた目と見られぬ醜女《しこめ》ですよ。眠らぬ紅《こう》燈《とう》の巷《ちまた》ではなく、こんな路傍で春をひさいでいるところを見ると」

「まあ、ひどいわ。そこまでおっしゃるなら、この顔を見ていただきましょう。ふた目と見られぬ醜女かどうか、ご自分のまなこで確かめてくださいまし」

女の織手が帷帽の垂れ衣を左右にひらく。白いかんばせがあるはずの場所にあったのは、人の顔ではなかった。いうなればそれは、蛇《くちなわ》のねぐら。小作りの輪郭いっぱいに無数の蛇が蠢《うごめ》き、黒光りのする身体がぬらぬらと月光を弾いている。

武官たちは雄鶏《おんどり》のように絶叫した。こけつまろびつ一目散に逃げだす。ところが十歩も離れぬうちにすっ転んだ。なにかに足をとられたのだ。見れば、水たまりからぬっと出てきた三本の手が彼らの足をそれぞれにひしとつかんでいる。武官たちはそれを蹴りはらって逃げようとしたが、もがけばもがくほど手は彼らの足に食いこみ、じわりじわりとその長軀《ちょうく》を水たまりのなかに引きずりこもうとする。

「頭は残すんだよ。あたしの可愛い蛇たちは人間の目玉が大好物だからねえ」

蛇の女が武官たちをのみこもうとする水たまりをのぞきこむ。そのおもてからひと房の黒髪のように蛇がしたたり、水面に肩まで喰われた武官たちの顔にからみつく。

「ああ、男の生き胆《ぎも》が欲しい。血のしたたる肝の臓を食べたいわ」

くぐもった悲鳴が耳をつんざいたが、勇成は立ちつくしたまま動けなかった。とっくに腰が抜けていた。一指たりとも動かない。視線さえも、恐怖のあまり凍りついてしまっている。武官たちのうめき声が途絶えたとき、獣の唸《うな》り声が低くとどろいた。鉤爪《かぎづめ》が地面をえぐる音が近づいてくる。前方からとも、後方からともいえない。どこか深い深い淵《ふち》の底から這《は》いあがってくる気配が背筋をぞわりと撫《な》であげる。

「ねえ、あたしに食べられるのと、あいつに喰われるのと、どっちがいい？」

気づけば、蛇女が頭上に浮いていた。続々とわいて出てくる蛇が女の首をたどり、肩をたどって両腕にからみつき、やがて女の身体は蛇で埋めつくされる。

「さあ、早く決めなさいよ。さもないと、あいつが来ちゃうわよ」

逃げようとした足は釘《くぎ》を打たれたように動かない。足もとが水たまりに沈んでいた。おびただしい童子の手が喰らいつくように長靴《ちょうか》をつかんでいる。

「もたもたしているから……来てしまったわ。ほら、おまえのうしろに」

腐臭まじりの息遣いに首筋を舐められる。勇成の意識はぷっつりと断ち切られた。


「で、そのあとは？」

「目を覚ましたら朝になっていた。門扉は閉まっていたぞ。武官たちは全員その辺に寝転がっていた。手足も目玉もそのままだ。身体には傷ひとつなかった。いつのまにか姿が見えなくなった舎人は気絶していただけだし、俺の目玉と肝の臓も無事だ」

「君のうしろに迫っていた獣《ばけもの》というのは、結局なんだったんだい」

「見てないからくわしいことはわからぬが、巨大な鬼だと思う。俺の十倍……いや、百倍は大きな身体をしていた。思い出しても身の毛がよだつ。頭上には蛇女、背後には妖魔《ようま》、足もとには童子の手……生きた心地もしなかった！」

「へえ、そう」

気のない返事をして、皇城副使《こうじょうふくし》孔綾貴《こうりょうき》は億劫《おっくう》そうに紫煙を吐いた。

皇宮——官衙《かんが》が立ちならぶ宮城《きゅうじょう》は黎献門北廊《れいけんもんほくろう》に位置する皇城司《こうじょうし》。宮城各門の管理や宮中警備をつかさどる皇城司の詰所に蒼《あお》い顔をした巨漢が駆けこんできたのは、鴛鴦梅《えんおうばい》香る孟春《もうしゅん》の昼下がりのことだった。

「なんだその言い草は⁉　金蘭《きんらん》の友が命からがら鬼邸《ばけものやしき》から生還したんだぞ！　たいへんだったなとか無事でなによりだとか、やさしい言葉をかけてくれないのか！」

青い顔をした巨漢こと宗正少卿袁勇成《そうせいしょうけいえんゆうせい》が暑苦しく叫んだ。

「君は大げさなんだよ。どうせまた、野良猫だの老爺《じいさん》だのに怯えていたんだろう」

熊のような巨軀《きょく》を持ちながら、勇成は大の怖がりである。

怪談のたぐいを耳にするだけで怖気《おぞけ》立ち、耳にしなくても物陰や暗がりに魑魅《ちみ》魍魎《もうりょう》がひそんでいるのではないかと怯え、果ては自分の翳《かげ》にすらびくびくしてしまう。

勇成が襲われたという猫鬼《びょうき》とやらは単なる太った猫だったし、追いかけられたという殭屍《きょうし》は商魂たくましい貨郎《こまものうり》だった。目に映るものにいちいち恐怖してしまう困った性分の男なので、話は聞き流すくらいでちょうどよい。

「ほんとうに見たんだ！　俺だけじゃない、武官たちも見たんだぞ！」

「どうでもいいけどさ、君は皇太后さまをお連れするために羈袄宮《きょうきゅう》へ遣わされたんだろう？　手ぶらで帰ってきたのはまずいんじゃないのかい」

「そのことについては、きちんと主上に申しあげた」

勇成は居住まいを正し、周囲をはばかって声を落とした。

「恐れながら、先帝の廃妃劉氏が鬼《ばけもの》になり果てたという噂は事実のようです。羈祆宮の門前にたむろしている悪鬼羅刹《あっきらせつ》がなによりの証拠でございます。どうか劉氏の件はご再考ください。国難回避のためとはいえ、あまりに危険すぎます」

「君の言う悪鬼羅刹はあてにならないけど、皇太后さまが妖物に身を落としていらっしゃるとしても驚きはしないね。荊棘奇案《けいきょくきあん》のことを思うと……」

「そういえばおまえ、あれに立ち会ったんだったな」

「思い出したくもないよ。あれはこの世の情景じゃない、地獄の情景だ」

外戚として栄耀栄華《えいようえいが》をほしいままにした劉一族の末路は酸鼻をきわめた。太宰《たいさい》でありながら皇上《みかど》のごとく群臣《ぐんしん》を従えていた凶后の弟、すなわち劉氏の父は凌《りょう》遅《ち》に処せられた。要職につき強権をふるった兄たちも凌遅になり、奢侈淫佚《しゃしいんいつ》の限りを尽くした母は梟斬《きょうざん》に処せられた。凌遅は生きながらにして身体を寸刻みにされる刑罰、梟斬は斬首されたうえ、その首を市中にさらす刑罰である。

いよいよ劉氏が梟斬に処せられる番になった。処刑当日、黒山の人だかりが刑場をとりかこみ、怨嗟《えんさ》の声が天地を震撼《しんかん》させた。劉家は民に深く怨まれていた。土地、財産、生業はもとより、父母、妻子、兄弟姉妹、朋友《ほうゆう》、手足、舌、両眼、生命、はなはだしい場合は骸《むくろ》まで、民が劉家に奪われたものは数知れない。

劉氏は非馬公主《ひばこうしゅ》と呼ばれていた。耀《よう》の国姓は司馬《しば》である。非馬公主とは、司馬姓でもないのに公主よりも贅沢《ぜいたく》な暮らしをする劉氏への皮肉をこめた蔑称だ。

多くの士民《しみん》が非馬公主の処刑を心待ちにしていた。劉氏を乗せた檻車《かんしゃ》には小石や汚物が投げ入れられた。劉氏が刑場に引きずりだされたとき、彼女の獄衣《ごくい》は鮮血と糞《ふん》尿《にょう》の色に染まっていた。鶴氅《かくしょう》を着た士大夫《したいふ》が、腰の曲がった媼《おうな》が、乳飲み子を抱いた女が、純朴そうな少年たちが、顔じゅうに怨憎を滾《たぎ》らせて声を限りに叫んだ。

「殺せ、殺せ、殺せ！　非馬公主を醢《ししびしお》にしろ！」

実は――これは二度目の処刑だった。最初の処刑が不首尾に終わったからだ。

非馬公主こと劉嫋《りゅうじょう》の処刑に端を発する一連の事件を荊棘奇案と呼ぶ。劉嫋の処刑がはじまってから京師《みやこ》、冏都《けいと》のあちこちに荊棘《いばら》が生い茂ったためだ。

荊棘は亡国のきざしといわれ、忌み嫌われている。劉嫋が泣き叫ぶたび、その血が飛び散るたび、荊棘が根を張り、みるみる枝を伸ばし、百千《ももち》の棘で地面を覆った。

劉嫋の処刑に熱狂した人びとは、冏都を喰らいつくさんばかりに茂りゆく荊棘を見て、鬼道《きどう》を自在に操り官民を脅かした凶后《きょうこう》の再来ではないかと震えあがった。

しかしながら、綾貴の記憶に暗く刻みつけられているのは、処刑そのものより、その後の顚末《てんまつ》である。いや、あれもまた、処刑と言えば処刑なのだけれども。

「嫁いだばかりの、十六の乙女にはあまりにも酷な経験だったと思う。妖物に身を落とすほど絶望が深かったとしても、なんのふしぎもないよ」

「たしかにおかわいそうなかただが……ほんとうに化生《けしょう》のものになっていらっしゃるとしたら、やはり宮中にお迎えすべきではないだろう」

「君の進言をお聞きになって、主上はなんとおっしゃったんだい？」

「『よくわかった』と。ご再考くだされればよいのだが……」

勇成は窓外を見やった。春らしい陽気が内院《なかにわ》の鴛鴦梅をほがらかに輝かせている。


皇帝は日中、昊極殿《こうきょくでん》にて政務をとる。

昊極殿は別名を金鑾殿《きんらんでん》という。御榻《ぎょとう》――皇帝の宝座《ほうざ》――上の藻井《てんじょう》に珠《たま》と戯れる金色の龍の意匠がほどこされているためである。これは円と十三辺形をたくみに組みあわせた複雑な装飾で、周辺の画梁《はり》や画桁《けた》の文様は黄金《きん》をさし色に用いて彩られ、金光《こんこう》燦然《さんぜん》たる九重《きゅうちょう》の天をそのまま写しとったかのようだ。

まばゆい九重のもと、より正確にいえば御榻の下で、紫衣内侍監過貪狼《しいないじかんかたんろう》は鴛鴦梅の枝を両手に持って立っていた。否、持たされ、立たされていた。

「そろそろいいですか？　この恰好《かっこう》、けっこう疲れるんですけど」

「いや、まだだ。あとすこし、辛抱してくれ」

御榻に座す青年がせっせと絵筆を動かしている。鍛えあげられた長軀にまとう六団龍文の黄袍《こうほう》、結いあげた黒髪にいただく展脚幞頭《てんきゃくぼくとう》。これに玉をちりばめた猩猩緋《しょうじょうひ》の革帯《かくたい》を締め、白底の皁靴《くつ》を合わせた装いが天子の公服《こうふく》だ。

精悍《せいかん》な面輪には齢《よわい》十九で万乗の位にのぼった青年皇帝のみずみずしい威厳が満ち満ちているように見えるが、あいにく本物の皇上《みかど》ではない。

彼は今上《きんじょう》、司馬天凱《しばてんがい》の代役。姓名を侑蒼梧《ゆうそうご》という。蒼梧は顔立ちも背恰好も当今《とうぎん》と瓜二《うりふた》つだが、それもそのはず、もともと天凱の写しなのだ。文字どおり鏡に映った翳、幻の一種であり、つまり人ではない。したがって姓名もなければ人格もないはずだが、物好きな天凱が面白がって名をつけ、性格を持たせた。

「できたぞ！　自信作だ、見てくれ！」

蒼梧が手柄顔で絵を見せてくる。ひどい絵だ。神仙のごとき貪狼の美貌が露ほども描写されていないどころか人ですらない。両手に巴蛇《うわばみ》を持った独脚鬼《ばけもの》だ。これでも本人は自信たっぷりで、自分の絵を無理やり人に贈る。贈った絵が部屋に飾られていないと捨てられた仔犬《こいぬ》のようにしょんぼりするので、始末に負えない。

「ははあ、相変わらず独創的な画風ですねえ」

「気に入ったのなら持って帰っていいぞ！」

いらないと言えば、いつの間にか自室の書几《ふづくえ》にそっと置かれている怪現象が起きるだけだ。面倒くさいのでもらっておく。

「ところで貪狼。主上はいつごろ帰ると言っていたんだ？」

「明日の昼過ぎですよ。早ければ」

さきごろ、天凱はひそかに皇宮を出た。行き先は京師《みやこ》のはずれにぽつねんとそびえる羈袄宮《きようきゆう》。袁勇成《えんゆうせい》の報告を聞くなり、天凱が劉氏を迎えに行くと言いだしたので、むろん貪狼はとめた。鬼《ばけもの》が出るならなおさら近づいてはいけないと。さりとて、貪狼の制止が功を奏した例しはない。天凱はやりたいようにやる男だ。

「袁少卿《えんしようけい》に俺のあとを追いかけさせろ。やつにはこう伝えよ。羈袄宮には入らず、近くの官舎《やど》に泊まれ。夜が明けたら羈袄宮の門を叩《たた》くようにと」

勇成には威儀をととのえて出立せよとの命を残し、自分は翻領《ほんりよう》の胡服《こふく》に二本の帯を背に垂らした長脚《ちようきやく》幞頭といういう勾欄《こうらん》をにぎわす俳優《わざおぎ》のような恰好で出かけた。

夕刻には羈袄宮に到着するだろう。鬼火舞う怪異の宮から劉氏を引っ張りだすと豪語していたが、はてさてどうなるやら……。

「そうか。じゃあ、それまでずっとおまえの絵を描けるんだな！」

蒼梧がいそいそとあたらしい竹紙《ちくし》をひろげる。貪狼はきらきらしい九重天《てん》を仰いだ。

三羽の鴉《からす》がいっせいに飛びたつ。枳殻《からたち》の枝がけばだつようにざわめいた。晩天の色は朱殷《しゆあん》。夜を運ぶ乾いた塵風《かぜ》が石敷きの路面をさびしげに撫でている。

鞍上《あんじょう》から羈袄宮の扁額を見あげ、司馬天凱はひらりと下馬した。血まみれの夕空を背負って天凱を見おろすその面貌は、十年前とすこしも変わらない。

最後にここへ来たとき、季節は夏だった。二度と来るまいと誓って立ち去ったのに、今宵また羈袄宮の門前に立っている。まことに奇妙なめぐりあわせだ。

「おい、如霞《じょか》。もたもたしてないで早く行けよ」

「ここはあんたにゆずるわ。さっさとひと働きしてきな」

「それじゃ手はずとちがうだろ」

「いやな感じがする。か弱いあたしじゃ、返り討ちにされそう」

いずこからか、ひそひそとささやき合う男女の声が聞こえてくる。

「なにがか弱いだ。百戦錬磨の千歳老婆子《せんざいばばぁ》がよく言うよ」

「だれが老婆子だってェ？　舌ァ引き抜かれたいのかい、くそったれの猫老頭子《じじぃ》」

「猫じゃねーし、おまえより七百歳は若《わ》けーし」

「そうだ。星羽《せいう》、あんたが行きなよ。いつものやつで脅かしてやりな」

「え……ぼく？　いやだよ……怖いもん」

今度は童子だ。枳殻の葉音にまぎれてしまいそうな、か細い声。

「高牙《こうが》が行けばいいと思う。ぼくたちのなかでいちばん強いから」

「うん、あたしも同感。一人前の男なら身を挺《てい》して女子供を守るべきよねえ？」

「俺だって行きたくねえよ。あいつ、いままでのやつとだいぶちがうぞ。やばい気配がしてくる。なんつーか、こっちが喰われそうだ。いったい何者なんだよ」

「皇宮から来たみたいだし、官吏でしょ。また美凰を連れだしに来たんじゃないの」

「しつけーな。とっとと追いかえそうぜ」

「だからあんたから行きなって言ってるでしょうが」

なにやらもめている様子だが、天凱は聞き流して門扉に向かう。

「見ろよ、あの野郎、門を開けようとしてやがる。へっ、馬鹿め。あれには術がかけられていて……お、おい！　門扉をとおりぬけたぞ！　どういうことだ!?」

「いよいよまずいことになったよ！　あんた、早く行ってきな！」

「……くそっ、面倒事押しつけやがって！」

門扉のむこうへ出た天凱のとなりを一陣の風が駆けぬけた。行く手に巨大な獣が立ちふさがる。それは黒い虎だった。匕首《ひしゅ》をならべたような牙をむき、地を揺るがすように哮《たけ》る。ぎらつく琥珀《こはく》の瞳は天凱を射貫《いぬ》いている。たんなる虎ではない。妖虎《ようこ》だ。黒煙が立ちのぼるような毛並みからは、むっとするほどの妖気がただよう。

「おまえか。ひさしぶりだな」

天凱が笑いかけると、妖虎は憎々しげに咆号《ほうごう》を放つ。地面を蹴るや否や、高らかに跳躍した。夕陽《ゆうひ》を背にして宙を駆けおり、雷のごとく咆哮《ほうこう》しながらこちらに襲いかかってくる。天凱は左手の二本の指で虚空に大きな円を描いた。その円はたちまち陽光《ひかり》で編んだ網となり、挑みかかってくる妖虎の身体をすっぽりと包む。

囚《とら》われた妖虎は網を喰い破ろうともがいたが、暴れれば暴れるほど網は黒々とした四肢にからみつき、荒々しい動きを封じる。天凱が虚空に鏡文字で〈蹴《ちぢむ》〉と書くと、妖虎の身体はまたたく間に小さくなった。しまいには猫ほどの大きさになる。

「放しやがれ、くそ野郎！　言うとおりにしねえと喰っちまうぞ！」

妖虎は陽光の網のなかでしきりに威嚇するが、それはもはや猫の声だ。

「おまえの主に会いたい。どこにいる？」

「教えねーよ！　おいこら、如霞！　星羽！　助けろよ！」

ふたつの妖気はすっかり消えてしまっている。どこかに隠れたのだろう。

「しばらくそこでおとなしくしていろ。あとで放してやるから」

「いま放せよ！　貴様の喉笛、嚙《か》み切ってやる！」

「そう怒るな。ほら、これでも食べて機嫌をなおせ」

天凱は陽光の網目に指先で小さな穴をあけて肉乾《ほしにく》をひと切れ押しこんだ。

「へっ、食いものでごまかされる俺様じゃねえよ！　こんなもん……おい待て、くそ野郎！　これっぽっちじゃ足りねえぞ！」

持っていた肉乾を全部網のなかにつめこみ、妖虎を空中に放置したまま先を急ぐ。

方塼《れんが》敷きの小径《こみち》をとおって広々とした外院《まえにわ》に入ると、そこは蔬菜畑《やさい》だった。韮菜《にら》や蔓菁《かぶ》、苦菜《にがな》や大葱《ねぎ》などが青々と茂り、水辺にはあざやかな芹葵《せり》がすっくと伸びている。種まきの準備をしているのか、堆肥を混ぜているらしい畝が数本ある。

垂花門《すいかもん》のさきは果園《かえん》になっていた。本来は内院《なかにわ》なのだろうが、植えられている樹木のほとんどが実をつけるものだ。李《すもも》、安石榴《ざくろ》、黄杏《あんず》、橘《たちばな》、紅棗《なつめ》、山査子《さんざし》、楊梅《やまもも》、ゆうに十種は超えているであろうさまざまな果樹がのびのびと枝をひろげている。榛《はしばみ》の枝がざわざわと揺れ、数羽《すうわ》の鴨子《あひる》が飛びだしてきた。どれも丸々太っている。家禽《かきん》であろうか。耳を澄ますと、豚の声も聞こえる。

よく手入れされた蔬菜畑や果園とは異なり、建物はひどく古ぼけていた。遊廊《わたりろうか》の円柱はところどころ塗装が剝げている。欄干の文様や扁額の文字は消えかけていた。廃墟《はいきょ》に見えかねないが、蜘蛛《くも》の巣やほこりで汚れているわけではなく、すみずみまで清掃は行きとどいており、つつましい風情を感じさせる。

女主《おんなあるじ》は虚より実を重んじる人物らしい。思いがけないことだ。令嬢時代の劉氏は塗装の剝げた建物に近づくことはおろか、見ることさえなかった。彼女の住まいは赫耀《かくやく》たる金殿玉楼《きんでんぎょくろう》であり、庭院《にわ》には満天下から集めた名花が短い命を燃やし、亭《あずまや》の欄干には翡翠《ひすい》がちりばめられ、池の水面には錦鯉《にしきごい》の尾びれがきらめいていた。

ふと、夕風が香ばしいにおいを運んできた。食堂と思われる建物の扉が片方ひらいている。吊《つ》り灯籠の明かりにたぐりよせられるように、天凱はそちらへ向かった。

「夕餉《ゆうげ》の支度ができたぞ。早く来い」

室内をのぞくと、十五、六の少年が円卓に料理をならべていた。短褐《たんかつ》に長褲《ちょうこ》という庶人の恰好で、頭髪は巾子《ずきん》で覆っている。上気した白いおもては画仙《がせん》の筆で描いたように繊細なつくりをしていて、えもいわれぬ艶があり、少年というよりも――。

「なにをしているんだ？　もたもたしていると、料理が冷めて……」

戸口を見ようとして顔をあげた少年が天凱に気づいた。とたん、夜明珠《やめいしゅ》を思わせる瞳がいぶかしげに凍りつく。天凱もまた、目を見ひらいた。

けぶるような柳葉《りゅうよう》の眉、桃花《とうか》のまぶた、雪を欺く玉の白膚《はだえ》、花蕾《つぼみ》と見まがう朱の唇。巫山神女《ふざんしんにょ》にたとえられ、かの凶后が〈わが翡翠〉と呼んで寵愛《ちょうあい》した月のかんばせがそこにある。天凱は言葉もなく立ちつくした。彼女の美貌に驚いたのではない。彼女が仙女の姿かたちをしていることは、先刻承知である。

絶句したのは、劉氏の容姿が十年前と寸毫《すんごう》も変わっていないからだ。とても齢二十六には見えない。天凱の眼裏《まなうら》に焼きついている芳紀《ほうき》十六の少女のままだ。

「……何者だ」

玲瓏《れいろう》たる声ににじむ敵意。こればかりは昔とおなじとは言いがたい。

「ひさしいな」

天凱が懐《ゆか》しさのあまり相好をくずすと、劉氏――劉美凰はあとずさった。

「高牙！　こやつをつまみ出せ！」

「無駄だ。妖虎は俺が閉じこめた」

「……ひさしいと言ったな。そなた、私に復讐《ふくしゅう》するために来たのか」

「そう見えるか？」

「復讐者でなければ、勅使であろう。新帝が私をお召しとか」

「勅使はあなたに門前払いされたので、俺が代わりに来た」

天凱は室内に入った。腰に帯びた剣を外して、壁際の几架《つくえ》に立てかけておく。

「驚いたぞ。ほんとうに十年前から年をとっていないんだな。話には聞いていたが、目の当たりにすると妙な感じだ。まるで自分が未来から来た人間のようで」

「私を知っているような口ぶりだな」

「知っているとも。あなたは俺がだれかわからないか？」

美凰は無言でいっそう眉宇をくもらせた。

「無理もないか。皇宮を去ったとき、俺は十にも満たぬ小鬼《がき》だったからな」

「そなたがだれであろうとかまわぬ。主上にはこう伝えよ。私は皇宮には戻らぬと」

「その話はあとだ。まずは旧交をあたためようじゃないか」

懐から香嚢《においぶくろ》をとりだす。金盞黄《すいせんいろ》の房飾りがついた香嚢には三足烏《さんそくう》が刺繡《ししゅう》されている。

つたない刺繍なので、三足烏というより紅蓮の怪鳥にしか見えないが。

「あなたは刺繍が下手だった。これは山ほどあった失敗作のうちのひとつだ。あなたは出来映えを恥じて、侍女に作らせたものを贈ろうと言ったが、俺はあなたが刺したものがいいと言ってこの香嚢をもらい受けた。覚えているか」

「……まさか、そなた……阿炯《あけい》なのか？」

見ひらかれた夜明珠の瞳がゆるゆると驚愕《きょうがく》の色に染まる。

「阿炯はやめてくれ。とっくに冠礼《かんれい》はすませた。いまは天凱と名乗っている」

ひさしぶりに幼名で呼ばれ、天凱は苦笑いした。

「ほんとうに……あの阿炯か？　そなたが？」

「信じてもらえないなら昔ばなしをしようか。そうだな、あなたは猫を追いかけて池に落ちたことがある。水とまちがえて酒を飲み、酔っぱらって屋根にのぼったこともある。俺の湯浴み中にこっそり浴室に入ってきたこともあった。俺が驚いて湯船のなかでひっくりかえると、あなたは大笑いした。まるで小鬼あつかいだったな」

「……あのころ、阿炯は八つだっただろう？　私より、六つ年下で……」

「あなたは笄礼《けいれい》をすませたばかりだった。ひどく大人びて見えたよ」

美凰とは八つのときに出会い、九つで別れた。荊棘奇案《けいきょくきあん》をへて、彼女が羈袄宮に幽閉されたあと、一度だけ一方的に見たのが最後だ。

「そなたの背丈は私の肩に届かないくらいだった。いまでは六尺くらいありそうだな。十年でこんなに変わるものか？」

「士《し》別れて三日なれば、即《すなわ》ち更《さら》に刮目《かつもく》して相待《あいま》つべしというからな」

美凰は天凱を頭の天辺《てっぺん》からつま先までしげしげと眺めた。

「その恰好はなんだ？　そなたのことだから微行《おしのび》なのだろうが、勾欄《こうらん》の俳優《わざおぎ》みたいないでたちはどうかと思うぞ。まがりなりにも郡王《ぐんおう》なら、身なりには気をつけろ」

「実を言うと、もう郡王じゃないんだ」

「え？　ひょっとして、降封《こうふう》されたのか？」

「そのほうが気楽だったんだが、どういうわけか、ふたたび皇位についてしまった」

「……ふたたびって……では、昨年の暮れに即位した新帝というのは……」

「司馬炯《しばけい》――俺のことだ」

昨年の秋、先帝敬宗《けいそう》が崩御した。敬宗は皇子を遺《のこ》さなかったので、耀《よう》王朝の玉座は傍系の皇族が受け継ぐよりほかなかった。ところが、敬宗の治世末期に相次いで皇族男子が薨去《こうきょ》しており、めぼしい候補がいない。そこで天凱に白羽の矢が立った。

天凱の最初の即位は八つのときである。翌年、凶后の懿旨《いし》により廃され、嬰山郡《えいざんぐん》に封《ほう》じられた。凶后は天凱の叔父にあたる司馬莞《かん》を登極《とうきょく》させた。これが敬宗、司馬雪峰《せっほう》。美凰は雪峰の皇后であったので、現在の美凰と天凱は叔母と甥《おい》の関係になる。

朝廷に推戴されて皇宮入りした天凱は、敬宗の葬礼を取り仕切って皇位についた。二度目の即位、すなわち重祚《ちようそ》である。

「……そなたは、先帝に破鏡《はきよう》されたのではなかったのか」

「俺もそう思っていた。だが、ちがったらしい。先帝の御慈悲か、なにかの手違いか、いまとなってはわからぬが、俺の素鵲鏡《そじやくきよう》は即位式をへて無事に晟烏鏡《せいうきよう》になった。ここに難なく入ってこられたのも、晟烏鏡があればこそだ」

耀の皇帝は晟烏鏡と呼ばれる鏡鑑《かがみ》をその身に宿す。晟烏鏡は玉皇大帝《ぎよつこうたいてい》が有する玉《たま》鏡《かがみ》のかけらであり、天下をあまねく照らし、邪鬼を祓《はら》い、万物に陽の気を与える。これを持つのは皇帝のみ。皇族男子は不完全な晟烏鏡である素鵲鏡を持って生まれてくる。玉座にのぼると、彼の素鵲鏡は晟烏鏡に姿を変える。

破鏡とは皇帝が素鵲鏡を割ることだ。破鏡された者は晟烏鏡を得られない。

「そうか……そなたが、新帝か」

白粉《おしろい》を塗らぬ白い頬に緊張が走った。

「……いつかこの日が来ると覚悟はしていた。いまさら抗《あらが》いはせぬ。望みのままに私を処刑するがよい。そなたに死を賜るのなら、ほかのだれかより、いくらかましだ」

「誤解するな。あなたを刑場に引ったてるために来たわけじゃない」

ではなんのために、と美凰が怪訝《けげん》そうに柳眉をひそめた。

「朝廷の情勢も知らないのに勅使を追いかえしたのか」

「先日の勅使が私を皇宮へ連れだすために派遣されたものだからだ。私の暮らしぶりを調べるためにやってきた勅使は受け入れてきた」

「じゃあ、冏都《けいと》で奇病が流行《はや》っていることも知らないか？」

「それくらいは聞いているが……」

「霊台《れいだい》の卜筮《うらない》によれば、奇病の原因は凶后の怨霊だという。怨霊を鎮めるには、凶后の姪にして劉家唯一の生き残りである劉美凰を本来の位に戻さねばならない。つまり、あなたを先帝敬宗の皇后に復位させ、今上たるこの司馬天凱がつつしんで皇太后の鳳《ほう》冠《かん》を奉るということだ。勅使を出したのは、あなたを皇宮に迎えるためだった」

「怨霊だと？　馬鹿な。伯母上……凶后の骸は寸断され、先帝に封じられて各地に埋葬された。怨霊になりたくてもなれぬはずだ」

　凶后は自刃したと伝えられる。禁軍《きんぐん》に包囲され、敬宗に廃位と幽閉を迫られた末の自死であったと。狼《おおかみ》の心《こころ》と狗《いぬ》の肺を持つ毒婦劉瓔《りゆうえい》がみずから死を選ぶとは、なんとも平仄《ひようそく》が合わない話なのだが、とにもかくにも凶后は死んだ。

　劉瓔の遺体は寸刻みにされて燃やされた。大罪人の死骸は灰になるまで燃やすのがならいだ。ところが、劉瓔の骸は一月かけて燃やしても灰にならなかった。猛火に焙《あぶ》られても皮膚は焼け爛《ただ》れず、生きているかのようにつややかさを保っていた。

敬宗は火葬をあきらめるしかなかった。毒婦劉瓔の死骸は封印をほどこされ、国中の霊峰にそれぞれ祀《まつ》られている。凶后が怨霊になることを禦《ふせ》ぐためである。

「俺も本気にしているわけじゃないが、奇病が猛威をふるっていることは事実だ。これが凶后のしわざなのかどうか確かめるため、あなたを羈袄宮から出したい。ほんとうに凶后の怨霊が暗躍しているのなら、あなたに接触してくるはずだ」

羈袄宮は土地の陽の気が強いうえに、凶后の霊魂が近づけないようとくべつな術がほどこされている。美凰がここにいる限り、凶后は美凰に接触できない。

「私を生き餌にしようというのか？」

「そうだ」

天凱は否定しなかった。言葉をつくろっても意味がない。

「もっとも、それだけじゃない。奇病退治にあなたの力を借りたい」

「私の……力？」

「囧都を喰い荒らしている疫病は怪異がらみの病だ。あなたは凶后とおなじく禈華《しんか》を持っている。もし、厲鬼《れいき》を祓うために協力してくれるなら――」

「断る。私には関係のないことだ」

美凰は氷のしずくがふれあうような声で言い放った。

「私は禁城《きんじょう》を追われた咎人《とがにん》。廃妃として羈袄宮で息をひそめているのが私のつとめだ。

凶后にも宮中にもかかわりたくない。奇病に厲鬼がからんでいるにしろ、いないにしろ、この国を守るのは皇帝の仕事だ。己の裁量でなんとかするのだな」

話は終わったとばかりに箸をならべはじめる。

「いつまで突っ立っているつもりだ。用件がすんだのなら早く帰れ」

扉を指さされたが、天凱は聞き流して円卓の料理を眺めた。

早春の吐息のような湯気を放つ楚葵《せり》の羹《あつもの》、からりと揚げた玉筍《たけのこ》、みずみずしい菜瓜《しろうり》と色あざやかな蝦米《ほしえび》のあえもの。米粉をまぶして蒸した豚肉からは五香《ごこう》のにおいが立ちのぼり、細切りにした豆腐乾《おしどうふ》と鶏肉《とりにく》の煮ものには、ぱっと散らした葱花《きざみねぎ》が彩りをそえている。蕈《きのこ》のあんをからめたすり身も、胡麻油《ごまあぶら》で炒《いた》めた野豌豆《のえんどう》も、砕いた胡桃《くるみ》をまぜこんだ蔓菁《かぶ》の酢漬けも、高価な食材は使っていない。庶人の食卓にのぼる料理ばかりだが、そのかぐわしさに胃の腑《ふ》を刺激され、思わず喉鼓を鳴らす。

「うまそうだな。羈袄宮には腕利きの厨人《りょうりにん》がいるらしい」

「厨人はとうの昔に出ていった」

「じゃあ、だれが……？　まさか……あなたが作ったのか？」

そうだ、とそっけない返答。愛想のない物言いに令嬢時代の面影はない。

「信じられぬな。翡翠公主が厨《くりや》に立つなんて」

美凰には非馬公主のほかに翡翠公主という通称もあった。こちらは蔑称ではなく、彼女を〈わが翡翠〉と呼んでいた凶后におもねる意味がこめられている。

翡翠公主劉美凰は正真正銘の箱入り娘である。凶后の庇護《ひご》のもと権勢を誇っていた劉家当主のひとり娘として生まれ、蝶《ちょう》よ花よと育てられた。大勢の婢僕《めしつかい》にかしずかれ、朝の身支度から夜の寝支度まで、彼女自身が行うことはほとんどなかった。

椅子に座れば龍鳳茶《りゅうほうちゃ》が運ばれてくる。立ちあがろうとすれば下婢《げじょ》が手をさしだす。あくびをすれば寝床がととのえられ、小さな咳《せき》をもらそうものなら奴僕《げなん》が大慌てで医者を呼びにいく。料理どころか、厨に立ち入ることすらなかった。皇后の鳳冠《ほうかん》をかぶることが約束されていた彼女は、炊事などの家政とは無縁だったのだ。

「見よう見まねで覚えた。暇つぶしにな」

羈袄宮に幽閉されてから、厨人が真っ先に逃げだした。下婢と奴僕の頭数も毎日のように減っていき、いまでは足腰の弱った年寄りしかいないという。

「畑仕事もあなたが？」

「婢僕たちも手伝ってくれる」

「内院にいた鴨子もあなたが世話しているのか？」

「鶏と豚もいるぞ。羊も飼いたかったが、放牧できぬのであきらめた。最近は小麦を作ってみたいと思っているが、これも難しいな。口惜《くや》しいことに麦畑にするほどの土地がない。離れの建物を壊して更地にすればあるいは……」

にわかに言葉を切り、美凰は天凱を見やった。

「そなたはいつになったら帰るんだ？」

「腹も減ったし、ひとまず夕餉を馳走《ちそう》になるとするか」

咎《とが》められるまえにさっさと席につき、羹《あつもの》を碗《わん》によそう。ふうわりと舞いあがった楚葵の風味に心ゆくまで酔いながら、翡翠をとかしたように澄んだ汁を口にふくむ。

「うまい。谷間のせせらぎをすすっているようだ」

「勝手に食べるな。そなたのために作ったのではない」

「あの妖鬼たちのために作ったのか？」

「妖鬼ではない、明器《めいき》だ」

「明器？」

「私が使役している死霊のことだ。そういえば、高牙を閉じこめたと言ったな。早く解放しろ。さもないと料理は食べさせぬぞ」

「わかったわかった。解放するから、そのうまそうな豚肉を食わせてくれ」

天凱はふたたび空中に二本指で円を描いた。さきほどと逆まわりである。花椒《さんしょう》のきいた豚肉を頬張っていると、あわただしい足音が食堂に近づいてきた。

「美凰！　無事か!?　さっき変なやつが門をとおっていったんだが……あっ！　こいつ、ここにいやがったのか!?　しかも俺の飯を食ってやがる！」

息せききって駆けこんできたのは、長い黒髪を背に垂らしている青年だった。年のころは天凱より、ひとつふたつ下だろう。大袖の衫《ひとえ》をだらしなく着くずし、領《えり》もとからは素肌をのぞかせている。こちらを睨む瞳は象嵌《ぞうがん》したような黄金《きん》だ。黙っていれば神仙かと見まがうほどの美形だが、粗野な言動は無頼漢のそれである。

「おまえ、さっきの妖虎か。人のかたちになれるところを見ると、倀鬼《ちようき》だろう」

虎に喰われた人は鬼になって虎に憑《つ》く。これが倀鬼である。

「だからなんだよ！　そんなことより、そこ俺の席！　それ俺の箸！」

「椅子にも箸にもおまえの名は書いてないが？」

「俺の席に置いてあるもんはもれなく俺のもんなんだよ！　おい美凰！　料理をとりわけてやってる場合じゃないだろ⁉　とっととこのくそ野郎を追いだせよ！」

「落ちつけ、高牙。そなたはこちらに座ればよい」

「はあ⁉　こいつ追いださねえのかよ⁉」

「そうしたくともできぬ。私の禓華《ちから》は晟烏鏡《しろがらす》にかなわぬゆえ」

感情を殺した声で言い、美凰は青磁の杯に白酒《はくしゆ》をそそいだ。

「あなたがこんなことまでしているとは、いまだに信じられぬな」

天凱は盥《たらい》にはった水で皿を洗いながら小首をかしげた。袖をたくしあげて筋張った腕をさらし、皿洗いをしている姿は、とても皇帝には見えない。

夕餉を終えて美凰があとかたづけをしようとすると、天凱が自分に任せろと言いだした。馳走になった返礼だという。美凰は断ったが、天凱に押しきられて厨に案内する羽目になった。慣れないことをして食器を割りはしないかと心配なのでそばで見ているが、思いがけず、なかなか堂に入った手つきだ。

「そなたこそ、やけに皿洗いがうまいではないか。どこで学んだのだ」

「俺は市井育ちだぞ。これくらいのことは童子のころからやっている」

「そなたが市井で暮らしていたのは八つまでだったと思うが。あれから十年以上経《た》つのに、皿洗いの腕前は衰えておらぬのか」

「郡王《ぐんおう》時代、ときどき市井で働いていたんだ。挽歌唱《ばんかうた》い、轎夫《かごかき》、鞋《くつ》直し、幇間《たいこもち》、浴肆《ふろや》の下働き、蛤蜊《あさり》売り、糞尿《ひりよう》運び。皿洗いは酒楼の使い走りをしていたときにさんざんやらされた。毎日、千枚の皿を洗っていれば、いやでもうまくなる」

「市井で小銭稼ぎをせねばならぬほど、俸禄《ほうろく》を減らされていたのか」

「ここ数年は減る一方だったな。まあ、困窮するほどではなかったが」

「好き好んで働いていたというのか？　なんのために？」

「暇つぶしさ。廃帝というのは手持ち無沙汰でな。俺が風流才子なら雅《みやび》な楽しみを見つけたんだろうが、あいにく詩賦《しふ》にも琴棋書画《きんきしょが》にも興味がない。郡王府《ぐんおうふ》で日がな一日ぼんやりしているのも退屈だから、庶人に交じって働いていたんだ」

ふうん、と相づちを打ちながら、美凰は天凱の横顔を見ていた。

最後に会ったのは廃されて皇宮を去る天凱を――阿炯《あけい》を見送るときだった。道中で食べるようにと、彼が好きだった甜点心《おかし》を持たせた。あのころの阿炯は九つの童子。十五の美凰にとっては弟のような存在だった。しかしいまや、阿炯は……天凱は凜々《りり》しく逞《たくま》しい青年だ。それほどの歳月が過ぎ去ったのだと思い知らされる。

「さて、そろそろ帰ってくれ」

食器を棚にしまい終わり、美凰は天凱を厨の外に追いだした。なつかしさを感じないと言えば嘘《うそ》になる。できれば引きとめて話をしてみたい。なれど、それはできない相談だ。美凰はもう無知な翡翠公主ではない。凶后が阿炯になにをしたか知ってしまったいまとなっては、かつてのような気軽さで彼と親しむわけにはいかない。

「帰ってもいいが、そのまえに――」

天凱は朧月《おぼろづき》に目を細め、たくしあげていた袖をもとに戻した。

「あなたをさらいたい」

身構えるより早く腕をつかまれる。直後、地面がくずれた。否、くずれたような感覚に襲われただけだ。その証拠に、つぎの瞬間には視界が変わっていた。

厨の外ではない。ふだんより視線が高い。歩いてもいないのに、身体が絶えず動いている。そこが鞍上だと気づくのに、さして時間はかからない。

「なにをする!?」

美凰は馬に横乗りしていた。うしろに跨《また》がった天凱が手綱を握っている。ふたりを乗せた馬は夜の帳《とばり》を切り裂いて駆けていく。

晟烏鏡《せいうきょう》は持ち主に人知を超えた力をさずける。強い妖力を持つ高牙をいともたやすく封じたのも、美凰を連れて瞬時に移動したのも、晟烏鏡の霊威ゆえだ。

「おろせ！　私は皇宮へは戻らぬと言ったはずだ！」

「案ずるな。皇宮までは行かない。腹ごなしの散歩だ。すこし付き合ってくれ」

いくえにもなった闇が烏雲《くろくも》のようにどんどんうしろへ流れていく。

美凰は鞍上から飛びおりようともがいた。渾身《こんしん》の力を出しても、鞍にくくりつけられたように四肢が動かない。高牙たちを呼ぼうとしたが、声にならなかった。晟烏鏡《しろがらす》だ。晟烏鏡の神威があらゆる抵抗を封じている。

美凰は唇を噛《か》んだ。皇帝には抗えないという事実をあらためて突きつけられ、にわかに恐怖がわきおこる。いったいどこへ連れていくつもりだろう。いったい美凰になにをするつもりだろう。どこへ連れていかれても、なにをされても、美凰は天凱に逆らえないのだ。非力な自分にいやけがさす。

「ついたぞ」

天凱が言うので、美凰はおもてをあげた。そこは小高い丘の上だった。朧月が憂わしげな光の雨を降らせるなか、眼下にはびっしりと地面にはりついた苔《こけ》のように真新しい塚がならんでいた。どれも小さな土饅頭《どまんじゅう》のそばに五辺形の墓碑が建てられている。墓碑のかたちは身分によって異なる。五辺形は下から二番目、庶人の墓碑だ。

「ここは……漏沢園《ろうたくえん》か？」

貧民や身よりのない死者を葬る共同墓地を漏沢園と呼んでいる。耀のいたるところに建てられたこの義塚《むえんづか》は、埋葬者のいない亡骸《なきがら》の終《つい》の棲家《すみか》だ。

「漏沢園は無秩序に墓を建てるのだな。あれでは死者も息苦しかろう」

「土地が足りないせいだ。例の奇病による死者があまりに多すぎる」

天凱は静けさの淵に沈んだ瞳で月下の義塚を見おろしていた。

「あの土饅頭の下に骸はない。あるのは遺灰だけだ」

「火葬しているのか？　火葬は罪人に対する罰であろうに」

「妖魔が夜な夜な死体を喰い荒らすんだ。どういうわけか、妖魔に狙われるのは奇病で死んだ者の遺骸に限られる。連中は亡骸の腸《はらわた》を喰いつくし、血をすすり、骨を噛み砕いていく。おかげで冢中《はかのなか》にはなにひとつ残らぬ。やむを得ず、火葬させることにした。連中は遺灰には興味がないようだからな」

「……そなたの膝もとで、そんなことが起こるのか」

「晟烏鏡の霊威はどうした、と言いたいのだろう。ああ、そのとおりだ。俺の晟烏鏡は思いのほか役に立たぬらしい。妖魔だの厲鬼だのを禦げぬようでは……」

皇族男子ならだれもがその身に宿している素鵲鏡は、それぞれの力の度合いを「灮《こう》」で表し、十二段階にわかれている。灮巳《こうじ》、灮午《こうご》、灮未《こうみ》、灮申《こうしん》、灮酉《こうゆう》、灮戌《こうじゅつ》、灮亥《こうがい》、灮子《こうし》、灮丑《こうちゅう》、灮寅《こういん》、灮卯《こうぼう》、灮辰《こうじん》がそれであり、灮巳はもっとも力の弱い者、灮辰はもっとも力の強い者だ。

非力な素鵲鏡を持つ者が皇位につけば脆弱《ぜいじゃく》な晟烏鏡しか得られず、強力な素鵲鏡を持つ者が皇位につけば強靭《きょうじん》な晟烏鏡を得られる。

ここ数代は灮亥や灮子の皇帝が多く、敬宗にいたっては灮戌の帝《みかど》であった。妖術を自在に操る凶后の専横を許してしまったのも、敬宗の玉体に宿った晟烏鏡が、本来ならば即位にふさわしくない灮戌の素鵲鏡から生まれたものだったからだ。

かたや、天凱は灮辰の素鵲鏡を持っていた。当然、彼に宿っている晟烏鏡はもっとも強力なものであるはず。灮辰の帝は亜堯《あぎょう》と呼ばれ、特別視される。灮辰の素鵲鏡は稀有《けう》であり、亜堯は数代にひとりしかあらわれない。魑魅魍魎を焼き払う十全な明鏡《ちから》を持つ帝は、天下万民が渇望するものだ。だれもが待ち焦がれた亜堯をいただく冏都《けいと》に妖魔が跳梁跋扈《ちょうりょうばっこ》するとは、およそ考えられないことで……。

「好きで玉座についたわけではない」

ため息まじりの声が夜風に流されていく。

「最初の即位も二度目の即位も、俺の意思とは無関係だ。最初は凶后が俺を宝祚《ほうそ》に押しあげ、今度は高官たちが俺をかつぎあげた。万乗《ばんじょう》の位には喜び勇んで飛びつくのが道理だといわんばかりに。まったく、はた迷惑な話だ」

天凱は凶后の夫、熹宗《きそう》の皇子である。赤子のころ、事故にまきこまれて表向きは死んだことになっており、己の出自を知らぬまま市井で育った。皇族として養育されたわけでもないのに、一度ならず二度までも皇位継承に翻弄されたのだ。

「帝位など、欲しいやつがいればくれてやる。俺にとってはその程度のものだ。それでも……この光景を見ると、平静ではいられなくなる」

ひっそりと月をあおぐ土饅頭の群れ。寒々しい夜気に溶けこむ死のにおい。

「彼らはもっと生きられるはずだった。すくなくとも奇病に侵されて死ぬはずではなかった。やりたいことがあっただろう。食いたいものがあっただろう。会いたいひとがいただろう。……そう思うと、とてもやりきれぬ」

「奇病が流行りだしたのは先帝の御代《みよ》の末ごろからだと聞いた。漏沢園に眠る者たちも即位して日が浅いそなたを責めたてはしないだろう」

「たしかにな。先帝の御代に起きたことに俺の力はおよばぬ。だが、この先のことには俺がいっさいの責めを負うことになる。たとえ望んで得た皇祚《こうそ》でなくても、天子として民を救わねばならない。玉座を引き受けた以上は逃れられぬつとめだ」

天凱の視線が美凰の瞳を射貫いた。

「紅閨の変で宮廷を追われたあなたを天下のために利用するのが筋違いだということはよくわかっているが、恥ずかしながら俺には梟棊《てごま》がない」

「梟棊がない？　そなたには禁台《えいだい》があるであろう？」

皇帝直属の覡衆《かんなぎしゅう》、禁台。覡は去勢された男子のみで構成されている。彼らは蒐官《しゅうかん》と呼ばれ、血縁を介さず、特殊な方法で霊力を継承していく。ひとたび怪異の事件が出来《しゅったい》したとき、すみやかに捜査して解決へ導くのは蒐官の仕事だ。

「俺も即位してはじめて知ったんだが、当代の禁台には蒐官がいない。いるのは蒐官ふうに装った閹人《かんがん》だけだ。先帝は血眼になって凶后時代の蒐官の生き残りを探したが、見つからなかったようだ。かといって凶后が廃した禁台をそのままにしておくわけにはいかぬので、体裁だけととのえた。どうりで先帝が奇病にうまく対処できなかったはずだ。百鬼《ひやっき》を狩り、千禍《せんか》を祓《はら》う禁台が牛首馬肉《みかけだおし》ではな」

皇帝の命令でしか動かない禁台を疎んじ、凶后は禁台長官である禁大夫《えいたいふ》以下の蒐官を無実の罪で刑場に追いたてた。紅閨の変をへて、敬宗が実権をとりもどしてから禁台を復活させたと聞いていたが、まさか頭数をそろえただけだったとは。

「禁台が使えぬのなら、奇病の捜査はだれに任せているのだ？」

「目下、官民の巫師《ふし》を使っている。どうもはかばかしくないがな。夜ごと徘徊《はいかい》する妖魔を狩るため、連中に化璧《かへき》を持たせてみたが、うまく使いこなせぬようだ」

化璧は晟烏鏡の光からつくられた駆鬼《おにばらい》の呪物《じゅぶつ》だ。剣、槍《やり》、扇、傘、鈴、筆など、かたちはさまざまだが、強い霊力を持つ者でなければあつかえない代物であることは共通している。本来は禁台が管理し、蒐官が妖異を祓うために使うものだ。

「仕方ないので俺が直々に出張って妖魔を狩っている。やつらは孑孑《ぼうふら》のようにわいてきてきりがない。狩っても狩っても患者は増えていく。高官たちは俺をかつぎあげたことを後悔しはじめている。もっとよく対処できる皇族がいるなら譲位してもいいが、そもそもほかにめぼしい候補がいないから俺にふたたび玉座がまわってきたんだ。俺が退いたところで、解決の糸口にはならぬ。……万策尽きてあなたを頼るしか道がなくなった。あなたの身に宿った奇《く》しき力だけが頼みの綱だ」

「……私の禍華《ちから》をつかいたいと？　奇病退治に？」

馬鹿なことを、と美凰は鼻先で笑った。

「そなた、禍華がどういうものなのかわかっているのか」

「くわしいことはわからぬ。凶后は禍華について多くを語らなかった。史書にも記載がないし、禍華がなんなのか知る者も見つからない。ただ、俺の知る限り、禍華は陰界《いんかい》にまつわる力だ。鬼《ばけもの》を狩り、支配下に置いて自在に使役する。凶后が易々《やすやす》と朝廷を手中におさめたのも、配下の鬼を駆使し、高官たちを震えあがらせたからだ」

「それを承知で、私の封印を解くつもりか？　封印から解き放たれた瞬間、私の明器たちがそなたの喉笛を喰いちぎるかもしれぬのに？」

「だれが封印を解くと言った」

天凱はもどかしげに片眉をはねあげた。

「封印を解くまでもない。あなたの禕華は目覚めている」

「なるほど、私が明器をつかっていることを知ったから訪ねてきたのか。気づかなかったよ。そなたの走狗《いぬ》が羈祆宮を嗅ぎまわっていたとはな」

明器をつかえるということは、封印がほころびているということ。それはけっして明かされてはならぬ秘密。もし禕華が目覚めていることが知られれば、荊棘《けいきょく》奇案《きあん》がくりかえされる。秘密を守るため非力な廃妃を演じつづけた。明器をつかうのは物見遊山の侵入者を追いかえすときだけで、極力、表には出さなかった。

「走狗など放っていない。使者を送ったのは先日がはじめてだ」

「じゃあ、どうやって知った？　まさか……禁台は勘づいていたのか？」

定期的に禁台の蒐官が美凰の暮らしぶりを調べにきていた。もちろん、彼らに明器を見せたことはない。封印のほころびを気取られた様子はなかったはずだが。

「禁台の記録にはあなたが羈祆宮でおとなしく暮らしていると記されていただけだ」

「では、なぜそなたは知っている……？」

「あなたが幽閉されて間もないころ、ひそかに鸝祆宮を訪ねたことがある。そのとき見たんだ。あなたが凶后のように禝華《しんか》をつかうのを」

天凱は眉間に険しい皺を刻んだ。

「半年とたたずに禝華が目覚めていたんだ、先帝の封印はよほどもろかったんだな」

「……完全に目覚めたわけではない。封印のくびきから逃れているのは半分だけだ」

美凰は胸もとにふれた。短褐《きもの》に隠された素肌には紅蓮の花文様が咲いている。かたちは宝相華《ほうそうげ》に似ているが、花びらの一枚一枚はほのかな炎を帯びたように揺らめいている。これが禝華と呼ばれるものだ。禝華の右上部――左胸の上部で翅《はね》をひろげているのは一匹の蝴蝶《こちょう》。細やかな模様が刻まれた黒いふたつの翅は金砂子をまぶしたように輝いているが、右側の翅はかすれた墨痕のように薄く揺らいでいる。

「景蝶《けいちょう》のほころびは鸝祆宮に入った直後からはじまっていた。最初は小さなものだったが、徐々にひろがっていって、現在は景蝶の片側がかすれている」

敬宗がほどこした封印は、三足烏の羽ばたきから生まれるという景蝶の姿であらわされ、景蝶は美凰に宿った霊力を強制的に眠らせている。

「蒐官に見せるときは表面だけに術をかけてごまかしていた。毎回うまくいっていたが、思えば単純な話だ。彼らが偽の蒐官だったから見抜けなかったのだな」

なかば封じられた禝華で景蝶のほころびをごまかすのは容易ではなく、術はおのずとつたないものになってしまう。本物の蒐官ならひと目で見抜いただろう。

「封印を解かねば、私の禝華は半分しかつかえぬ。それでも役に立つというか」

「高牙のような妖鬼を使役できる力があれば、禁大夫代行としては十分だ」

「朝廷は納得しているのか。私を……廃妃劉氏を呼びもどすことを」

「凶后の怨霊を鎮めるためにあなたを皇太后に冊立することには朝廷も反対しない。問題はあなたに禁大夫を代行してもらうことについてだが、当分のあいだ、こちらは公にできぬ。紅閨の変からわずか十年。凶后がもたらした恐怖はいまだ記憶にあたらしい。あなたが羈袄宮の外で霊力をつかうことが知られれば、官民は混乱する」

士民は美凰が凶后とおなじ力を発現したことを知っている。天凱が美凰に禁台を任せると聞けば、ただでさえ奇病騒ぎに狼狽《ろうばい》する京師がますます混迷してしまう。

「正直に言えば、あなたにはなんの益もない仕事だ。皇宮があなたをあたたかく歓迎することはない。凶后への怨みはいまだくすぶっている。廃妃劉氏が凶后の代わりに憎まれるであろうことは、容易に想像がつく」

「そんなことを言ってよいのか？　私を連れだそうとしているくせに」

「甘言を弄してどうなる。俺はあなたを鬼狩りの猟犬にしようとしているんだぞ。みずからは禝華に脅かされることのない場所から一歩も動かずに」

「外道」

「罵声ならいくらでも受けよう。だが、こうするしかないんだ。下手に封印を解いて、あなたと戦う羽目になれば本末転倒だ。俺の敵は民を脅かす奇病であって、あなたじゃない。だから封印は解かない。首輪をつけたままのあなたを利用させてくれ」

ひどい口説き文句だ、と美凰はあきれてため息をついた。

「馬鹿正直なところは童子のころから変わらぬな」

「あなたが相手だからさ。腹芸はしたくない」

「私では役に立たぬかもしれぬぞ」

「垂拱《なにもしない》よりはましだ。亡骸を減らせる可能性があるなら、賭けてみたい」

横殴りの風が駆けぬけた。巾子《ずきん》の結び目がせわしなくはためく。

「俺を助けてくれないか。たいした返礼はできぬが、奇病がおさまった暁にはあなたの願いをひとつだけかなえよう。ただし、国をよこせとか、大権をよこせとか、俺以外の者たちまでまきこむような願い事はかんべんしてくれ」

「国も大権もいらぬ。そんなものに興味はない。私の願いは……」

喉まで出かかった言葉。棘のある木菓子のように、苦労してのみくだす。

「奇病がおさまれば、私を羈袄宮に帰すか？」

「いいとも。約束しよう」

「だめだ。約束はするな。その言葉は……きらいだ」

忘れたはずの古傷が毒針のように胸を刺した。

「じゃあ、契約だ。それなら承知するか？」

「不本意ながらな。奇病がおさまるまで禁大夫の真似事《まねごと》をしてやる」

天凱を信用したわけでもなければ、民を思う彼の仁心に共感したわけでもない。

美凰には選択肢がないのだ。天凱がその気になれば、美凰を無理やり皇宮へ連れ去ることもできる。連行されるよりは納得ずくで行くほうがましと判断した。

「ありがとう。恩に着る」

天凱は破顔した。邪気のない微笑に居心地の悪さを感じ、美凰は視線をそらす。

「出立はいつだ？」

「早いほうがいい。明日には発《た》ちたいところだ」

「では、義塚見物はこれくらいにして帰るぞ。支度を急がねばならぬゆえ」

明朝、勅使一行がふたたび羈袄宮《きようきゆう》を訪ねてきた。

天凱は勅使と話をつけ、皇太后のために用意された香車《くるま》に美凰を乗せた。むろん同乗はしない。夫婦以外の男女が同乗するのは不埒《ふらち》な行為である。

胡服姿で馬に跨り、護衛の武官のごとく香車を先導した天凱は、途中で一足先に帰ると言って駆け去った。羈袄宮から皇宮までは車馬で数日かかるが、天凱の場合は晟《せい》烏鏡《うきょう》の霊威で路程を省略できるから、昼過ぎには帰りつくだろう。

「なあ、美凰。ほんとうに皇宮なんか行くのか？」

高牙《こうが》はむかい側の空中にふんぞりかえっていた。相変わらず長い黒髪は結わずに垂らしたまま、気だるそうに煙管《キセル》をくわえている。

「おまえ、宮中には行きたくないっていつも言ってたじゃねえか」

「非常事態だ。やむを得ぬ」

「例の奇病か？　けっ、そんなの知るかよ。だいたい、おまえには関係ねえだろ。凶后の怨霊だかなんだか知らねえが、天下を脅かす厲鬼《れいき》が出たんなら皇帝が始末すればいいだけの話だ。そのための晟烏鏡《しろがらす》だろうが」

「晟烏鏡だけでは対処しきれないから、私を頼ってきたのだろう」

「奇病ひとつ祓えないヘボ皇帝が亜堯《あぎょう》だって？　はっ、笑わせる。あいつ、ほんとは兇辰《こうじん》の晟烏鏡なんか持ってねえんじゃねーの。亜堯どころか先帝にも劣る愚帝だろ」

「お黙り、猫老頭子《じじい》。あたしの好《い》いひとを悪く言うと承知しないよ」

黛《まゆずみ》で眉を描いていた如霞《じょか》が高牙を睨んだ。こちらは黒髪を派手な飛天髻《ひてんけい》に結いあげ、簪釵《かんざし》や飾り櫛《くし》をてんこ盛りにしている。婀娜めく美貌は白粉でいっそう華やぎ、胸もとまで引きあげた牡丹芙蓉《ぼたんふよう》文の長裙《ちょうくん》からは白いふくらみがこぼれ落ちんばかり。年のころ二十代半ばの美女にしか見えないが、齢千を超えた蛇精《じゃせい》である。

「んだよ蛇老婆子《ばばあ》。いつから皇帝がおまえの好いひとになったんだよ」

「ひと晩でも雲雨《うんう》の情を交わした男はもれなくあたしの好いひとになるのさ」

「はあ？　まさか昨日、夜這《よば》いしたんじゃねえだろうな」

「あんないい男がおなじ屋根の下にいるのに忍んでいかなかったら女がすたるってもんさ。あたしが訪ねていったとき、檀郎《いろおとこ》はお召しかえの最中でさ、たっぷりのぞき見したんだけどね、もうふるいつきたくなるような魁偉《いいからだ》だったよ」

「で、やつの精気を吸いつくしたってわけか？」

「あいにく、丁寧に断られちまったんだ。真面目な顔しちゃってさ、天子を名乗っている以上、後宮の外で皇胤《たね》をばらまくわけにはいかないんだと。浪子《あそびにん》に見えるけど、思ったより律儀な男なんだねえ。ますます欲しくなったわ」

「おい待てよ。結局、雲雨の情なんか交わしてねえじゃねーか」

「じきに交わすんだよ。真面目な男ほど落としがいがあるってもんさ。あの檀郎があたしの色香に惑って淫らな野獣《けだもの》になるのも時間の問題だね」

「野獣はおめーだよ、好色老婆子。だいたい、なんでそんなにめかしこんでるんだ？　脂粉くせーんだけど。男あさりにでも行くつもりかよ」

「紅白粉は女の戦装束なんだよ。皇宮は晟烏鏡《しろがらす》の巣。あたしら妖鬼にしてみれば、いわば敵の根城だ。敵地のど真ん中に乗りこむのに戦支度もせずに行けるかい」

「へーえ、じゃあ、美凰の派手な恰好も戦装束なのか？」

高牙がうさんくさそうにこちらを見やる。美凰はそっけなく答えた。

「私は皇太后として皇宮に戻るのだ。短褐《ふだんぎ》では参内できない」

鸞《らん》が百花と戯れる大袖衫《おおそでさん》、雪華《せっか》模様が舞い散る長裙。銀珠《ぎんしゅ》を縫いつけた帯、雨垂れをつらねたような翡翠の組玉佩《そぎょくはい》、つま先が高くそりかえった錦の履《くつ》。宝髻《ほうけい》に結った髪を飾る玻璃《はり》の簪も瑪瑙《めのう》の飾り櫛も造花の梔子《くちなし》も、美凰が身につけているものはすべて喪礼にかなった白。天凱が持ってきた凶服《きょうふく》のひとそろいである。

祖法《そほう》により、服喪期間は三十六日とさだめられている。先帝の崩御から数月が経ち、とうに喪は明けているので、凶服を着なくても非礼にはならないのだが、天凱はすこしでも美凰の印象をよくするために白ずくめの衣装をまとうよう提案した。

「柄にもなく化粧なんかしやがって。ちっとも似合わねえ」

「わかっている」

礼儀でなければ化粧などしたくないし、華麗な衣装も着たくない。ひとなみの女らしいことは、いまの美凰には無用だ。着飾った姿を見せる相手もいないのだから。

「そんなことないよ。美凰はとってもきれいだよ」

美凰の膝の上に座っている星羽《せいう》がふりかえった。くりくりした目が印象的な、愛らしい童子の溺鬼《できき》だ。外見年齢は四つだが、死んだのは五十年前である。幼くして命を落としたせいか、幽鬼となってからも童子らしさが抜けない。

「今日の美凰は天女さまみたい。ぼく、好きだよ」

「ありがとう。そなたこそ、今日はずいぶん男ぶりがいいな」

星羽はさわやかな天藍《そらいろ》の袍《ほう》を着て、壮丁《おとな》のように幞頭《ぼくとう》をかぶっている。どちらも美凰が仕立てたものだ。ひどく気に入っているようで、星羽は得意げだった。

「高牙が皇宮は怖いところだって言ってたけど、ほんとう？」

「楽しいところではないな」

「悪い幽鬼がいるの？」

「晟烏鏡の恩寵《おんちょう》をじかに受けている場所だから、幽鬼はそうそう出られぬはずだ」

宮門には術がかけられているので、原則として皇宮に鬼のたぐいは出ない。

「え？　じゃあ、ぼくたちはどうなるの？　もしかして……退治されちゃうの？」

「心配するな。そなたたち明器《めいき》はとくべつに皇宮に入ることができるよう、主上がとりはからってくれた。なにも怖いことはないから、安心してよい」

うん、と星羽は素直にうなずく。童子らしいしぐさにすこしだけ緊張がやわらぐ。

「いちばん安心してないのはおまえだろ。行きたくないって顔に書いてあるぞ」

「あたりまえだ。私だって皇宮には近寄りたくない」

「だったら行かなきゃいいだろ。いまからでも遅くないぞ。引きかえすか？」

「それは無理だ。禁大夫《えいたいふ》代行を引き受けたからには、つとめを果たさねば」

美凰は凭几《ひじかけ》にもたれて目を閉じた。骨身に響く車輪の音が、かろうじて抑えこんでいた悪《あ》しき記憶を呼び覚まそうとしている。

香車《くるま》がとまった。あらぬ誤解を招かぬよう、高牙たちは姿を消す。

外から帷《とばり》を開けてよいかと声がかけられた。氷が鳴るような澄んだ声は宦官のものだ。美凰が返事をすると、花模様の帷がひらかれる。焼け落ちそうな夕陽に目を細め、美凰はさしだされた宦官の手につかまって香車からおりた。

そこは皇宮の正門たる大耀門《だいようもん》から幾多の宮門《きゆうもん》をとおりぬけた先にある祥寧殿《しようねいでん》前の広場であった。力強くそりかえった屋根にはもっとも尊貴とされる黄琉璃瓦《こうるりがわら》が葺《ふ》かれ、そびえたつ朱漆塗りの円柱には雷神色《いかづちいろ》の龍がからみついている。

玉皇大帝《ぎよつこうたいてい》の居所かと見まがう壮麗な殿堂だが、美凰にとっては見慣れた建物だ。

美凰の全身を粟立《あわだ》たせたのは、長い玉階《きざはし》の下にずらりとならんだ高位高官たちだった。いずれも緋紅《ひいろ》の朝服《ちようふく》に漆黒の蔽膝《ひざおおい》をまとい、進賢冠《しんけんかん》をかぶった姿でうやうやしく揖礼《ゆうれい》している。

「皇太后さまに拝謁いたします」

高官たちが型どおりのあいさつをすると、背筋に悪寒が走った。逃げださなかったのは、足が凍りついて動かなかったからだ。

「私は一介の廃妃にすぎぬゆえ、礼は不要である。皇太后と呼ぶ必要もない」

声が震えた。帷帽《いぼう》から垂れる羅《うすもの》越しに彼らを見ることもできない。

紅閨の変当時の高官が健在とは限らない。ひょっとしたら、朝廷の顔ぶれは変わっているかもしれない。そう考えて自分を落ちつかせようとしたものの、身体の震えは止まらなかった。彼らのなかに刑場で美凰に石を投げた者がいるかもしれない。地獄に落ちろと叫んだ者がいるかもしれない。あるいは、みずからその手で――。

「恐れながら、そういうわけにはまいりません。くれぐれも無礼がないようにと、主上より仰せつかっておりますので」

手前に立つ高官が揖礼したままの恰好で言った。にこやかでありながら、どこかに切っ先を隠した声色。封じたはずの記憶が濁流のように流れだす。

「そなた……湯少宰《とうしょうさい》か？」

「非才《ひさい》の身ではありますが、現在は太宰《たいさい》を拝命しております」

湯太宰はなおも顔をあげない。目上の者の許可がなければ、丸一日でも礼のかたちを崩してはならないのが宮中のしきたり。美凰は袖のなかでこぶしを握りしめた。

「楽にせよ」

「感謝いたします、皇太后さま」

示し合わせたように唱和し、高官たちが顔をあげる。無数の視線がいっせいに美凰を刺し貫いた。それらは嫌悪をむきだしにし、怨念をあらわにしている。

「臣下一同、皇太后さまのご還御を衷心よりお待ち申しあげておりました」

湯太宰は若かりしころを偲《しの》ばせる端麗な容貌にやわらかな笑みを刻んだ。

十年前には五十路《いそじ》を超えていなかったから、華甲《かんれき》に手が届こうかという年齢だろう。ほかの高官たちも湯太宰と同年代か、それよりも若い。凶后時代、老臣はことごとく処刑された。凶后が年老いた者を極端にきらったからだ。美凰は朝廷から老臣たちが消えていくのを不審に思い、彼らはどこに行ったのかと凶后に尋ねたことがある。

「みな故郷に帰った。これからはのんびり余生を過ごすそうじゃ」

美凰は凶后の嘘を信じた。老臣たちは長年の功績におうじた賜金《てあて》を受けとって故郷に帰り、美しい山河を眺めながら子孫にかこまれてのどかに暮らすのだろうと。

彼らがささいな罪で刑場に引ったてられ、酷刑《こっけい》に処されていたとも知らずに。

「道中、ご不便はございませんでしたか」

「なにもない」

それはよろしゅうございました、と湯太宰は柔和に微笑する。心にもない言葉だ。居ならぶ高官たちのなかで、湯太宰ほど美凰を怨んでいる者はいないだろう。

「叔母上」

明朗な声音が降った。見れば、玉階の上から天凱がおりてくる。

先日のような胡服姿ではない。六つの団龍《だんりゅう》文を縫いとった明黄色《にちりんいろ》の大袖袍《おおそでほう》に身を包み、赤地に玉板をならべた銙帯《おび》を締め、髻には小冠《しょうかん》をいただいている。高官たちが風になびく稲穂のように首《こうべ》を垂れる。美凰は跪拝《きはい》した。

「そのようなことはなさらないでください。皇太后さまに拝されては予が困ります」

黄熟香《おうじゅくこう》のにおいがゆかしくただよい、両手がさしのべられる気配がする。

「皇恩《こうおん》に感謝いたします、主上」

美凰は天凱の手につかまって立ちあがったが、天凱と目を合わせはしない。龍顔《りゅうがん》を真正面から見るのは不敬である。

「長旅でお疲れでしょう。歓迎の宴《うたげ》のまえにご休憩をなさってはいかがです」

「凶服で宴に出るわけにはまいりませぬ」

「では、お召しかえをなさってください。——圭内侍監《けいないじかん》」

はい、と進みでたのはさきほどの宦官だった。気品ただよう秀麗な眉目には見覚えがある。翡翠公主時代の美凰に仕えていた圭鹿鳴《ろくめい》だ。最後に会ったときは二十歳を過ぎたばかりだったが、現在もさして容姿に変化はなく、涼しい細面を保っている。

「叔母上を偏殿《へんでん》にお連れせよ」

承知いたしました、と鹿鳴は慇懃《いんぎん》に揖礼した。

「御手をどうぞ、皇太后さま」

鹿鳴がさしだした手を取り、美凰は錦の履《くつ》を玉階にのせる。

宦官の手のひら、重い衣擦れの音、背中に突き刺さる悪意のまなざし。

ほんとうに舞い戻ってしまったのだ。廃妃劉氏への怨憎が煮《に》え滾《たぎ》る、この宮中に。


天凱は雪山を歩いていた。一歩進むごとに赤舄《くつ》が雪に埋まり、凍《い》てつく風が大裘《だいきゅう》の裾を荒っぽくもてあそぶ。白い息を吐いて首をめぐらすと、白紗《はくさ》がひらめくような視界に黄瑠璃瓦《こうるりがわら》を葺いた建物が飛びこんできた。雲を貫く高楼をつらねたその建築群は、玉皇大帝《ぎょっこうたいてい》を祀る宮観《きゅうかん》、九霄観《きゅうしょうかん》である。

玉皇大帝――天帝を民間で祀ることは許されていない。天帝を祀ることができるのは皇帝だけであり、天帝を祀った道観は晟烏鏡《せいうきょう》のなか、鏡殿《きょうでん》にしか存在しない。

鏡殿の風景はさまざまだ。春霞《はるがすみ》の立ちこめる湖畔、涼風が駆けぬける竹林、錦繍《きんしゅう》の山々を見おろす高台、今回のように一面の銀世界がひろがっていることもある。

よろずの風景に共通しているのは、かならずどこかに九霄観が見えることだ。

毎朝、皇帝は鏡殿に入って九霄観に詣でる。この儀式を拝遼《はいりょう》という。

天凱は雪道を踏みしめて進んだ。ふしぎなことに黄金に輝く甍《いらか》の波が視界に入ると、それがどれほど遠くに見えようとも、わずか十数歩で九霄観の楼門にたどりつく。吹雪のなかにそびえたつ九霄観はさながら玉皇大帝の裳裾《もすそ》のようだった。天凱が近づけば丹塗《にぬ》りの門扉はひとりでにひらく。無人の楼門をくぐり、銀漢《あまのがわ》のような玉石の階《きざはし》をのぼって正殿に入る。二本の扶桑樹《ふそうじゅ》が屋根を支える殿内に人影はない。博山炉《はくざんろ》で焚《た》かれた香のにおいがただよっているだけである。祭壇は両翼をひろげた畢方鳥《ひっぽうちょう》に支えられている。神像や対聯《ついれん》はなく、祀られているのは十三面の鏡鑑《かがみ》。天凱は大裘の袖を払って祭壇の前にひざまずいた。いくたびも稽首《けいしゅ》したのち進香《しょうこう》する。

拝礼をすませると、揖礼《ゆうれい》のかたちを保ったままであとずさり、祭壇には背をむけずに正殿を出る。正殿の大扉が閉ざされるのを見届けて、玉石の階をおりていく。

最後の段を踏んだ刹那、満目を埋めつくしていた雪景色が剪刀《はさみ》で断ち切られたように消えた。そして、無数の連枝灯《れんしとう》に照らしだされた堂内が出現する。

ここは拝遼が行われる神域、崇基殿《すうきでん》の正殿だ。

「ほんとうに劉氏を連れもどしてよかったんですかね……」

天凱が晟烏鏡から出てくるなり、祭壇のそばにひかえていた銀髪の宦官がぼやくように言った。外廷《がいてい》をつかさどる紫衣内侍省《しいないじしょう》の次官、内侍監過貪狼《ないじかんかたんろう》である。

「叔母上にふくむところでもあるような口ぶりだな」

「そりゃあもう、ありますよ。大ありですよ」

「へえ、おまえも凶后を怨んでいるのか？」

「怨んでるに決まってるでしょう。出世と蓄財だけが生きがいの奴才《わたし》に廃帝のお守りを押しつけたのはあの妖婆《ばばあ》ですからね」

妖婆、のところで忌ま忌ましげに眉間にしわをよせる。

「妖婆のご機嫌とりに奔走して阿諛追従《ごますり》しまくって弱冠二十歳で内常侍《ないじょうじ》になって甘い汁すすりまくるぞーと思った矢先に、どっかの片鄙《かたいなか》から拾ってきた悪童《わるがき》皇帝の子守りを命じられて面倒くせえと思いながらも銀子のためだと思ってこつこつ勤めていたのに、妖婆の気まぐれで主上が廃位され、奴才は前途洋々の高級宦官からおんぼろ郡《ぐん》王府《おうふ》の使い走りに格下げ！　俸禄は激減！　賄賂は皆無に！」

はあぁ、と美しい顔に似合わぬ爺《じじ》むさいため息をつく。

「郡王府で費やした十年、あれこそ無駄のきわみです。もし、廃帝のお守りなど任されずにあのまま宮中勤めをしていたら月二十両の俸禄が出たし、賄賂等《とう》の副収入で四十両、そのうち内侍監に出世して俸禄は月三十両を超え、それに伴って収賄額も右肩あがり、最低でも年に千両は稼げたはずなんですから。十年もあれば一万両はくだらなかったわけです。わかります？　一万両ですよ一万両！　一万両あったらなにができると思います⁉　匣《はこ》いっぱいの銀子を肴《さかな》にうまい安酒が飲めるんですよ⁉」

「その銀子で豪遊するという発想はないのか？」

「とんでもない！　銀子を使うなんて、想像しただけでぞっとしますよ！」

貪狼は胡姫《こき》の息子である。西域《さいいき》由来の白銀の髪と青玉のような瞳という、ずばぬけた美貌の持ち主だ。黙っていれば紅衣内侍省《こういないじしょう》次官、圭内侍監とならぶ美丈夫なのだが、銀子についてしゃべりだすとこのありさまだ。

蓄財家であると同時にどしがたい吝嗇《りんしょく》家でもある。

自邸では奴婢《ぬひ》同様の襤褸《ぼろ》を着て、豆粥《まめがゆ》を食べ、薄っぺらい寝具でやすむという涙ぐましい倹約生活を営み、高級宦官にありがちな賭け事や女色、書画古玩《こっとう》の蒐集《しゅうしゅう》といった金のかかる趣味には絶対に手を出さない。ではいったいなんのために蓄財と倹約に励んでいるのかというと、豊かな老後のためだと本人は熱弁をふるう。

「おまえが大損したのはわかった。だが、おまえが左遷されたのは、俺が廃位されたからだ。凶后はともかく、この件で叔母上を怨むのは筋違いだぞ」

「過去の件についてはそうですがね。未来のことについてはわかりませんよ」

貪狼は青い瞳を胡乱《うろん》げに細めた。

「まさかとは思いますが、劉氏の皇太后冊立の件、私情は挟んでいませんね？」

「どういう意味だ」

「かつて、主上は劉氏ととても懇意でいらっしゃった。むろん、そうなるように凶后が仕組んだわけですが。凶后は劉氏を主上の皇后に立てるつもりでいましたから」

「あのころ俺は八つ、叔母上は十四だぞ。親しくしているといっても姉弟のようなものだった。婚約の話も凶后が言いだしただけで、俺の意思じゃない」

八歳の天凱を市井から見出《みいだ》して即位させた凶后は、わが子のように猫かわいがりしていた美凰を新帝の皇后に立てるつもりでいた。天凱が冠礼《かんれい》を迎えたらすぐにでも大婚《たいこん》を行う予定で、美凰の嫁入り支度は着々と進行していた。しかし、凶后はどういうわけか翻意して、即位の翌年に天凱の廃位を決め、美凰と天凱の縁談も立ち消えになった。美凰はその後、あらたな皇帝に指名された司馬雪峰と婚約した。

「案外まんざらでもなかったんじゃないですか？　劉氏との縁談は」

「さてな。昔のことだ、もう忘れたよ」

へえーさようで、と貪狼はまるきり信じていない目つきで天凱を見る。

「これだけは申しておきましょう。十二年前、主上は皇帝、劉氏は皇后候補でした。現在、主上は皇帝、劉氏は皇太后です。おふたりに血縁はありませんが、劉氏が主上の叔父である先帝に嫁いでいる以上、主上と劉氏は甥と叔母の関係です。けっして男女の仲になってはならぬ間柄であるということを、ゆめゆめお忘れなきように」

「男女の礼節をわきまえよと？　おまえにしては堅苦しいことを言うんだな」

「堅苦しいもくそもありません。万一、主上と劉氏に間違いでも起こったら、主上の評判は地の底に落ちます。内乱天子なんて洒落《しゃれ》になりませんよ」

内乱は十悪《じゅうあく》のひとつ、近親相姦《きんしんそうかん》を意味する。

「内乱は人倫にもとる大罪。もし主上が劉氏と道ならぬ関係になったら、高官たちはそろって御身の廃位を申したてます。主君が失脚したら宦官も道連れ。また転落するのはごめんですからね。後生ですから、内乱だけはかんべんしてくださいよ」

わかっていると生返事をして、天凱は祭壇をふりあおいだ。

赫々《かっかく》たる壮麗な祭壇には十三辺形の鏡鑑《かがみ》が鎮座している。この鏡鑑こそ太祖の御代から耀を守りつづけている晟烏鏡だ。大きさは人の顔ほど。鏡背には十二支と三足烏の文様があらわされているが、いまは白銀に輝く鏡面がこちらをむいている。

晟烏鏡は持ち主の心を映す。皇帝が聖徳を失い、邪気に満ち、汚濁すれば、鏡面に曇りが生まれ、さらにはその曇りから罅《ひび》が生じる。皇帝が心を入れかえれば曇りや罅は消えるが、悪しき心を改めなければ、晟烏鏡は粉々に砕け散ってしまう。

これを滅鏡《めっきょう》と呼ぶ。滅鏡した皇帝は十三日以内に崩御する。耀の歴史において、暴君や暗君が例外なく短命に終わっているのは、ひとえに滅鏡のためである。

ただし、晟烏鏡の異変は持ち主である皇帝本人のまなこにしか映らない。過ちを認め、宸襟《しんきん》を改めることができるのは、天子自身をおいてほかにはないのだ。

——未練などないはずだ。

天凱は目を細めて晟烏鏡を見る。澄みきった鏡面に爪で引っかいたような小さな瑕瑾《きず》がある。存在してはならないその欠陥があらためてまなこに焼きついた。

後宮は寿鳳宮《じゅほうきゅう》。龍と鳳凰《ほうおう》の意匠で埋めつくされたこの殿舎《でんしゃ》は歴代の皇太后を迎えてきた。悪名高き凶后《きょうこう》劉瓔《りゅうえい》も紅閨の変が起きるまでは寿鳳宮の主であった。

紅閨の変――明威《めいい》元年春の政変のあと、先帝敬宗《けいそう》は寿鳳宮を飾る凶后愛用の品々を処分し、すべての門を閉ざして錠前に錫《すず》を流しこませた。本来は焼き払うつもりだったが、凶后の痕跡を消すためとはいえ皇宮の一部を焼くのは不吉であるとして諸官が反対したので、念入りに邪気祓いをし、禁足地とするにとどめた。

皇太后に冊立された劉美凰の居所として寿鳳宮を開門するか否か、朝廷は紛糾した。凶后の再来を恐れる者たちは不祥を理由にべつの殿舎を居所にするよう進言したが、適当な場所はなく、また美凰が去ったのちはその殿舎も封鎖しなければならなくなるので、寿鳳宮がふたたび劉太后を迎えるよりほかないのだった。

「いかがです、皇太后さま」

涼やかな声に耳朶《じだ》を叩かれ、美凰はわれにかえった。

顔の高さに八花鏡《はっかきょう》が置かれている。鏡背に夜光貝《やこうがい》の貝殻と琥珀で花鳥文があらわされた逸品だが、いまは磨きあげられた鏡面がこちらをむいている。

鏡面に映るのは、髪を峨髻《がけい》に結った女。仮髪《かはつ》をくわえてつくりあげた豊かな髻《もとどり》には玉《ぎょく》の飾り櫛がさされ、玻璃《はり》の宝鈿《ほうでん》、龍や鳳凰をかたどった金簪《かんざし》、粒翡翠をつらねた歩《ほ》揺《よう》が夜空でまたたく星屑《ほしくず》のようにきらめきわたっている。

「質素にとのご命令どおり、髪飾りはひかえめにしましたが、地味でしょうか？」

「逆だ。派手すぎる」

「そうですか？　ああ、いけない。大事なものを忘れるところでした」

圭鹿鳴《けいろくめい》は女官が持つ銀盤から牡丹の生花を手に取り、美凰の髻に飾った。

「富貴紅《ふうきこう》の花期はもうすこし先のはずだが」

「温室より摘んでまいりました。お気に召しませんか？」

火で炙《あぶ》ったように赤い牡丹、富貴紅。一輪が千金で取引される名花だ。

「今日のところはこのままでかまわぬが、明日以降、生花は不要だ」

鹿鳴は髪結いが得意である。凶后は鹿鳴の腕前をたいそう気に入っていて、いつも彼に髪を結わせていた。令嬢時代、美凰もよく彼に髪を結ってもらった。自分の髪が美しいかたちにたわめられていくのを見ると、胸がときめいたものだ。

あのころとおなじように鹿鳴に結ってもらったのに、なぜか心が躍らない。美麗な髻はもとより、髻を彩る飾り櫛も宝鈿も金簪も歩揺も、骨に響くほどに重い。

「指甲套《つめかざり》はどちらにいたしましょう？　七宝ですか、それとも金細工のものを？」

「つけないという選択肢はないのか」

「今日は后妃《こうひ》がはじめてごあいさつに参上する日ですので、皇太后さまの威厳を示すためにも指甲套は必要かと存じます」

「威厳とやらは、指甲套から生じるものではないだろう」

「すくなくとも身分の差は明らかにできます。湯《とう》皇后より粗末なものをお召しになっては、羈袄宮《きようきゆう》から皇太后さまをお迎えになった主上の面目が立ちません」

湯皇后は湯太宰《たいさい》の孫娘。後宮でもっとも権威のある女人と聞いている。

「なんでもよい。そなたに任せる」

できるだけ質素にしたいが、天凱の面子《めんつ》にかかわると言われれば逆らえない。

結局、如意結《にょいけつ》の指甲套が美凰の薬指と小指におさまった。鹿鳴の手を借りて化粧台の椅子から立ちあがる。とたん、衣装の重さで身体が頼りなくふらついた。

足もとまで垂れる藤黄《とうおう》(あざやかな黄《きいろ》)の大袖衫《おおそでさん》には瓔珞《ようらく》をくわえた鸞《らん》が羽ばたき、彩霞《かすみ》のごとく裾を引く腰高の長裙《ちようくん》は印金《いんきん》の宝相華《ほうそうげ》を咲かせている。薔薇山茶《のいばらつばき》文の被帛《ひはく》を腕にかけ、尾羽のように垂れる銀刺繡の帯を締め、蓮《はす》の花びらをかたどった笏頭履《しやくとうり》を履いたうえ、芙蓉石《ふようせき》の耳墜《みみかざり》、碧玉《へきぎよく》の項鏈《くびかざり》、金銀の手鐲《うでわ》まで身につけた盛装。まるで借りものの身体のように、動きがぎこちなくなってしまう。

「なんてお美しいのでしょう。巫山神女《ふざんしんによ》も皇太后さまに嫉妬いたしますわ」

三十代半ばの臈長《ろうた》けた佳人がおっとりと微笑《ほほえ》んだ。皇太后付き筆頭女官の葉眉珠《ようびしゆ》である。敬宗《けいそう》の後宮では貴妃に仕えていたそうだが、美凰とは先日が初対面だ。鹿鳴と眉珠。寿鳳宮では彼らだけが廃妃劉氏還御のほんとうの理由を知っている。

「世辞はよい。それより、后妃はそろっているか」

「ええ。みなさま正庁《おおひろま》におそろいですわ」

「では急ごう。后妃を待たせてはいけない」

美凰は眉珠の手に支えられて化粧殿《けわいどの》をあとにした。

「皇太后さまにごあいさつ申しあげます」

先触れのあとで美凰が正庁に入ると、后妃たちは膝をかがめて両手を左腰にそえる万福礼《ばんぷくれい》をした。歩揺のせせらぎを聞き、美凰は金漆塗りの宝座《ほうざ》に腰をおろす。

「おもてをあげよ」

「感謝いたします、皇太后さま」

鈴を鳴らすような声が重なりあい、后妃たちは麗しいかんばせを朝日にさらした。芍薬《しやくやく》、海棠《かいどう》、蠟梅《ろうばい》、瑞香《じんちようげ》、木蓮《もくれん》、玫瑰《はまなす》……百花の精が一堂に会したかのようだ。いずれ劣らぬ美姫《びき》たちの髻を飾る金歩揺のきらめきが目に染みる。

かつては美凰もあちら側にいたのだ。大婚《たいこん》の夜に廃されなければ、紅閨の変が起きなければ、皇后として大勢の妃嬪《ひひん》を従え、面映ゆさに頰を染め、誇らしさに胸を張り、皇太后に──凶后にあいさつしていただろう。

「そなたが皇后だな」

美凰は手前に立つ小さな美人に声をかけた。桃花のかんばせは華やいだ化粧で春らしくほころび、大きな髻には皇后の位を示す鳳凰の髪飾りが輝いている。

湯皇后は齢十。皇后と呼ぶにはあまりに幼い童女だ。そのわりに化粧も髪型も衣装も、なにもかもが大人ふうである。

「このたび皇太后さまをお迎えいたしましたこと、祝着至極に存じます」

湯皇后は黒目勝ちの瞳で美凰を見据えた。

「不束者《ふつつか》ではございますが、后妃の筆頭として皇太后さまに赤誠を尽くしてお仕えいたします。なにとぞご指導賜りますよう、つつしんでお願い申しあげます」

「利発な皇后だと音に聞いていたが、世評に嘘はないようだ。こちらこそ、よろしく頼む。といっても、朝礼以外に哀家《わらわ》がそなたたちとかかわることはないが」

哀家とは夫を亡くした皇太后や太皇太后《たいこうたいごう》の自称である。

「それはいかような意味でございましょう？」

「哀家は先帝に廃された身だ。はしなくもご聖恩を賜り、ふたたび大耀門《だいようもん》をくぐることに相成ったが、己の立場はわきまえておる。こたびの措置についておのおの思うことはあるだろうが、しばしの辛抱ゆえ、どうかこらえてほしい」

「しばし、とは？」

湯皇后のうしろにならぶ六人の妃嬪のひとりが柳眉をつりあげた。立ち位置から見て、宋祥妃《そうしょうひ》であろう。二十歳前後のすらりとした麗人である。

「哀家は凶后の怨霊が鎮まり、市井を荒らしている奇病がおさまるまでの仮の皇太后。禍が去れば、哀家も皇宮を去る」

妃嬪たちが怪訝そうに、あるいはほっとしたふうに視線をかわしあった。

「哀家には奇しき力があった。十年前に先帝が哀家の力をお封じになったので、いまの哀家はそなたたちと変わらぬ一介の女子《おなご》だ。ましてやここは、玉皇大帝《ぎょっこうたいてい》が祀られる九重《きゅうちょう》の天。晟烏鏡《せいうきょう》に守られる皇宮で、哀家がそなたたちを害することはない」

「恐れながら皇太后さま、そのお言葉を信ぜよとおっしゃるのですか？」

湯皇后の声が蹴りあげられた鞠《まり》のように格天井へ跳ねあがった。

「荊棘奇案《けいきょくきあん》のことは、だれもが聞きおよんでおります。最初の処刑の折、皇太后さまはその……奇しき力で死霊をお招きになり、多数の死傷者が出たというではありませんか。後宮でもおなじことが起きるのではないかと怯えぬ者はおりません。わたくしは後宮をあずかる皇后。掖庭《えきてい》で凶事が起これば、主上より譴責《けんせき》を受けるのはわたくしです。妃嬪たちのためにも、安全を確認させていただきたいのですが」

「もっともな話だ。哀家はどうすればよい？」

「皇太后さまの奇しき力が封じられている証《あか》しをお見せくださいませ」

桃がほころぶように、湯皇后はふうわりと微笑む。

「先帝が皇太后さまの奇しき力を封じたとき、その証しとして景蝶《けいちょう》の刻印があらわれたとうかがっております。景蝶の刻印がたしかに存在することを目の当たりにすれば、妃嬪たちの不安も消えるでしょう」

「ここで哀家に見世物になれと申すか」

「見世物だなんてとんでもない。わたくしは妃嬪たちの不安を解消したい一心でお願いしているのです。みなもそう思うでしょう」

「ええ、皇后さまのおっしゃるとおりですわ。景蝶の刻印を見ないことには……」

「また荊棘奇案のような事態になったらと思うと……恐ろしいですわ」

「凶后は死霊を従えた鬼女でしたもの。ひょっとしたら皇太后さまも……」

妃嬪たちは青ざめ、口々に不安をささやき合う。本気で言っているようにも、湯皇后へのへつらいで言っているようにも聞こえる。

「わかった。それほどまでに心配しておるのなら、封印の証しを見せよう」

美凰は眉珠《びしゅ》を呼んだ。領《えり》もとをくつろげるよう命じたところ、眉珠はためらう。

「このような場で玉の肌をお見せになるのは、皇太后さまのご名節にかかわるかと」

「哀家は幾度も刑場に引ったてられた女だ。いまさら損なわれて困る名節はない」

美凰が急かすと、眉珠はためらいがちに美凰の領もとに手を伸ばした。

「――やめよ」

力強い声が正庁を揺さぶった。九扇からなる花卉《かき》文様の囲屛《びょうぶ》の陰から天凱が出てくる。猩紅《ひいろ》の龍袍に包まれた長軀には覇気が漲《みなぎ》り、龍眼《ひとみ》に宿った光は見る者を射貫く。春秋に富む雄々しい天子の龍姿《すがた》に、だれしもが見惚《みと》れた。

「主上……！」

頰をぽっと桃紅《ももいろ》に染め、湯皇后は可憐《かれん》なしぐさで万福礼《けいれい》する。妃嬪たちもそれにならったが、天凱は彼女たちに目もくれない。正庁を横切って皇太后の宝座《ほうざ》のそばまで来ると、龍袍の大袖を払ってひざまずき、丁重に拝礼した。

「臣《おみ》であり甥である烱《わたくし》が皇太后さまにごあいさつ申しあげます」

「楽にせよ」

美凰は座ったまま命じる。皇太后は皇帝に頭を下げない。皇帝の拝礼を受ける側だ。

「封印の証しはすでに予が確認しました。ここでお見せになる必要はありませんよ」

天凱は立ちあがって笑顔を見せた。

「晟烏鏡《せいうきょう》を持つ予が確認したのですから、これ以上の保証はないはず。なおも叔母上に景蝶を見せよと迫るなら、予の判断を軽んじることになります」

湯皇后らは万福礼したままである。天凱の許可なしには姿勢を戻せないのだ。

「早く礼をといてやれ。万福礼はあれでなかなか疲れるのだぞ」

「皇太后さまのご厚意だ。おもてをあげよ」

「感謝いたします、皇太后さま、主上」

后妃たちがようやく姿勢を戻す。天凱は湯皇后に笑顔をむけた。

「封印の証しについては聞いてのとおりだ。そなたなら予を信じてくれると思うが」

「もちろん、信じますわ。わたくしは主上の皇后《つま》ですから」

湯皇后はにっこりと笑みをかえす。いとけない目もとには甘い熱っぽさがにじんでいる。昔の美凰のようだ。無邪気に雪峰を恋い慕っていた、あのころの。


「即位以来、そなたはだれにも夜伽《よとぎ》をさせておらぬようだな」

美凰は天凱とならんで歩いていた。場所は鏡殿《きようでん》。右手側には夏の景色を、左手側には秋の景色を映した異界の回廊であり、外界から遮断されている。

すでに皇太后の衣装を脱ぎ、美凰は円領《まるえり》の襦衣《こうい》(筒袖の長衣《ながぎぬ》)と長褲《ちようこ》に着替えている。文様は饕餮《とうてつ》。禜台《えいだい》に所属する蒐官《しゆうかん》の官服だ。

「皇后はともかく、妃嬪たちは適齢期の婦人だ。多くの女人を召して多くの子をなし、皇統を安定させるのは天子のつとめ。床入りしない理由はないはずだが」

夜伽の記録を双燕録《そうえんろく》という。龍床《りゆうしよう》に侍《はべ》った女人の姓名や日時等が書き記されている。

懐胎した女人がいた場合、皇胤《こういん》であるか否かを確かめるためのものだ。双燕録は毎朝、皇后が目をとおしたのち寿鳳宮に届けられる。皇太后に冊立された翌朝には双燕録が届けられたので一読したが、龍床に侍った女人はひとりもいなかった。

「床入りしないのではない。できないんだ」

天凱も饕餮文の褠衣をまとっている。腰に剣を刷《は》いた武官ふうのいでたちだ。

「即位当初は俺もくそ真面目に皇帝のつとめとやらを果たそうと妃嬪を召したが、肝心の妃嬪が閨に来ない。なぜか俺に召された妃嬪はみな臥《ふ》せってしまう」

「妃嬪たちにきらわれるようなことをしたのではないか」

好悪の問題じゃないさ、と天凱は苦笑する。

「みな、湯皇后に遠慮しているんだ。高官たちの大半が湯太宰の口添えで地位を得ている以上、彼らの娘が笄礼《けいれい》前で夜伽できぬ湯皇后をさしおいて皇子を産むわけにはいかない。そんなことをすれば、湯太宰に憎まれて朝廷から排除されるからな」

「では、いつまでたってもそなたは子をなせぬではないか」

「さすがに湯皇后が笄礼を迎えれば解禁されるだろうよ」

「湯皇后の笄礼まで四、五年はあるぞ。それまでずっとそなたはひとり寝を強いられねばならぬのか。いくらなんでも不条理であろう」

「まあ、そのうちなんとかするさ。当面の問題は後宮より見鬼病《けんきびょう》だ」

見鬼病——それが冏都《けいと》で猛威をふるっている疫病の名だ。

はじまりは感冒《かぜ》に似ており、発熱や咳、めまいや身体のだるさなどを感じる。感冒と明確にちがうのはひと晩で驚くほど悪化すること。翌日には高熱を出し、床から起きあがれない状態になっている。この時点で食べたものを吐くようになり、食事を受けつけなくなる。患者はみるみる痩せ衰え、意識が途絶えがちになって昏睡《こんすい》する。ときおり目を覚ますが、そのときには決まって「鬼《ばけもの》を見た」と恐怖に凍りついた形相で訴える。発症から死にいたるまで最短で十日前後、最長で二十日足らず。

昏睡した際に鬼を見ることから見鬼病の名がついた。

「患者の身体にはかならず瘴痕《しょうこん》があると言ったな」

瘴痕は鬼に襲われてできた傷。常人にはふつうの傷痕と区別がつかないが、巫覡《ふげき》の徒であれば、血肉からただよう妖気で通常の怪我《けが》ではないとわかる。

「妖魔が感染源であることはまちがいない」

天凱は立ちどまった。はらりはらりと散り落ちる紅楓《かえで》を睨む。

「感染者を調べてみたが、妖魔に襲われてから約二十日で発症しているようだ。妖魔は日が高いうちには出ない。夕間暮れから夜明けまでにさかんに出没する」

「夜間には家から出ないよう民に呼びかけては？　家門に呪符をつけていれば……」

「呪符は当座しのぎだ。一時的には効果があるが、しばらくすれば破られる」

当初はひと月ほど、妖魔をよせつけなかった呪符の効力が、いまでは半月程度。

「日に日に妖魔が力を増しているというのか」

「死者が増えるにつれて厲鬼の妖力が強まるのかもしれぬ。患者はくりかえし罹患《りかん》する。治したそばから、また感染するんだ。二度目の罹患は最初よりも重症で、三度目はさらに重くなる。四度目、五度目、六度目、治してもまた罹患し、どれほど助けてもおなじことのくりかえし。われながら、己の非力さにいやけがさす」

さざ波のような自嘲が精悍な面輪を濁らせた。

「感染が確認されている地域は？　まさか冏都全域ではあるまいな」

「全域ではない。患者が多いほうから順にいえば、国内外から集まった細民が起き臥しする草竄巷《そうざんこう》、妓楼《ぎろう》が立ちならぶ戯蝶巷《ぎちょうこう》、勾欄《げきじょう》が軒をつらねる繁星巷《はんせいこう》、女冠観《あまでら》がひしめく碧薛巷《へきせんこう》だ。ほかにも貧しい者が住む地域で患者が目立つ」

軍営が陣取る金練巷《きんれんこう》、裕福な商人が暮らす嘉卉巷《かきこう》、上京してきた書生が仮住まいする青槐巷《せいかいこう》、皇族や高官が豪邸をかまえる垂衣巷《すいいこう》からは感染者が見つかっていない。

「貧者ばかりが感染するわけか」

「いや、戯蝶巷、繁星巷、碧薛巷では士大夫や金満家の感染者もちらほらいる。連中は花肆《はなまち》の上客だからな。妖魔が出るとわかっていてもわざわざ出かけていく」

戯蝶巷はもちろんのこと、繁星巷や碧薛巷にも春をひさぐ者がいる。

「さて、安済房《あんせいぼう》に案内しよう。巫師《ふし》たちを紹介したい」

天凱が手をさしだす。鏡殿に出入りするには玉体にふれなければならない。

「なにも鏡殿をとおらなくてもよいのではないか。私だって祲華《しんか》で移動できる」

「ここは密談にもってこいの場所だからな。一歩外に出れば、互いに言動には注意せねば。いいか、この官服を着ているとき、俺は張尊《ちようそん》。あなたは貞企《ていき》。ともに蒐官だが、あなたはごく最近、ひとなみはずれた巫覡の才を見込まれて榮大夫《えいたいふ》に就任した。蒐官の出自は秘匿される決まりだ。むろん、女であることを悟られぬよう――」

「さっきも確認したであろう。しつこいぞ」

美凰は話を打ち切り、ぞんざいに天凱の手をつかんだ。丹塗りの円柱が消え、極彩色の画梁《はり》が消え、百花文様の格天井と方塼《れんが》敷きの床が霧散する。顔料を混ぜるように夏の景色と秋の景色が交わったのち、薄暗い小巷《ろじ》の情景が眼前にひろがった。

陰鬱な曇天のもと、粉牆《しらかべ》にぐるりとかこまれた建物がそびえていた。灰鼠《はいねず》の甍は鈍く光を弾き、扁額に刻まれた安済房の文字は重く沈んでいる。安済房は貧しくて医師にかかることができない患者を収容する施設だ。各州県に置かれ、冏都《けいと》内だけで四か所あるが、つねに満員らしい。ことに見鬼病が流行りだしてからはひきも切らぬ盛況ぶりで、患者は投げこまれるようにして各地の安済房に運ばれてくるという。

「近隣の寺観《じかん》にも収容しているが、とても追いつかない。死者が出て病床が空いても、たちまち埋まってしまう。とにかく患者が多すぎる」

門扉がひらかれ、棺桶《かんおけ》を担いだ奴僕《げなん》たちが続々と出てくる。

彼らを横目で見ながら、天凱は歩きだした。美凰もあとを追い、大門《いりぐち》をくぐる。

「死者の数も尋常ではない。ここまで死人が多ければ囮都の民は激減していると思うだろう？　ところが、実際は逆の現象が起きている」

「増えているというのか？」

「大多数の死者は貧民だ。彼らは寒村出身で、郷里で食いつめて上京してきた。囮都には職があふれていて、だれもがなにかしらの方法で日銭を稼げるからな」

「それは平生の話だろう。見鬼病が流行っている囮都に近づくのは危険ではないか」

「奇病が流行っているからこそ、窮民が押しよせるんだよ。死者が増えれば増えるほど、あらたな働き手が必要になる。職人、荷運び、轎夫《かごかき》、酒楼や茶館の下働き、伶人《げいにん》、妓女《ぎじょ》……どれも引く手あまただ。とくに凶肆《そうぎや》と棺肆《かんおけや》は繁盛しているぞ。冥銭《めいせん》も飛ぶように売れるから、紙肆《かみや》は破格の給金で人を雇っている」

見鬼病さまさまだな、と天凱は皮肉げに言う。

「それほど囮都の外は貧しいんだ。奇病で死ぬかもしれない危険があっても、囮都入りする鄙人《ひなびと》はあとを絶たない。周旋人は地方に出かけていって彼らを仕入れてくる。数年、囮都で働けば郷里に立派な邸《やしき》が建つと聞こえのいい謳《うた》い文句《もんく》で人を集め、奉公先にどんどん送りこむわけだ。たしかに囧都の給金はどんな仕事でも片鄙《かたいなか》よりは高い。近ごろはどこも人手が足りないから、見鬼病が流行る前よりも総じて値あがりしている。真面目に働けば豪邸とまではいかなくても、帰郷後の暮らしの元手になる銀子くらい楽に稼げる。ただし、見鬼病に感染しなければ――の話だ」

甘い夢を胸に上京した貧民が生きて囧都を出られることは、ほぼない。

「貧民に罹患者が多い理由は見当がついているのか？」

「彼らの住まいが城内東南部だからだ。高官の豪邸が甍を争う城内西部は晟烏鏡の恩寵があついが、東南部には晟烏鏡の光が届きにくい」

「東南部に護符を貼りめぐらせてもだめか」

「土地自体に陰の気が強く、護符の効力が半減する。被害は拡大する一方なのに、大官連中はいまだに危機意識がない。高位高官に言わせれば、貧民はかえがきく存在だそうだ。頭数が減ったなら、よそから連れてくればよいとほざいている」

事実、囧都に住む貧民の数は見鬼病が流行る前から変わっていないという。

「かえがきくとはいっても、無計画に使い捨てていれば民の数が減っていくだろう」

「俺もそれを案じている。民が減れば、賦税も軍兵も減る。耀の周辺に蠢く夷狄《いてき》が野心の爪を研いでいるあいだに、内側から瓦解しかねない」

「そなたの言ったとおりだな。見鬼病はこの国を喰い荒らしている」

殺風景な内院《なかにわ》には、粗末な榻《とう》がところせましとならべられていた。空の榻はない。いずれにも患者が横たわり、巫師《ふし》たちが行ったり来たりしている。

「これはこれは張公公《こうこう》。お早いお出ましで」

長身の巫師がいやみなほど慇懃に揖礼《ゆうれい》した。年は二十代半ばを過ぎたくらい。容貌は絵から抜けでてきたようにととのっているが、灰藍《さびあさぎ》の褠衣《こうい》は吐瀉物《としゃ》まみれだ。

「蒐官《しゅうかん》どのがぐずぐずなさっていたおかげで、今朝だけで死者が十名出ましたよ。もっとも全員、身寄りのない窮民ですから、そのまま漏沢園《ろうたくえん》送りになるだけですが。貧しき者がどれほど死のうと、朝廷は腕をこまねいて高みの見物。禁台《えいだい》はろくに機能せず、蒐官もたいして役には立たない。天地は仁ならずとはまさしくこのことで」

「主上に謁見していたので遅れたんだ。すまなかった」

天凱は苦々しく顔をしかめ、丁寧に答礼《とうれい》した。

「紹介しよう、こちらは貞《てい》公公。榮大夫《えいたいふ》に就任なさったばかりだ。貞公公、こちらは野巫《やふ》の丘文泰《きゅうぶんたい》どの。安済房《こ》を仕切っていらっしゃる」

「とんでもない。ここを仕切っているのは、あちらの湯大人《とうたいじん》ですよ。なんといっても官位をお持ちですからね。俺のような野良巫師はただの小間使いにすぎません」

公公は宦官の敬称、大人は巫師に対する敬称である。

「謙遜するな。貴殿の尽力あってこその安済房だ」

「そうですよ。丘大人に比べれば私なんて巫師を名乗るのもおこがましいほどです」

文泰と同年代の青年がもろい微笑を浮かべた。瘦身を包む竹青《おいたけいろ》の襦衣には檮杌《とうこつ》が刺繡されている。檮杌は四凶《しきょう》のひとつ、宮廷巫師たる朝巫《ちょうふ》が身につける文様だ。文泰が言う野良巫師――民間で活躍する野巫とちがって、朝廷に籍を置いている。

「貞公にごあいさついたします。官命により安済房を主管していますが、まったくのでくの坊でして、湯才雄《さいゆう》と申します。丘大人の足手まといになってばかりです」

才雄はどこか危なっかしいしぐさで揖礼し、申し訳なさそうに首をすくめた。

「それにしてもお若い榮大夫ですね。失礼ですが、おいくつで？」

「十六だ」

実年齢を言えば混乱させてしまうので、美凰は外見年齢をのべた。

「あのー断っておきますけどね、ここは巫学《ふがく》じゃないんですよ。まともに禹歩《うほ》も踏めないような小鬼《がき》の出る幕はないんですが？」

「私は禹歩を用いぬ」

「じゃあ、なにを用いて治療なさるおつもりで？」

「己の力をつかうだけだ」

「あんたの力とやらがどれほどのもんか知りませんが、足手まといになるようだったら即刻、叩きだしますよ。走尸行肉《やくたたず》の面倒を見る余裕はないんでね」

噛みつくように言い捨てて、文泰は患者の治療にもどった。呪語をとなえながら銀盤で呪符を焼き、その灰を水に混ぜて患者に飲ませる。符水法《ふすいほう》と呼ばれる呪法だ。呪符を薬餌のように服用することで、より強い効果が期待できる。

「申し訳ございません、貞公公。文泰どのは気が立っていらっしゃるんです。なにしろ、多くの患者が治療のかいなく息をひきとってしまうので……」

才雄は叱責される童子さながらにうなだれた。

「謝る必要はない。それより、患者を診させてくれ」

才雄に案内されて屋内に入る。正房《おもや》は複数の部屋にわかれていたが、どこも榻でいっぱいだった。やはり空いている榻はない。痩せた少年、日焼けした少女、背の高い青年、白髪頭の老人……みなが乾いた口からうめき声をあげている。

「この婦人はここに来て長いのか？」

美凰は榻に横たわる身重の婦人を見おろした。臨月が近いのだろうか、腹部は大きくふくらんでいる。顔は茹《ゆ》でたように火照り、呼吸はあまりにせわしい。

「来たのは三日ほど前です。ここに来た時点で発症してから数日経《た》っていました。高熱が下がらず、意識が朦朧《もうろう》として『鬼を見た』とうわ言をくりかえしています」

「家族もここに？」

「不憫《ふびん》なかたでして……先日、夫を見鬼病で亡くしたばかりなんです。冏都には仕事を求めてやってきたらしく親類もおりません。唯一の肉親は十になる息子だけです」

「息子は罹患しておらぬのか？」

「いまのところは……」

今後はわからないと才雄は言外に濁した。息子は現在、酒坊《つくりざかや》で働いているという。

「……巫師さま」

女の喉からかすれた声がもれる。爛れたように赤い手が美凰の衣をつかんだ。

「どうか、後生ですから、この子だけは、助けてください……」

もう片方の手でふくらんだ腹部を撫でる。美凰は女の手を握った。

「そなたが生きていなければ、子は無事に生まれぬ。気をしっかり持て」

焼けた鉄のような手のひら。満身が滾るほどの高熱では意識を保つことすら難しい。

それでもわが子のことを真っ先に口にするのが母親というものか。

「符水法を試しましたが、うまくいきません。飲んだものを吐いてしまうので……」

「瘴痕《しょうこん》はどこにある？」

「ええと……左腕、だったと思います」

左の袖をたくしあげてみると、前腕に蜘蛛の巣のような黒い痣《あざ》があらわれていた。

複雑なかたちを描く漆黒の線の一本一本から、吐き気を催す妖気がただよってくる。

「な、なにをなさるんです!?」

美凰が女の衣をはだけさせたので、才雄はおろおろした。

「嚇怒法《かくどほう》を使う」

「えっ……危険ではありませんか？　とくに身重の婦人には……」

「符水法が使えぬのだ。多少、手荒な真似《まね》をするしかない」

女の腹部をあらわにして、筆をとりだす。呼吸をととのえ、熱で赤らんだ柔肌に禽《きん》字《じ》を書く。墨はつけない。穂首に使った美凰の髪はそれ自体が霊力を帯びている。禽字は巫術《ふじゅつ》で用いられる古字だ。もののかたちを素朴に写しとったもので、鐘鼎文《しょうていぶん》に似ている。書いたのは安産の女神、九子母《きゅうしぼ》の御名。これから行う破邪《はじゃ》に胎児が耐えられるよう祈りをこめる。つぎに瘴痕の上に破邪の神呪《しんじゅ》を書く。禽字が血文字のように赤く浮かびあがるのは、穂先にこもる霊力が妖気を焼いているからだ。

書き終わるなり、女が絶叫した。手足をばたつかせて苦しみもがく。

「手足を押さえろ。榻から転げ落ちるぞ」

才雄とふたりがかりで四肢を押さえつける。女の身体は怒れる大蛇のように大きくのたうった。天凱がくわわり、三人がかりで押さえつけても、榻は弾《はじ》け飛ばんばかりに軋《きし》り音をあげ、女の喉は万雷のごとき悲鳴をほとばしらせる。

鬼病を癒やすには、厲鬼《れいき》を身体から追いださなければならない。当然、厲鬼は追いだされまいとして血肉にしがみつくから、患者は激烈な苦しみを味わう。

「鬼門《きもん》を探せ」

「えっ、瘴痕が鬼門では？」

「瘴痕はだめだ。厲鬼の力を殺《そ》げぬ」

鬼門は通常、艮《うしとら》の方位をさすが、鬼病祓いでは厲鬼の出入り口をさす。瘴痕は厲鬼が入りこんだ場所だから、とおりやすい道ができている。厲鬼の力を殺ぐため、瘴痕を呪言《じゅごん》でふさいで、べつの場所から引きずりだす。

「貞公公、鬼門はここだ」

天凱が女の右肩をさし示した。ふれてみると、妖気が脈打っている。

美凰は懐から黄麻紙《おうまし》をとりだし、筆で短剣を描いた。できた絵に手をあてがって呪をとなえれば、画中の短剣はたちまち実物となって手のひらにおさまる。

「われは鬼方《きほう》を伐《う》つ者」

鞘《さや》を払い、あらわになった剣身に二本の指を滑らせる。

「汝《なんじ》の四肢を焼き、汝の肝を挽《ひ》き、汝の肉を寸断し、汝の腸《はらわた》を抜かん」

女が悲鳴をあげると同時に鬼門がふくれあがった。最初は瘤《こぶ》のように、しだいにこぶしほどの大きさになって、ついには衣を破り、人の頭よりも巨大な異物になる。

「疾《と》く去れ。去らずんば、わが獣の餌食とならん」

異物が脈動する。はちきれんばかりに膨張し、どす黒く濁る。煮えたぎる汚泥のような毒々しい色彩のなかに、ひとつの翳が浮きあがった。それは無数の脚をうぞうぞと鈍く蠢かし、腫れあがった皮膚の下を右へ左へ這いまわる。

美凰は迷わず短剣をふりおろし、蜘蛛《くも》によく似た妖物を突き刺す。肉を断つ手ごたえを感じたとたん、女のものではない鬼嘯《こえ》が耳をつんざいた。流血はない。腐臭を放つ異物は徐々に縮んでいく。ひとなみの女らしい肩があらわれるまで、ものの寸刻。

「気分はどうだ？」

美凰が顔をのぞきこむと、女は眠たそうに目をしばたたいた。

「なんだか……とても、変な感じです。さっきまで、あんなに苦しかったのに……」

「どこか痛むところはないか？」

女は首を横にふる。美凰は汗ばんだひたいにふれ、手首で脈を診る。

「まだ微熱があるが、厲鬼を祓ったのでじきに熱は下がる」

「おなかの子は……!?　無事ですか!?」

「元気だから安心せよ。あとひと月もすれば生まれるであろう」

よかった、とつぶやいて女が目を閉じる。まなじりからとめどなく涙があふれた。

「ありがとうございます、巫師さま……ありがとうございます……」

美凰は女の左腕にふれて破邪の神呪を回収した。

「安済房にいるあいだはこの護符を素肌に身につけよ。べつの厲鬼が入りこむのを禦いでくれる。ここを出る前には家屋用の護符をわたすから、民居《いえ》の扉に貼るように」

涙ながらに謝意を示す女にやすむよう言いつけたとき。

「……鬼だぁっ！　鬼が出たぁっ！」

鬱屈とした室内を叫び声がつんざいた。壁際の榻で寝ていた老人がにわかに起きあがり、わけのわからぬ奇声をあげる。頭のまわりを飛ぶ羽虫を追いはらうように両手をふりまわし、溺れるひとのように足をばたつかせている。

「く、来るなっ！　あっちへ行け、鬼めっ！」

「いやっ！　放して！　さわらないで！　だっ、だれかっ、助けてくれえっ！」

「来るな来るな来るな……っ！」

脳天を打ち砕くような絶叫があとからあとからわいてくる。患者たちが手足をばたつかせて暴れだすので、朝巫たちはあわてて押さえこみにかかった。

「昼間はいつもこのありさまだ」

天凱は獣じみた悲鳴をあげて榻から飛び起きた男を押さえつけた。そのひたいに指をあてて文字を書けば、虚空でもがいていた男の手が動きをとめて褥《しとね》に落ちる。

「悪夢を透かしてみようとしたが、ぼやけてよくわからぬ。患者本人の証言では鬼に追いかけられたり、襲われたり、喰われそうになったりするらしい」

「それはどのような鬼なのだ？」

「感染源になった妖魔とおなじものだそうだ」

妊婦のとなりに寝ていた少女が金切り声をあげて暴れている。美凰は呪符を書き、彼女のひたいに貼りつけた。少女は糸が切れたようにおとなしくなる。

「〝昼間は〟と言ったな。夜は騒がないのか？」

「日が暮れると患者たちは死んだように眠りこけるんだ。奇妙なことにな」

少女の口からまたしても奇声が放たれた。眼球が飛びださんばかりに目を見ひらき、髪をふりみだして、姿なき鬼から逃げようとしている。


「あなたはどうやって巫術を学んだ？」

天凱は美凰を一瞥《いちべつ》した。安済房《あんせいぼう》を出て、ふたたび鏡殿《きょうでん》を歩いている。

「学んでおらぬ。禛華《しんか》が目覚めた際、私は知った」

「知識が流れこんできたのか？　どこからともなく？」

「どちらかといえば、『思い出した』に近いな。経験したことなどないのに、気づいたときには禛華をつかう方法が脳裏に焼きついていた。呪のとなえかたも、護符の書きかたも、邪鬼の祓いかたも、生まれながらに知っているみたいだった」

血の記憶とでもいうのだろうか。皇家が受け継ぐ晟烏鏡に近いのかもしれない。

「それにしてもうっとうしいな、これは」

美凰はうんざりした顔で右手をあげてみせた。細い手首におさまっているのは、金砂子をまぶしたようにきらめく赤瑪瑙の手鐲《うでわ》。美凰の行動を監視するための呪具だ。美凰がどこにいるか、逐一、晟烏鏡に伝わるようになっている。

「晟烏鏡の光からこしらえたものだ。あなたにとっては窮屈だろうが、禁大夫《えいたいふ》代行に逃げられるわけにはいかぬ。皇宮の外では我慢してつけておいてくれ」

「皇宮の外では？　なかでは外してよいのか？」

「好きにしろ。どうせあなたは俺に無断で皇宮から出られない。だが万一、危険が迫ったときのためにもつけておいたほうがいい。その手鐲が俺に知らせてくれる」

「そなたの助けなど必要ない。どうせ私は死なないのだ」

やがて方塼敷きの回廊が行きどまりになった。目的地に到着したのである。

鏡殿を出ると、晩照が西の彼方《かなた》に沈もうとしていた。あたりは落霞紅《ゆうやけいろ》に染まり、互いを押しつぶすようにつらなる粗末な民居《いえ》なみが濃い翳を落としている。

細民窟、草竄巷《そうざんこう》。一攫千金《いっかくせんきん》を志して冏都入りした貧民が毎晩泥のように眠る場所だ。

「のんきなものだな。冏都でもっとも危険な場所だというに」

「日が暮れる前に帰宅するよう警告しているんだが、草竄巷はいつ来てもこのとおりのにぎわいだ。だれも官府《おかみ》の言うことなど聞きはしない」

舗装されていない小巷《ろじ》には、安い食事や酒を出す屋台がところせましと軒を争う。

酒とあぶり肉のにおいに水路を流れる汚水の臭気が混じり、嘔気《おうき》を催す空気がよどんでいるが、汗臭い男たちはうまそうに肉を頬張って酒をあおっていた。

「ひどくかぐわしいところだな、ここは」

皮肉を言って、美凰は不快そうに袖口で鼻を覆った。

「草竄巷には異邦人も多いが、やつらのなかには死者を河に葬る氏族がいるんだ。このあたりを流れる水路は旦河《たんが》に通じているから、連中は水路に死体を葬る。最近は見鬼病が猛威をふるっているおかげで、水路では屍《しかばね》たちが大行列を作っている」

「天朝《わがくに》は水葬を禁じているはずだが」

「名ばかりの禁令だ。歴代皇帝は草竄巷に注意を払ってこなかった。とくに五十年ほど前からは、収税以外で府寺《やくしょ》の手が入っていない」

打ち捨てられた坊肆《まち》だ。同時に勅命が届かない場所でもある。

「陰の気が強い区域に死者を葬るか……。鬼どもを丁重に招いているようなものだ」

美凰は柳眉をひそめた。だれにともなく、ささやくように問う。

「どうだ？　近くにいるか？」

「いるぜ。図体《ずうたい》のでかいのが二匹」

地面を伝って高牙の声が響く。周囲の人びとには聞こえない。

「場所は？」

「ふたつ先の十字路を左に曲がったところだ」

美凰は歩を速めた。人ごみを歩くのに慣れていないのか、幾度もぶつかる。天凱は彼女の手をつかんだ。酒焼けた声で笑う男たちのあいだを縫って先を急ぐ。

突如として、野太い叫び声が喧騒《けんそう》を打ち砕いた。ひといきれのなかを駆けぬけてふたつ先の十字路を左に曲がる。血相を変えて逃げてきた者たちとぶつかりそうになった。すんでのところで避けて、夜陰が飛び散った小巷へ足を踏み入れる。

けたたましい絶叫が夕闇を引き裂き、ふたりして頭上をふりあおいだ。

滅びゆく残照を背にしていびつな黒い翳が両側の屋根にひとつずつ浮かんでいる。姿かたちは猿に似ており、身の丈は六尺ほど。一瞬、人かといぶかったが、四つ足で屋根に立つ姿は人のものとも思われない。顔の半分にも達する両のまなこは鉄炉のごとく赤々と燃え、醜く肥え太った肉叢《ししむら》はどす黒い毛皮に覆われている。まなじりまで裂けた口からは呼気とともにおびただしい羽虫が出てきた。

「妖魔は人を襲うだけでなく、その場で喰い殺すのか？」

「いや。噛みついたり、爪で引っかいたり……死なない程度にいたぶるだけだ」

妖魔は面白そうにきゃらきゃらと嗤《わら》い、右手側の屋根にむけて男をほうりなげた。男の身体が屋根に叩きつけられるのを待たず、もう一匹の妖魔が後肢で蹴り飛ばす。左手側の屋根にいる妖魔は弧を描いて飛ばされた男の脚をつかみ、襤褸布のようにふりまわし、仲間にむけて投げる。獣たちがじゃれているかのようだ。あきらかに捕食目的ではなく、楽しみのために人を襲っている。

「高牙」

美凰が名を呼ぶや否や、薄闇から漆黒の妖虎が躍りでた。一陣の風を起こし、空中に放りあげられた男をくわえて地上に降りてくる。

「逃がすな」

「わかってるよ。ったく、うるせえな」

妖魔たちはけたけたと嗤いながら屋根づたいに駆けていく。男を放した高牙は陽炎《かげろう》のように暗がりにとけこんだ。身を隠して先まわりするつもりなのだろう。

「追いかけないのか？」

天凱は満身創痍《まんしんそうい》の男に手早く止血をほどこして美凰を見やった。妖魔を追いかけるかと思いきや、彼女は宵の空を見あげたまま微動だにしない。

「その必要はない」

美凰は左手をあげた。呪をとなえながら二本の指で暗がりを上から下へ切り、右側に大きな半円を描く。そして、それをつかんだ。

「それか、あなたの得物は」

美凰の手には、彼女の背丈よりも大きな長弓が握られている。風変わりな弓だ。弓幹も弦も、鉄漿《かね》を塗ったように黒い。

「矢はどこにあるんだ？」

「ここだ」

美凰は呪をとなえて矢をつがえる動作をする。細い指先がなぞった部分に銀の鏃《やじり》が出現し、黒橡《くろつるばみ》色の矢幹《やがら》がかたちをなし、殷紅《くれない》の矢羽根があらわれた。

「来たな」

三つの妖気が飛矢のごとく急速に近づいてきた。ふたつは件《くだん》の妖魔たち、もうひとつは高牙だ。妖魔たちは高牙に追われて逃げてくる。美凰が一歩も動かないわけだ。高牙が連中を誘導してこちらへ追いこんでいる。

屋根の上に燃えさかるまなこが四つあらわれると、美凰は間髪をいれず矢を放った。弾け飛んだ銀の鏃が宵闇を切り裂き、つづけざまに化け猿どもの眉間を射貫く。禍々《まがまが》しい大音声が月をふるいおとさんばかりに轟《とどろ》いた。黒々とした四肢は風塵《ふうじん》のように消えていく。最後に残った四つの赤い目玉も闇にとけてなくなった。

「うしろにいるぞ！」

叫んだ高牙が跳躍するより速く天凱は剣を抜く。美凰に飛びかかろうとした赤目の大猿をたてつづけに二匹切り捨てる。流血の代わりに断末魔の声が飛び散り、視界にあらたな翳が落ちた。妖魔の群れが不気味なおもてを屋脊《むね》にならべている。

「ふつうの厲鬼ではないな」

黒い弓で狙いをさだめ、美凰は蛾眉《がび》をひそめた。

「元来、厲鬼は病で死んだ人間の魂が怨霊となったものだが、あれは死霊ではない」

「なぜそう思う？」

妖魔たちがいっせいに屋脊から姿を消した。つぎの瞬間、左右の暗がりから牙をむいた大猿どもが飛びだしてくる。天凱は剣をふるった。大猿の首を刎《は》ね、いびつにふくらんだ胸を斬り裂き、鉤爪のついた四肢を斬り飛ばす。

「死霊なら、翬飛矢《きひや》に射貫かれた時点で私の明器となる」

高牙が妖魔たちに喰らいつくかたわら、美凰はやすみなく矢を放っている。銀の鏃が化け猿の目玉を、喉首を、胸部を、ひっきりなしに射貫いた。

「わが明器に下らぬということは、死霊ではないということだ」

翬飛矢とは彼女がいましがた射た殷紅の矢羽根の矢のことだという。

「厲鬼ではない厲鬼か……」

妖気を感じて屋脊をふりあおげば、またしてもおびただしい紅蓮の目玉が闇に浮かんでいた。化け猿どもの狂宴《うたげ》は、まだはじまったばかりだ。

「……なに、病だと？」

八花鏡《はっかきょう》のなかで美凰は片眉をはねあげた。

「各殿舎《でんしゃ》から今朝は体調が悪いので朝礼を欠席したいとの申し入れがございました」

神妙な面持ちの眉珠が鏡越しにうなずいた。

「全員欠席なのか？　皇后以下、三十四名みな？」

後宮の女主たる皇后の下には、六夫人《りくふじん》、九嬪《きゅうひん》、青娥《せいが》、婕妤《しょうよ》、美人、才人《さいじん》、貴人《きじん》、御侍《ぎょじ》という妃嬪の位階がある。朝礼に出席できるのは婕妤以上の妃嬪だ。

「いえ、宋祥妃《そうしょうひ》は参殿していますわ」

「宋祥妃をのぞけば三十三名か……。それだけの人数がいっせいに体調をくずすとは、もしや見鬼病が後宮にまで流行りはじめているのでは――」

「あー、見鬼病じゃないですよ、皇太后さま」

隔扇門《しきりど》のほうから間のびした女の声が聞こえた。見れば、金蒔絵《まきえ》の屏風《ついたて》に長身の婦人が寄りかかっている。高髻を飾るは白玉の笄だけ、華奢《きゃしゃ》な肢体をさわやかな鮮緑《わかばいろ》の襦裙《じゅくん》に包み、そつなくととのった細面には花鈿《かでん》もつけぬ薄化粧。男装させたら凜々しい美青年になりそうな麗人は、六夫人のひとり、宋祥妃である。

「へえー皇太后さまの化粧殿《けわいどの》ってこうなってるんだー。豪華だなあ。玉の盆景、七宝の香炉、藍釉金彩《らんゆうきんさい》の花瓶、金漆の棚……あっ、盆架《せんめんだい》にまで螺鈿《らでん》細工が！」

「無礼ですよ、宋祥妃。皇太后さまは入室をお許しになっていません」

無遠慮に室内を見てまわる宋祥妃を眉珠が追いだそうとするので、美凰はとめた。

「そなたは体調をくずしておらぬのか？」

「すこぶる健康ですよ」

宋祥妃はくるりとまわってみせる。長裙に染めだされた花卉文がふわりと舞った。

「皇后さまたちは仮病です。昨日、皇后さまが妃嬪たちを集めて『明日から朝礼を欠席するように』ってお命じになったんですよ」

「なにゆえ皇后はそんなことをする？」

「そりゃあ、皇太后さまのことがおきらいだからでしょう」

なぜだと反射的に尋ねかけ、苦い言葉をのみくだす。

「……哀家《わらわ》が凶后の姪だからか」

「いやいや、皇太后さまが主上のもと許嫁《いいなずけ》だからですよ。正確に言えば、許嫁になる予定だったってとこですか。まあ、どっちでもおなじことでしょうけど。皇后さまは主上に恋していらっしゃるので、主上と親しい女人は気に食わないんです」

乙女心ってやつですよ、と宋祥妃は訳知り顔で笑う。

「そなたは朝礼に出てよかったのか？　皇后は欠席せよと命じたのだろう？」

「私、そういうの苦手なんですよねえ。面倒くさくて」

あっけらかんと微笑む宋祥妃に胡乱な気配を感じた。微笑の裏には思惑が隠れている。雪峰が美凰への敵意をやさしい笑顔で隠していたように。

「そんなことより、羈袄宮《きようきゆう》での暮らしぶりについて、いくつか質問してもいいですか？　私、書き物が趣味でしてね、いろんな事件を調べて実記を書いているんです。最近は紅閨の変を調べているんですが、紅閨の変のいちばんの主役は皇太后さまでしょ？　あれから十年。皇后の座を追われ、廃妃となった皇太后さまがいったいどんな心境で暮らしていらっしゃったのか、ぜひぜひお話を聞かせてください」

宋祥妃は袖のなかの隠しから筆と帳面をとりだした。

「先帝を偲んで泣き暮らしていらっしゃったんですか？　先帝のむごい仕打ちに宿怨をつのらせていましたか？　それとも気持ちをきりかえて廃妃生活を満喫していらっしゃいました？　あっ、もしかして恋人がいたりします？」

「朝礼はすんだ。さがってよいぞ」

「そんなあ。ちょっとでいいからお話を聞かせてくださいよー」

「そなたに話すことはない。――眉珠、宋祥妃の見送りを」

眉珠はなかば無理やり宋祥妃を化粧殿から連れだした。

「追いかえしてよろしいのですか？」

手際よく化粧具を片付けながら、鹿鳴が涼しげな視線を投げてくる。

「宋祥妃は宋枢密使《そうすうみつし》の嫡女。有力な妃嬪のひとりです。後宮を掌握する足がかりとして手なずけておいて損はないと思いますが」

「妃嬪を統率するのは皇后の役目だ。後宮が平穏に治まっているのならそれでよい。主上とて、哀家が出しゃばることはお望みでないだろう」

どうせ遠からず羈袄宮に帰るのだから、后妃たちと親交を深める必要はない。湯皇后が朝礼で美凰と顔を合わせることすら厭《いと》うというなら、かえって好都合だ。

美凰は人払いをした。描金の花喰鳥《はなくいどり》が舞う棚の抽斗《ひきだし》をあけ、一幅の画軸《かけじく》をとりだす。

「ねえ、美凰。ぼく、後宮《ここ》いやだよ」

足音が去ると、星羽が出てきた。細い腕で美凰にぎゅっと抱きつく。

「男のひとがそこらじゅうにいるもん」

「宦官は男ではないぞ」

「男だよ。だって、女のひとに見えないもん」

宦官とはなにか高牙がくわしく説明していたが、星羽には理解できないようだ。

「ぼく、鹿鳴ってひと、きらい。美凰のこと、いつもにらんでるもん」

そうかな、と生返事をしながら画軸をひらく。とろりとやさしい生成り色の青檀紙《せいだんし》に描かれた華やかな装いの少女。彼女は恥ずかしそうに微笑み、うっとりと描き手を見つめている。きれいなものしか映したことがない、無垢《むく》な瞳で。

「美凰はその絵をいつも見てるよね。ほんとうに好きなんだね」

「いや、きらいだ」

「きらいならどうして見るの？」

美凰は黙っていた。自分にもわからない。なぜ、この絵をいつまでも手放せないでいるのだろうか。画中に描かれているのは、欺瞞《ぎまん》ばかりだというのに。

足音が闇にこだまする。地下通路は月光に見放され、黄泉《よみ》へ通じるかのごとく夜陰が堆積している。ゆらゆらと揺れる提灯《ちょうちん》が射干玉《ぬばたま》の闇を攪拌《かくはん》するのを眺めながら、天凱は最奥の獄房のまえで立ちどまった。獄吏たちが揖礼《ゆうれい》し、鉄格子を解錠する。甲高い金属音とともに格子戸がひらかれると、漆液を煮つめたような暗がりが流れでてきた。天凱はひとりで房内に入る。壁際で重たげな金属音が響いた。とたん、なまぐさい熱風が埠頭《ふとう》を襲う荒波のごとく押しよせてくる。

灯火《ともしび》の波紋が天凱の足もとを濡らす。そこにいたのは、四つ足の鬼《ばけもの》だった。人の頭を苦もなく握りつぶしそうな前肢、異様なほど爪が伸びた後肢。赤い口腔には牙が生えそろい、こめかみからは角が突きでている。爛々《らんらん》と光る双眸《そうぼう》も、腸に響く唸り声も、床を這いまわる不気味な動きも、醜い妖物そのものだ。

天凱は肩にかついでいた猪《いのしし》の死骸をほうりなげた。妖物は足を拘束する鎖をじゃらじゃら鳴らしながら猪に飛びつき、鋭利な牙で死肉にかぶりつく。

「いつになったら俺を思い出してくれるんだ？」

その場にかがみこみ、天凱は屍を貪り喰う妖物を見おろす。

「なあ、どうなんだ……父さん」

返答の代わりに、生々しい咀嚼《そしゃく》音が夜の深淵《しんえん》を打ち震わせた。


「恐ろしく間の悪い男だねえ、君は」

綾貴《りようき》は糞虫《くそむし》を見るような目つきで勇成《ゆうせい》を睨んだ。

「せっかく気分よく女官を口説いていたのに、君がむさくるしい熊面を見せたせいで彼女が逃げちゃったじゃないか」

「あーすまん。べつに悪気はなかったんだが……って待てよ。仕事を怠けて女官を口説いているやつがあるか！　それでもおまえは皇城副使《こうじようふくし》か！」

「警邏《しごと》ならちゃんとやってるよ。休憩時間の合間に」

「仕事の合間に休憩しろ！　おまえを皇宮で見るたびに、ぐーたら煙草《たばこ》吸ってるか女官といちゃいちゃしてるかの二択だぞ！　しかも後者のほうが圧倒的に多い！」

「うるさいなあ。もてないからってひがまないでくれたまえ」

「断じてひがんでないぞ！　おまえが四六時中、女官に言い寄られてるからって、俺が見合い百戦百敗だからって、ちっともうらやましくないんだからな！」

「わかったから、涙を拭きたまえ。男の泣き顔なんか反吐《へど》が出るよ」

綾貴が手巾《しゅきん》をさしだすので、勇成はもぎとって豪快に顔を拭いた。

「ところで、いったいなんの用だい？」

「あ、そうだ。噂を聞いたんだ。皇后さまが皇太后さまにいじめられているらしい。なんでも朝礼初日に叱責されて禁足を命じられてしまったとか。皇后さまは赦《ゆる》しを乞うたが聞き入れられず、意気消沈して臥せっていらっしゃるそうだ」

「皇太后さまが後宮で呪詛《じゅそ》を行っているという噂も聞いたかい？」

「なんだ、おまえも知っていたのか」

「後宮女官には知人が多いからね」

すけこましめ、と勇成は毒づいた。

「呪詛されて女官が怪死したり、宦官が芋虫に変身させられたりして、寿鳳宮からは奴婢が大勢逃げだしたって話だ。おまけに寿鳳宮には男が出入りしているというから目もあてられない。やはり劉氏に鳳冠をかぶせるべきではなかったな。皇后さまが不憫でならぬよ。幼い身空で凶后の血を継ぐ悪女に仕えなければならぬとは」

「君はほんとうに純粋だなあ」

朱塗りの円柱にもたれ、綾貴は億劫そうに紫煙を吐く。

「噂は意図的に流すこともできるんだよ。噂で得をする人物がいる場合はとくにね」

「得をする人物？　いったいだれだ……？」

「君が不憫だと言ったひとのことだよ」

「なんだって!?　皇后さまが!?」

「声が大きすぎる」

　綾貴にこぶしで頭を殴られ、勇成はあわてて手巾で口を覆った。

「皇后さまが故意に皇太后さまを中傷していると？　しかし、皇后さまはわずか十歳の童女だぞ。姦計《かんけい》をめぐらすには幼すぎないか？」

「姦計をめぐらすのに年齢は関係ないよ。小賢《こざか》しい婢僕《めしつかい》が入れ知恵することもあるしね。それに湯皇后《あのかた》は札つきのわがまま娘だ。実家の権勢をかさに着て威張りちらし、あちこちで問題を起こしている。湯太宰《じいさん》が手をまわして穏便にすませてきたから、表ざたにはなっていないけどね。初見で皇太后さまに無礼を働いていても驚きはしないな。案外いじめられているのは皇太后さまのほうかもしれないよ」

「まさか！　いくらなんでも、齢十の童女が凶后の姪に太刀打ちできるはずはない」

「十分にできるさ。湯皇后には強力なうしろ盾があるが、皇太后さまにはなにもない。紅閨の変からたった十年しか経っていないのに、天下万民に憎まれた凶后の姪がふたたび入宮したんだ。皇太后さまにとって後宮は針の筵《むしろ》だろう」

「やけに皇太后さまの肩を持つんだな」

「私は美人の味方だよ」

「皇后さまだって桃花花神《とうかかしん》のような美少女らしいじゃないか」

「あいにく童女には興味がない。私が味方するのは、大人の美女限定さ」

「俺は皇后さまの味方だぞ」

「気持ち悪いな。童女趣味なのかい？」

「ちがう！　俺だって大人の美女が好きだ！」

思わず鼻息荒く本音をぶちまけてしまい、勇成は咳払《せきばら》いした。

「俺には皇太后さまを迎えたことが正しかったとは思えぬのだ。紅閨の変から十年経とうが、あのかたが凶后の再来を思わせる事実は変わらない。毒婦 劉 瓔《りゅうえい》には天下のだれもが苦しめられた。凶后の姪である皇太后など、大耀《このくに》は到底受け入れられぬ」

百年後なら、あるいは可能かもしれない。凶后に虐げられた者たちが寿命をまっとうしたあとであれば。しかし、いまはだめだ。傷が癒えるにはまだ時が足りない。

宋祥妃《そうしようひ》の取材は連日つづいた。朝礼および朝礼後の休憩時間、食事の最中、着替え中でさえも、宋祥妃の襲撃にそなえねばならない。

「羈袄宮では退屈しのぎになにをなさっていたんです？　蒐官《しゆうかん》以外でだれか訪ねてきましたか？　十年間、ただの一度も抜けださなかったんですか？　だれかを呪詛したりしました？　死霊をつかって周辺の民を脅かしたりとかは？」

格子窓から円柱の陰から遊廊《わたりろうか》の曲がり角から、果ては宦官の変装をしてあらわれ、礫《つぶて》のごとく質問を放ってくる。寿鳳宮《じゅほうきゅう》の門を閉めきって何人たりともとおすなと厳命していても、あの手この手で侵入してくるのだからたまらない。

「宋祥妃を追いはらう妙策はないものか……」

湯船に身体を沈め、美凰はひとりごちた。牡丹の花びらを散らした湯は強張《こわば》った四肢を包んでくれるが、積もりに積もった疲れを癒やしてはくれない。

「追いはらわなくてもよいのでは？　あれほど皇太后さまをお慕いしているのですから、いっそのこと招きいれて誼《よしみ》を結ばれてはいかがでしょう」

眉珠《びしゅ》が青木香《せいもっこう》のにおいのする澡豆《そうず》で背中を洗ってくれる。入浴くらいひとりでできると言っても眉珠はかたくなに譲らず、いちいち美凰の世話を焼く。

「見鬼病《けんきびょう》がおさまるまでのあいだ、宋祥妃を従えておいても損はありませんわ」

「損得に興味はない。哀家《わらわ》は静かに過ごしたいのだ」

羈袄宮《きようきゅう》での閑雅な暮らしが恋しい。早く厲鬼を祓って平穏な日常に戻りたいものだ。

「まあ、澡豆がきれてしまいましたわ。あたらしいものをお持ちしますわね」

眉珠が湯殿を出ていく。美凰は呼吸をとめて湯にもぐった。頭まで湯につかっていると、このまま水泡となって消えてしまえるような心地がする。

「美凰、だれか来るよ」

星羽《せいう》の声が耳朶を打つ。星羽は溺鬼《できき》なので、水を介せばどこにでも干渉できる。

「もう眉珠が戻ってきたのか」

「ううん、眉珠じゃない。ほかの女官だよ」

美凰は急いで湯から頭を出した。ふわふわとたゆたう湯気のむこうに青磁色の衣を着た女官が立っている。さっぱりとした細面にはいやというほど見覚えがあった。

「……またそなたか」

「はい、また私です、皇太后さま」

宋祥妃は悪びれもせず左頰にえくぼをつくってみせた。

「湯殿にまで入ってくるな。迷惑だ」

「湯浴みのお手伝いをさせていただこうかと思いまして」

「余計なお世話だ。身のまわりのことは自分でできる。本来なら女官も――」

「御髪を洗ってさしあげますね。さ、お湯につかってください。湯冷めしますから」

「手伝いはいらないと言っているだろうが。じきに眉珠が戻ってくるし――」

「うわ、まるで絹糸じゃないですか！　こんなきれいな髪、はじめてふれましたよ。やっぱり皇太后さまともなると、御髪ひとつとっても全然ちがうんですねえ」

まったく聞く耳を持たない。言いかえすのも面倒なので放っておくことにした。

黙っていると、やわらかな指先が頭皮をもみほぐしてくれる。豊かな麝香《じゃこう》のにおいに包まれ、しだいに疲れがほどけていく。うっかり心地よくなってため息がもれた。

「どうです？　私、髪を洗うのうまいでしょう？」

「まあな。枢密使《すうみつし》の娘御にしては」

「よくこうして妹の髪を洗ってあげてたんですよ。妹もきれいな髪をしていましたよ。つやつやで、しっとりとして、烏の羽みたいに真っ黒で」

「妹君もそなたのように美人なのだろう」

「私より美人ですよ。おしとやかで気品があって、雨に濡れた梨花《りか》のように儚《はかな》げで。生きてさえいたら、入宮していたのは私じゃなくて妹でした」

「……妹君の死の原因は、凶后か」

「いえ、見鬼病《けんきびょう》です。むごい病ですよ。薬を飲ませても吐いてしまって、どんどん痩せていくんです。高名な巫師《ふし》に駆鬼《おにばらい》を頼みましたが、治ったそばからまた妖魔に襲われ、症状は重くなる一方で……。熱と渇きに苦しんで、悪夢に襲われていました。喉が裂けそうなくらい悲鳴をあげるんです。何度も何度も……」

当時、妹は十六。重祚する天凱の後宮に入る予定だった。

「もっと早く棐山水《ひざんすい》を飲ませていれば助かったかもしれないんですが……」

「棐山水？　なんだ、それは」

「ご存じないんですか？　茲冥教《げんめいきょう》の道観《どうかん》にある、無支奇《むしき》さまの井戸からくみあげられた霊水ですよ。霊験あらたかで万病に効き、とくに見鬼病には効果覿面《こうかてきめん》だそうで。私も妹のためにもらってきたことがあるんです。でも、父が茲冥教は淫祠《いんし》だって言ってきらっていたから、飲ませてあげられませんでした」

悔悟の念をにじませた声音が美凰のうなじにすべり落ちた。

「父の言うことなんか聞かないで、椠山水を飲ませてあげればよかった。いまでも後悔してます。ときどき妹を思い出してつらくなるんです。宮中では私的な供養が禁じられてるから、紙銭《しせん》も焚けないし……あ、すみません、なんか暗くなっちゃいましたね。じゃあ、そろそろ流しますよー。いいですかー？」

返事をする前に桶《おけ》でざーっと湯をかけられる。

「泡が目に入っちゃいました？　大丈夫ですか？」

「平気だ。なんでもない」

目をこすりながら、美凰は家族のことを思い出していた。

先帝は美凰の眼前で劉一族の処刑を行った。父母の、兄たちの、叔父や叔母たちの断末魔の叫びと、刑場に集まった士民《しみん》の歓声が耳にこびりついている。

「茲冥教は先帝の御代から流行りはじめた邪教だ」

鏡殿《きょうでん》の回廊。奇岩の峰がそそりたつ渓谷を眺めやり、天凱が口を切った。

「邪教と片付けていいのかは議論の余地があるが。先帝は熱心に保護していたからな。なんでも重病で臥せっていたときに朧月観《ろうげつかん》の道士《どうし》が祈禱《きとう》をしたところ、一晩で治ったとか。先帝はいたく感激して、朧月観に多額の冥加金をおさめた」

朧月観は水神無支奇《むしき》を祀る道観で、京師《みやこ》における玆冥教の中心地である。

「先帝が罹《かか》った重病というのは、見鬼病と関連があるのか？」

美凰は緑の滝壺《たきつぼ》に流れ落ちる瀑布《ばくふ》を見るともなしに見ている。

「診籍《しんりようろく》が正しければ疱瘡《とうそう》だ」

「痘鬼《とうき》をたった一晩で祓ったのなら、たいそう霊験あらたかではないか」

「霊験かどうかは疑わしいと思っている。先帝の病は疱瘡ではなかったとする報告もあるからな。事の真偽はさておき、先帝が玆冥教に入れあげたおかげで京師《みやこ》じゅうに無支奇を祀る道観が建立された。道士たちは錦の道袍を着て派手な軒車《くるま》を乗りまわし、山海の珍味を貪って美姫を侍らす、皇族顔負けの優雅な暮らしぶりだ」

「絵に描いたような生臭道士どもが霊水で病人を救っていると？　うさんくさい話だな。おおかた、粜山水とやらはただの水であろう」

「粜山水を飲んで死んだ見鬼病患者はいない。飲めばかならず治るらしいんだ」

「それなら当然、窮民は朧月観《ろうげつかん》におしよせているはずだが？」

「連日、門前に黒山の人だかりができているぞ」

「にもかかわらず、漏沢園《ろうたくえん》には真新しい塚が絶えずつくられつづける」

「ご推察のとおりだ、叔母上。地獄の沙汰も金次第というやつさ」

見鬼病を癒やす霊水は高額ゆえに庶民には手が届かないのだろう。

「それはやめてくれ」

「それ？」

「私を叔母上と呼ぶことだ。公の場はともかく、私的な場ではやめろ。そなたに叔母上と呼ばれるのはなんとも……気味が悪い」

美凰が睨むと、天凱は目をしばたたかせた。そしてふっと口もとをほころばせる。

「なんと呼べばいいんだ？　阿嫋《あじょう》か？」

「私より六つも年下のくせに生意気だぞ、阿炯《あけい》」

「わかったよ。昔のように字《あざな》で呼ぼう。いいな、美凰？」

天凱に字を呼ばれるのはひさしぶりだ。違和感が強いが、叔母上よりはましだろう。

「飲めばかならず治るなら、粜山水には駆鬼《おにばらい》の力があるのだな。水の中身はなんだ？」

「符水《ふすい》だな。呪符を燃やした灰が混ぜこまれている。ただし、水に溶けているのが強力な呪符であるということ以外はわからぬ」

「粜山水を飲んで死んだ者がいないと言ったな？　つまり快癒したあとは、二度と妖魔に襲われないということか？」

「妙だろう？　なぜか妖魔は棐山水を飲んで治った者には見向きもしない。俺たちが治した者たちには執拗《しつよう》に襲いかかるくせに」

「玆冥教の呪符にはそれほどの力があるのか。亜堯《あぎょう》すらもしのぐほどの……」

「それはやめてくれ」

天凱はげんなりしたふうにため息をついた。

「亜堯だよ。厲鬼ごときに手こずる分際で亜堯とは笑わせる」

「じゃあ、なんと呼べばいい？　亜桀《あけつ》か、亜紂《あちゅう》か？」

「手厳しいな。亜摯《あし》くらいにしておいてくれ」

帝摯《ていし》は帝堯《ていぎょう》の異母兄。不徳の凡主として知られている。

「では行くか、亜摯。邪教のねぐらに」

美凰は右手をさしだす。天凱がその手をとると、景色が一変した。

目に飛びこんできたのは黄金の反射にも似た強烈な陽光。天から清水がしたたるようなすがすがしい快晴である。眼前には黒塗りの大門がそびえ、大門のむこうには玉京にさえ届きそうな三宇の高楼がそそり立っている。鐘楼と鼓楼をそなえた立派な建物だ。これが朧月観。玆冥教の道観としては冏都でいちばん大きなものだという。

門前には立錐《りっすい》の余地もないほど人が集まっていた。鶴氅《かくしょう》姿の文人や富家の奴僕《げなん》と思われる青年もすくなくないが、もっとも目立つのは見るからに粗末な身なりの老若男女だ。彼らの大半は不安げに門扉を見あげていたが、なかには殺気立った様子で人波をかきわけて門扉に近づく者もいる。

「大門はめったにひらかれないが、小門《わきもん》は毎日ひらかれる」

かたく閉ざされた大扉の左右にある小門を、天凱が視線で示した。

「銭を持たぬ者は門前払いだ。ほら見ろ、小道士《しょうどうし》が銭包《さいふ》の中身をあらためている」

「それで物騒な連中がうろついているのか」

武官さながらの屈強な体軀《たいく》を墨染の衣に包んだ男たちが棍《こん》を手にして睨みをきかせている。貧しい参拝者を追いはらうのが彼らの役目なのだろう。

「頼む！　なかに入れてくれ！」

「息子が見鬼病で死にかけているんだ！」

「お願いだよ、ほんのすこしでいいから棐山水をわけておくれ！」

貧民たちが小道士につめよると、大柄な道士が棍をひとふりして彼らを脅かした。

「棐山水は無支奇さまの霊力を秘めた奇しき水。けっして無尽蔵ではないのだ。銭十貫を払わぬ窮民どもにばらまいてやるほどの余剰はない」

一貫は千文。役夫の日当が約百五十文だから、庶民にとっては大金だ。

「守銭奴！　血も涙もないのか！」

「道観は衆生を救うんじゃなかったのかい!?」

「ええい、うるさい！　貧乏人は立ち去れ！　さもなくば叩き殺すぞ！」

道士がめったやたらに棍をふりまわす。小柄な老翁がよけようとして尻餅をついた。

「気持ちはわかるが、目立つ行動はひかえろ。連中に目をつけられると厄介だ」

反射的に駆けよろうとした美凰を天凱がとめた。

「道観が横暴な商売をしているのに府寺《やくしょ》はなんの措置もしておらぬのか？」

「玆冥教は先帝が保護していた宗派だから弾圧するわけにはいかないんだそうだ」

「しかし、民を救うはずの道観が苦しむ者たちを見捨てているのに――」

天凱は懐を叩いてみせた。その動作がいやな音を立てて美凰の心に響く。

「……また銀子《ぎんす》か」

玆冥教の稼ぎが高官たちに流れているなら、朝廷は沈黙を貫くだろう。

「朝廷が黙認しているということは、いちばん儲《もう》けているのは湯家だな」

「情けないことにな。湯家が黙認すると言い張れば、皇帝は手も足も出ない」

比較的、身なりのいい人びとが小門にすいこまれていく。美凰たちも列にくわわって小道士に額面十貫の交子《しへい》を見せた。美凰も男装している。ふたりは裕福な商家の子弟に見えるはずだ。小道士に怪しまれることなく小門をとおった。

門道《もんどう》をぬけて外院《まえにわ》と内院《なかにわ》を横切り、一行は広場に案内された。花塼《れんが》が敷きつめられた広場の中央には井戸屋形がある。黒い甍が葺かれた屋根は勇ましくそりかえり、奇獣をかたどった飾り瓦が日ざしを弾いている。井戸屋形のそばには大掛かりな祭壇がしつらえられているから、あれが棐山に通じているという無支奇の井戸なのだろう。

「清白真人《せいはくしんじん》がお見えになる。みな、拝跪《はいき》せよ」

小道士がもったいぶった調子で命じる。人びとはいっせいにひざまずいた。銅鑼《どら》と太鼓の音色が鳴り響き、豚のように肥えた老道士があらわれる。老道士は金襴《きんらん》で仕立てられた道袍の裾を引きずりながら、大儀そうに祭壇にのぼった。

祭壇には金塗りの巨大な鯉《こい》の神像が祀られていた。黄金の鱗《うろこ》を持つ鯉の姿をしているという無支奇をかたどったものだ。老道士は神像を拝み、白銀の香炉に線香をあげた。供物を捧《ささ》げ、経文をとなえはじめる。人びとはおもてを伏せたまま、手を合わせて思い思いに祈っている。恐ろしい厲鬼から逃れるため、だれもみな必死なのだ。

「みなの者、感謝いたせ。無支奇さまがおまえたちを救ってやると仰せだ」

老道士が長い経文を読み終えると、小道士は広場に声を響かせた。さっそく立ちあがり井戸にむかって駆けだそうとした者たちを、小道士の一喝がとめる。

「前列の者から順に棐山水を配る。棐山水はここにいる全員にいきわたるので焦らずともよい。順番を守らぬ者がいれば、即座に叩きだす」

小道士に誘導されて前列の者から井戸屋形に近づくことが許され、竹筒に注がれた棐山水を受けとっていく。美凰たちは後列にいるので、だいぶ待たされそうだ。

井戸屋形になにか細工があるのかもしれないと目を凝らす。そのときだ。ひどく鋭利なものに頭を射られた。否、射られたような心地がした。

「どうした？」

天凱に低く尋ねられ、美凰は首を横にふる。おずおずとおもてをあげると、天高くそびえる三宇の高楼の中央、その櫺子窓《れんじまど》に人影が映っていた。

「……あのかただ」

人影は唇の端をあげた。美凰に微笑みかけるかのように。

「だれだって？」

天凱の問いに答えようとするが、言葉はむなしく喉をこするばかり。

ありえない。絶対に起こりえないことだ。司馬雪峰《しばせっぽう》は死んだのだから。

「主上は鸞晶宮《らんしょうきゅう》にたびたびお渡りになるそうですね」

湯太宰《とうたいさい》の声が天凱を思案の淵から引きもどした。昊極殿《こうきょくでん》の書房《しょさい》。天凱は椅子に座し、湯太宰は玉案《つくえ》のむこうで如才なく微笑んでいる。

「主上がやさしいお言葉をかけてくださると、皇后さまは喜んでいらっしゃいました」

鸞晶宮に住まう湯皇后を訪ねるのは皇帝の義務だ。天凱は湯太宰の後押しで重祚した。湯太宰の孫娘である湯皇后は大切にあつかわねばならない。

「皇后はこのごろ体調をくずしがちなので心配している。とくに朝方になると具合が悪くなり、朝礼にも出られないほどだとか。昼間には散策をしたり茶会をしたりしているようだが、朝礼の時間にはめまいがひどくて床から起きあがることもできないという。いったいどういうことだろうな、湯太宰」

「なんとも気がかりなお話ですな」

さすがは古狸《ふるだぬき》だ。芝居がうまい。湯皇后が妃嬪と示しあわせて朝礼を欠席しつづけていることを知らぬわけではあるまいに。

「病なのだからやむを得ないことではあるが、いつまでも朝礼に出ないのは望ましくない。皇后は後宮の主として妃嬪を率い、皇太后さまに仕えねばならぬ」

「一日も早く皇后さまが全快なさいますよう、衷心よりお祈り申しあげます」

「祈るだけでは心もとない。見舞いの許可を出すゆえ、鸞晶宮を訪ねよ。慕わしい祖父の顔を見れば、皇后も元気をとりもどすはずだ」

つまらぬ意地を張らぬよう湯皇后に因果を含めよと言外ににおわせる。

「ご聖恩には感謝いたしますが……微臣《わたくし》では力がおよばぬでしょう。皇后さまを悩ませている病はおそらく、朔風《さくふう》によるものでしょうから」

「ほう、朔風《きたかぜ》か。この春爛漫《はるらんまん》の時節に？」

寿鳳宮《じゅほうきゅう》は鸞晶宮の北に位置する。美凰のせいだと湯太宰は言いたいのだ。

「そういえば、皇后は朝になると寒気がすると言っていたな。——貪狼《たんろう》。鸞晶宮に火鉢と裘《かわごろも》を届けよ。衾褥《ふとん》をあたためるための温石もだ。皇后の食事にはあたたかいものだけを出すように。氷菓や水菓子は皇后の好物だが、いまの皇后には毒だ」

「湯浴みもおひかえになるべきかと。湯冷めなさってはいけませんので」

「当分のあいだ湯浴みは禁じよう。むろん、洗髪もだめだ。ああ、そうだ。居室の窓は閉めきっておかねばならぬぞ。窓をあけていれば朔風が入ってくるからな」

氷菓や水菓子の禁制も効くだろうが、いちばん効果がありそうなのは湯浴み禁止令だ。湯皇后は日に二度も湯浴みするほどきれい好きで、洗髪のための澡豆《そうず》だけで千金をかけている。湯浴みできなければ三日とたたずに音をあげるだろう。

「皇后さまの病も心配ですが……主上もお気をつけくださいませ」

「病には十分に気をつけている。案ずるな」

天凱が視線を投げると、湯太宰は老獪《ろうかい》な口もとに微苦笑をにじませた。

「主上は寿鳳宮にもたびたびお渡りになっていらっしゃるとうかがっております」

「叔母上にごあいさつせねばならぬからな。これも甥のつとめだ」

「恐れながら……あまり頻繁にお渡りになるべきではないかと。皇太后さまは不埒な妖術の使い手でいらっしゃいますので、不測の事態が起きるやもしれません」

「不測の事態とは聞き捨てならぬな。予の晟烏鏡《せいうきよう》は封じられた祲華《しんか》にすら対抗できぬと言いたげではないか。予はそれほど頼りないか？」

「主上の晟烏鏡は天下をあまねく照らしております。祲華など恐れるに足りませぬ。しかしながら……皇太后さまは凶后の姪御《めいご》でいらっしゃいます。凶后がそうであったように、男をたぶらかす術をご存じにちがいありません。警戒なさるべきかと」

なるほどな、と天凱は朱筆を置いた。

「卿《けい》の目には女色に惑いやすい愚帝が映っているのだろうな」

「いいえ、兗辰《こうじん》の晟烏鏡をお持ちの主上が凡百の君主のように女色に惑って国を傾けるなどありえないことです。……さりながら、妖婦の色香とは恐るべきものでございます。歴史を騒がせた暗君のなかには、名君たる資質を持ちながら女狐《めぎつね》に溺れて道を誤った者もすくなくありません。用心に越したことはないでしょう」

「熱心に諫言《かんげん》するところを見ると、件の噂を聞いたな」

凶后の怨霊を鎮めるために美凰は皇宮に戻った。しかし、美凰が戻っても、疫病はいっこうにおさまる気配がない。そのせいでよからぬ噂が流れている。

天凱が美凰を皇宮に連れもどしたのは、個人的な理由からではないかと。

「卿も予が叔母上と私通していると思うのか？」

「滅相もない。主上に限ってそのようなことはけっして」

「ないとは言いきれぬぞ。叔母上は予の皇后候補だった。わずかな期間ではあったが、許嫁同然につきあっていた。しかもあのかたは巫山神女《ふざんしんにょ》と見まがう美姫であり、十年前と変わらぬ十六の乙女だ。まったく心が動かぬと言えば嘘になる」

「お忘れなさいますな。皇太后さまは先帝の廃妃であり、主上の叔母君で――」

「卿も男だ、身に覚えがあるだろう？　男にはときとして理性が情欲に負けてしまうことがある。ましてや予は妃嬪に夜伽を拒まれており、即位以来、一度も龍床《りゅうしょう》に美人を迎えていない。市井の青年は妻妾《さいしょう》と睦言をささやきあっているのに、万乗の君たる予がむなしくひとり寝とは情けない話ではないか。そんな折に昔親しんだ美姫が記憶のなかの姿のままであらわれたのだ。惑わされるなと言うほうに無理がある」

聞こえよがしにため息をつき、天凱は金碧山水の扇子をひらく。

「妖婦の色香は恐ろしい。叔母上とお会いするたび、妙な気を起こしそうになってしまう。あのかたには男心をそそるものがある。溺れてみたいと思わせるなにかが」

「主上、なりませぬぞ。かようなことは思《おぼ》し召《め》しになるだけでも罪深《ぶこ》うございます」

「わかっているとも。だが、自信がないのだ。いつまで耐えられるやら」

扇子をひらめかせ、頭を抱えるようにして、ふたたびため息。

「それもこれも、長らく柔肌にふれていないせいだ。重祚して後宮を持てば色とりどりの美人を夜ごと愛《め》でられると期待したが、とんだ誤算だった。太宰よ、予はよほど男として魅力がないらしいな。わが妃嬪にさえそっぽをむかれるのだから」

「なにをおっしゃいます。主上は容姿端麗かつ文武両道、高徳をそなえた一天万乗の君でいらっしゃる。国じゅうの女子《おなご》が憧れる天下一の丈夫《ますらお》ではございませんか」

「ならばなぜ妃嬪は予を拒むのだ？」

「聞くところによれば、妃嬪は病のせいで泣く泣くお召しを辞退しているとか。病が癒えれば喜んでお仕えするでしょう」

「病が癒えれば……か。それがいつになるのかわからぬので困っているのだ」

「ご案じなさいますな。数日のうちには妃嬪の病も癒えましょう」

「さようか？」

扇子の陰からちらりと見やると、「さようですとも」と湯太宰は大きくうなずく。

「妖女に惑わされず、どうかほんの数日お待ちくださいませ。後宮には皇太后さまに負けぬ美女が大勢おります。だれもみな、主上のお召しを心待ちにしているのです」

「うまくやりかえしましたねえ」

湯太宰が退室したあと、貪狼は女のような美貌に下卑た笑みを刻んだ。

「皇太后さまとの不義の噂を逆手にとって夜伽解禁を迫るとはなんたる妙策！　湯太宰のあわてようを見るに今夜にも解禁されそうですよ。いやー、安心しました。お子さま皇后が殊礼《せいじん》するまで五年もおあずけなんていくらなんでもねえなと思ってましたもん。妃嬪が夜伽に応じるようになれば、主上はたまりにたまった欲求不満を解消できますし、あちこちに皇胤《こだね》をばらまけますね！　おめでとうございます、主上」

「なにがおめでたいだ」

にまにまする貪狼を横目で見やり、天凱は扇子をぱちりと閉じた。

「妃嬪が龍床に侍ったところで、無事に世継ぎが生まれるとは限らぬぞ」

「湯太宰が後宮に手を入れるってわけで？」

「あのじいさんは孫娘に皇太子を産ませたいんだ。そのためならなんだってやるさ」

「とはいえ、夜伽解禁はおめでたいことですよ。妃嬪たちは寵愛を争い必死で身ごもろうとするでしょうから、必然的に奴才《わたし》の懐に入ってくる賄賂も増えますので」

「おまえが得するだけだな」

「主上だって情欲を発散できるんだから、得るものはあるでしょうよ」

「発散するほどのものがあると思うか？　朝は朝議と拝遼《はいりょう》、昼間は政務と駆鬼《おにばらい》、夜は妖魔狩りに明け暮れ、疲れ果てて牀榻《しんだい》に入れば一刻もしないうちに叩《たた》き起《お》こされる。目をあけているのがやっとなんだ。欲情する余力もないよ」

「ははあ、なるほど。そういうお悩みでしたら花肆《はなまち》育ちの奴才にお任せあれ」

貪狼は碧眼《へきがん》を細めてにんまりした。うさんくさいささやき声で言う。

「あまたの男を男たらしめてきた久接不敗《つかれしらず》の仙薬を煎じてさしあげますよ。これを服用すれば疲労などたちまち吹き飛び、ひと晩で十人の美女と戦えます」

「おまえのことだから無銭《ただ》じゃないんだろ」

「主上割引でとくべつに大負けに負けまして、ひと粒、銀七十両でいいですよ」

「いらん。それより茶をくれ。喉が渇いた」

「承知いたしました。ひと口飲むだけで精力がみなぎる起陽茶《きようちや》をお持ちしましょう」

「真っ昼間からそんなものを飲めるか。目が疲れたから菊花茶《きつかちや》がいい。枸杞子《くこし》入りで」

「雄蚕蛾《かいこが》と一緒に煮出しましょうか？」

「余計なものを入れたら罰金百万両な」

お買い得なのに、とぶうたれる貪狼を追いだし、天凱は懐から香嚢《においぶくろ》をとりだす。紅蓮の怪鳥が刺繍された紺瑠璃《こんるり》の香嚢。こんなものをいつまでも捨てられずにいるからには、やはり未練があるのだろうか。自分でもよくわからない。胸を焦がす恋情はないのだ。すくなくとも、己で感じとることができるほどには。

たしかなのは、美凰が変わったということだ。彼女はもう昔の劉美凰ではない。無垢で無邪気な翡翠公主は、もはやどこにもいない。その事実を鼻づらにつきつけられるたび、奇妙な喪失感が天凱を戸惑わせる。それはさながら、かなわなかった恋のような甘い感傷を帯びて、二度と戻らない昔日をせつなく思い起こさせるのだ。

「申し訳ございません、皇太后さま。わたくしが目を離したばかりに……」

眉珠の声を聞くともなしに聞き、美凰は玉案《つくえ》にひろげた細切れの紙片を眺めた。切り刻まれた生成り色の青檀紙——画軸《かけじく》の残骸が小さな丘を作っている。あざやかな切り口は剪刀《はさみ》によるものだろう。大小の紙片にはさまざまな色彩が散らばっている。どれも丁寧な筆運びで、少女の身体を包む襦裙《じゅくん》や披帛《ひはく》、双鬟《そうかん》に結った髻《もとどり》、ほんのり上気した頬とはにかむ唇、そして描き手を見つめる純真な瞳を染めていたものだ。

明けがた、妖魔狩りから帰った美凰は青い顔をした眉珠に迎えられた。美凰の留守中、何者かが寿鳳宮に侵入し、画軸を切り刻んだという。

「見覚えのない宦官が部屋から出ていくのを見ました。おかしいと思って追いかけましたが、途中で見失ってしまい……きっとあの者がこんなことをしたのですわ」

眉珠は申し訳なさそうにうなだれている。

「ひょっとすると、湯皇后の指示かもしれません。湯皇后は皇太后さまを敵視していますす。朝礼に欠席するよう妃嬪に指示を出すくらいですから十分にありうることかと。ただちに長秋監《ちょうしゅうかん》を呼びますわ。かならずや下手人をつきとめなくては」

「下手人捜しはせぬ」

「そんな……なぜです？　罪人に罪を償わせなくてよいのですか？」

「よい。長秋監には知らせるな」

長秋監は後宮における皇城司《こうじょうし》だ。掖庭の治安維持のため、事件事故の捜査を行う。

「騒げば下手人が厳罰を受ける。たかが画軸一幅のために人を罰したくない」

「ですが、とても大事なものだったのでしょう？　あれほど頻繁にごらんになっていたのですから……。どなたかにいただいたものでしたの？」

「先帝が描いてくださった。……非馬公主であったころの、哀家《わらわ》を」

雪峰はたぐいまれな画才の持ち主だった。彼の手にかかれば、秋時雨に濡れる蓮池《はすいけ》さえも雲母《きらら》色に輝く天帝の御園《みその》に姿を変えた。その洗練された筆致は彼の腸を滾らせていた怨憎を巧妙に隠し、蛇蝎《だかつ》のごとく嫌悪していた美凰をうるわしく描きだした。

「それほど貴重な画軸なら、なおさら下手人を捕らえねばなりませんわ」

「捕らえたところで、元通りになるわけではない」

美凰は眉珠の顔を見ることができなかった。

凶后時代に処刑された罪人は七十万人におよぶという。これは禁軍六十万をゆうに上回る数字だ。なお、七十万のなかには、流罪となった者、奴婢にされた罪人の親族、飢饉による死者はふくまれていない。彼らをふくめれば、虐政の犠牲者は百四十万をくだらないとする記録もある。冏都《けいと》の人口がおよそ百万であることを考えると、凶后の毒牙にかかった人びとがどれほど多かったか、痛感させられる。

なんの罪滅ぼしにもならないと知りながら、美凰は毎日欠かさず彼らの供養をしている。供養といっても、道観で行うような大掛かりなものではない。即席の祭壇をこしらえて進香《しょうこう》するだけだ。後宮に来てからもその日課はつづけている。宮中では私的な供養が禁じられているので、天凱の許可を取ったうえでのことだ。

神像も神器も神仙図もない祭壇をふりあおぎ、美凰は一心に経をとなえる。

凶后の意に反して宮仕えを断り、車裂《くるまざき》にされた青年。凶后が可愛がっていた大瑠璃《おおるり》を死なせた咎で釜茹《かまゆ》でにされた世話係。無辜の人びとの処刑を拒否したせいで虎の檻に投げこまれた刑吏。凶后に諫言して剝皮《かわはぎ》の刑に処された高官。凶后の蛮行をつぶさに教えられたとき、わが耳を疑った。やさしい伯母が非道な真似をするはずはないと反論した。囚人の衣を着せられ獄房にほうりこまれてもなお、伯母の無実を疑わなかった。美凰が真実を目の当たりにしたのは、刑場に引ったてられた日のことだ。

処刑を見物するため集まった士民はぐらぐらと煮えたつ湯釜のように猛《たけ》りくるっていた。磔さながらに罵声が投げつけられ、篠突《しのつ》く雨のごとく小石や汚物が美凰に降りそそいだ。憎しみ、怨み、怒り。ありとあらゆる負の情動が四方八方から美凰を刺し貫いた。ちがう。誤解だ。自分はなにもしていない。弱々しい弁解の言葉すら出てこなかった。もはや逃げ場はなかった。たとえ罪を犯した自覚がなくても、彼らの怨念の源が劉美凰であることは純然たる事実。全身にのしかかってくる真実に押しつぶされ、美凰は鼻づらにつきつけられた身に覚えのない罪状を認めた。激憤する人びとのまえに身を投げだし、骨という骨が砕けんばかりに震えながら赦しを乞うた。

美凰が血まみれのひたいを地にこすりつけると、人びとはいっそうけたたましく怒声を吐いた。殺せ殺せ、とだれもが叫んだ。八つ裂きにしろ、死ぬことだけが唯一の償いだ、地獄に落ちろ。呪詛まみれの声が刑場に轟いた。

あれから十年。美凰はまだ赦されない。赦されるはずもない。

こうして経をとなえたところで、なにも救われはしないのだ。だれも生きかえりはしないのだ。禍華の力をもってしても、凶后の所業をなかったことにはできないのだ。それを十分承知していながら、美凰はひたむきに祈禱する。なんの意味もない空疎な祈りを捧げることが、ただひとつ残された贖罪《しょくざい》の道であるように思われて。

背後で扉がひらかれる音がした。聞きなれない足音が近づいてくる。

「美凰、だれか来るよ」

星羽の声だ。花氈《しきもの》の下からおそるおそる頭を出しているのがわかる。

「知らない男のひとだよ。追いはらったほうがいいかな」

「そなたは隠れていろ。私は大丈夫だから」

強い口調で言えば、星羽はぴちゃりと小さな水音を立てて姿を消す。

足音がさらに近づいてきた。美凰は目を閉じたまま祈禱をつづける。背《そびら》に殺気が突き刺さっても、経をとなえることをやめない。侵入者は徐々に距離をつめ、息を殺して美凰に迫ってくる。一歩、二歩、三歩――そして焼けつくような衝撃。

「死ね、凶公主《きょうこうしゅ》」

刃物で背中を刺されたのだと気づくと同時に、美凰は眉根をひきしぼった。肉を斬られた痛みのせいではない。そんなものにはとうに慣れている。

――衣装がだめになってしまう。

高価な衣服を自分の血で汚してしまうことが、ひどく心苦しい。


「遅いな……」

椅子の背にもたれ、天凱はひとりごちた。寿鳳宮の客庁《きゃくま》である。報告があって訪ねてきたが、美凰は祈禱中なので待つことにした。茶を飲み、わけもなく扇子をひらいたり閉じたりして暇をつぶしていたが、待てど暮らせど美凰は出てこない。

「いつもこんなに時間がかかるのか？」

「いいえ、ふだんならもう出ていらっしゃる頃合いですが……」

皇太后付き女官の葉眉珠も怪訝そうに首をひねっている。

「お呼びいたしましょうか」

「いや、予が訪ねていこう」

天凱は客庁を出た。美凰が祈禱しているという後院《うらにわ》の円影堂《えんえいどう》に向かう。

――先帝の棺は空だった。

天凱みずから御陵《みささぎ》に赴き調べたが、敬宗の棺には骸が入っていなかった。大喪では遺体が入っているのを確認したから、空になったのはその後だろう。

敬宗がよみがえったのか？　ありえない。敬宗はまちがいなく崩御したのだ。皇帝が崩御すれば、晟烏鏡《せいうきよう》はしだいに光を失っていく。殯《かりもがり》が終わるころには黒く変色してしまう。これを亡鏡《ぼうきよう》といい、亡鏡した皇帝はけっして蘇生《そせい》しない。

美凰が朧月観《ろうげつかん》で見た敬宗は本人ではない。しかし、棺が空になっている以上、敬宗の遺体がかかわっているのはまちがいないだろう。何者かが大喪後の御陵に侵入して敬宗の亡骸を盗み、なんらかの措置をほどこして骸を自在に操っている。そう考えるのが自然だ。問題はなぜ敬宗の遺体をわざわざ運びだしたのかということ。骸を操りたいだけなら、ほかの遺体で十分なのに、なぜ敬宗だったのか。

考えがまとまらないまま、天凱は円影堂へとつづく遊廊《わたりろうか》を歩いた。円影堂は歴代の皇太后が祈禱をした建物である。以前は耳房《こべや》や廂房《わきべや》をそなえた大きな建築群だったが、凶后時代に大幅に縮小され、いまではこぢんまりとした正房《おもや》を残すのみだ。

いつの間にか、しとしとと涙雨が降っている。枝垂れ桃は艶っぽく濡れそぼり、さながら紅涙をつらねたかのよう。その憂わしげな姿がなぜか美凰と重なった。

案内してきた眉珠を外に残し、龍鳳文の扉をあけて室内に入る。

――美凰は罪悪感に苛《さいな》まれている。

凶后の所業について美凰に直接の責任があるかと言えば、むろんない。

美凰自身はだれかを殺したことなどない。だれかの大切なものを無理やり奪ったこともなければ、婢僕《めしつかい》を虐げたことも、他人を悪しざまに言ったこともない。悪徳の権化たる凶后に寵愛されながらも、劉美凰はあかるく朗らかで心やさしかった。凶后の姪でさえなければ、人びとに愛される少女であっただろう。

されども、彼女の伯母は凶后劉瓔だった。自分が手を下したわけではないとしても、凶后の寵愛を一身に受けていた以上、まったくの無辜とは言いきれない。

美凰が口にしていた鼎食《びしょく》は民の惨苦の産物。美凰がまとっていた綾絹は職人たちの流血の賜物《たまもの》。美凰の内院に植えられていた花木は役夫の命そのもの。美凰の愛猫が西域渡りの珍味に舌鼓を打つかたわらで道端には赤子が捨てられ、餓《う》えた人びとはわずかな食糧を奪いあい、雨ざらしにされた死骸は野犬に喰い荒らされた。これほどの暴政が行われていたのに、じきに皇后になろうという美凰は祖国の惨状をまるで関知していなかった。彼女の耳に入るのは聞こえのいい言葉だけだった。

豊作つづきで民の暮らしは豊かだ。市井の娘たちは着飾って芝居見物に出かけている。天下のだれもが医者にかかり、よい薬を処方されている。万民は劉太后の慈悲深い治世に感謝し、彼女の血をひくあらたな皇后の誕生を心待ちにしている。

　事実をことごとく裏返した甘言は凶后の指示によるものだ。命令にそむいて美凰に天下の実情を知らせようとした者は容赦なく排除された。凶后は病的なほどの情熱をそそいで美凰を現実から隔離した。美凰は凶后がつくった箱庭で花を眺め、鳥を愛で、音曲を聴きながら美しくととのえられた指で飴《あめ》がけの菓子をつまんでいた。

　彼女は知らなかったのだ。皇宮の外で幾万の民が飢えていたことも、貧しさゆえに身売りする者があとを絶たないことも、民の骸を燃やす煙が空を曇らせていたことも。この世のだれもが自分とおなじように幸せを享受していると信じて疑わず、それがゆえにひとかけらの罪悪感も抱かず、凶后の恩寵をほしいままにした。

　無知が罪だというなら、劉美凰は有罪だ。しかし、天凱は――。

　奥の間から聞こえる不審な物音に思考を断ち切られた。骨に染みわたり、脳髄を削りとるような不快なその音。天凱は弾《はじ》き飛ばされたように駆けだした。囲屏《びょうぶ》のむこうに飛びこみ、異様な情景を目の当たりにして愕然《がくぜん》とする。

　宦官が美凰に馬乗りになって短刀をふりおろしている。何度も何度も、絡繰《からく》り仕掛けのように機械的に。でたらめにふりおろされる切っ先が肉や骨をえぐり、ほとばしる鮮血が花氈《しきもの》を紅蓮に染め、斬撃の音が不気味にこだまする。

やめろと叫ぶ前に、天凱は宦官の肩をつかんで美凰から引き離した。すかさず短刀を奪い、床に組み伏せる。

「眉珠！　急いで太医を呼べ！　叔母上が大怪我を――」

「私は怪我などしていない」

美凰の声が耳を打った。つねと変わらぬ、他者を拒む声音。

「血まみれじゃないか。身体じゅう……」

「よく見てみよ。私の身体は傷ついていない」

幾度となく刺されているのに、美凰は難なく起きあがった。めった刺しにされた人間の動きではない。午睡から目覚めたひとのような気だるさがあるだけだ。

鸞鳳《らんぽう》文様の襦裙《じゅくん》は血紅《くれない》に染まり、切り刻まれて見るも無残なありさまになっていたが、あれだけ刺されていれば当然こぼれ出てくるはずの臓腑《ぞうふ》が見当たらなかった。切り裂かれてはだけた衣服からのぞいているのは、かすり傷ひとつない玉の肌。

「……そうか、あなたは」

いまさらながら思い出した。美凰は死なない身体なのだ。

死霊を使役し、鬼《ばけもの》を狩る禗華《しんか》は陰界《いんかい》にまつわる力。美凰の禗華はあまりに強力で、尭戌《こうじゅつ》の帝であった敬宗《けいそう》は祓うことができなかった。ゆえに封じるしかなかった。封印につかわれた晟烏鏡は陽界《ようかい》の力。陰界の対極にあり、万物を生長させる陽の気だ。禔華を抑えこむため、敬宗は彼女の身体に晟烏鏡の光を焼きつけた。

結果、劉美凰は陰陽の理《ことわり》からはずれ、死を忘却した。どんな怪我も病も見る間に癒えてしまい、たとえ首を刎ねて四肢を寸断しても、身体じゅうを焼いても死なない。死ななければ老いることもない。美凰のなかの時は荊棘《けいきょく》奇案《きあん》から寸刻も進んでおらず、このさきも封印を解かれない限り十六の少女のままである。

「放せっ！　凶公主を、あの女を殺さなければならないんだ！」

ふたたび宦官が暴れだす。天凱はきつく腕をねじりあげ、抵抗を封じた。

「報いを受けさせてやる！　八つ裂きにしてやる！　汚らわしい女狐め――」

「愚か者が」

美凰はすっくと立ちあがり、表情を削り落としたおもてで宦官を見おろした。血《ち》飛沫《しぶき》が顔半分を真っ赤に塗りつぶしている。くずれた髻《もとどり》は惨劇のすさまじさを物語り、全身から雨粒のごとくしたたり落ちる鮮血は彼女の立ち姿を凄艶に彩る。

「そなたごときに哀家《わらわ》は殺せぬ」

宦官が拘束から逃れようと身をよじり、口からは絶えず罵詈《ばり》雑言《ぞうごん》を吐く。

「せいぜい怨むがよい。そなたのような腐人《くされもの》にできることはそれくらいだ」

血染めの長裙を引きずって美凰は部屋を出ていく。その細い背中が見えなくなっても宦官は罵声を放ちつづける。それはもはや、人の声ではなく、獣の咆哮だった。

「おまえには四六時中、叔母上を監視するよう命じていたはずだ」

宦官を別室に拘禁したあと、天凱は惨事の現場に鹿鳴《ろくめい》を呼びつけた。

「なぜ己のつとめを果たさず、叔母上のそばを離れていたんだ」

「つとめは果たしました。祈禱のあいだも扉の外にひかえておりましたので」

鹿鳴は平然と答えた。室内は血の海だというのに眉ひとつ動かさない。

「ならばなぜ、不審者が円影堂に入るのを見過ごした？」

「あのかたは不死ですから。わざわざ襲撃者からお守りする必要がございません」

天凱は二の句が継げなくなった。

「……まさか、おまえがやつを手引きしたのか」

「いいえ。あの者がなにかしでかしそうだという予測はしておりましたが」

件の宦官は十日ほど前から寿鳳宮で働いていた。不審な動きをしていたことに気づいていたと、鹿鳴はこともなげに話す。

「皇太后さまの身辺に探りを入れていたので、襲撃するつもりではと。べつにふしぎなことではありません。凶后に虐げられた者はあのかたを殺したいと願っています」

「おまえもそうなのか、鹿鳴」

「逆にお尋ねいたします。奴才《わたくし》があのかたを怨んでいるとご存じだったからこそ、奴才を寿鳳宮付きになさったのではありませんか」

それは事実だ。天凱は鹿鳴が凶后の犠牲者だと知っていて美凰のそばに置いた。いや、犠牲者だったからこそ側仕《そばづか》えにしたのだ。そのほうが好都合だったので。

天凱自身、美凰をどこまで信用すべきか迷いがあった。彼女はかつて親しんだ劉美凰ではない。彼女には祲華《しんか》という未知の霊力があり、凶后の怨霊が霊台《れいだい》を騒がせている。さらには十年以上の空白がある。昔の美凰は純真で善良だったが、いまもそうとは限らない。なつかしさに身をゆだねて美凰に全幅の信頼を置くのは危険だ。だからけっして彼女に肩入れしない者を配置した。美凰が裏切ることを想定して。

「おまえは凶后にぶつけるべき憎悪を叔母上にむけるほど愚かではないはずだが」

「買いかぶりすぎです。怨敵のまえでは、奴才もさきほどの者と変わりませんよ」

鹿鳴は皮肉げに唇をゆがめた。

「皇太后さまは――劉美凰は凶后の庇護のもとわが世の春を謳歌《おうか》してきました。あのかたは無実ではありません。怨憎をむけられてしかるべきなのです」

「叔母上の処刑に立ち会っているおまえがそれを言うか」

天凱はわれ知らず視線を鋭くした。名づけようのない感情が逆巻いている。美凰はたしかに無辜ではない。しかし、彼女はとうに罰を受けた。美凰は刑場に引ったてられ、処刑されたのだ。本来なら一度ですむ処刑を幾度となく受けたのだ。それだけではない。刑場の外でも処刑はつづいた。敬宗《けいそう》はごく私的に美凰を――。

「三千回の処刑でも足りませんよ。あのかたは死なないのですから。死なない罪人を罰するには殺しつづけるよりほかない。そうお思いになりませんか？」

「鹿鳴、おまえは――」

「いつまでこんなところで話しこんでいるつもりだ」

囲屏《びょうぶ》の陰から美凰が出てきた。あたらしい衣服に着替えているが、髪は結わずに垂らしている。おもてに飛び散っていた血糊《ちのり》は白粉ごときれいに洗い落とされていた。

「そなたたちがここにいると星羽《せいう》が片づけられない。さっさと外に出ろ」

「星羽が？」

「水で血を洗い流してくれる。婢女《はしため》を入れられないのだからやむを得ぬ」

婢女にあと始末をさせれば、事件が起きたことが後宮じゅうに知れわたってしまう。星羽を使うのは、美凰が事を公にせず内々にすませたいからだ。

「あなたがそのつもりなら、本件は秘密裏に処理しよう」

客庁《きゃくま》に場所を移し、天凱は沈黙を破った。

「表ざたにすれば民の反感を買う恐れがある。あの宦官は内々に――」

「なにもするな。あの者を断罪するつもりはない」

「やつはあなたを襲撃した罪人だぞ」

「私は死んでいない。襲撃は失敗した」

「成敗《せいはい》は問題じゃない。やつは殺意を抱いてあなたを襲った。殺意が遂げられても遂げられなくても、襲いかかった時点でみずから罪人に身を落としている」

「そなたの理屈に従えば、先帝も罪人だな」

天凱は返答に窮した。苦い泥のような感情が舌をにぶらせる。

「……すまない。あなたを皇宮に連れてこなければこんなことにはならなかった」

「いまさらだ。皇宮に戻ると決めた時点でこうなることはわかっていた」

「鹿鳴を仕えさせるべきではなかった。あなたに怨みを持たぬ者を置いておけば」

「そんな者がどこにいる」

美凰は退屈そうに扇子をひろげた。椅子の肘掛けにもたれ、かるく目を閉じる。

「よしんばいたとしても、宮仕えがつとまらぬ者では意味がない。宮仕えの経験がある者のほとんど全員が凶后を怨み、私を憎んでいる。たとえ鹿鳴がやらなくても、ほかのだれかがおなじことをした。そなたが気に病むことではない」

「いや、俺に責任がある。あなたが凶后と通じる危険性を考慮し、あえて鹿鳴を寿鳳宮付きにした。あなたを用いると決めながら、信用しきれず」

「一国の主がたやすく他人を信用すべきではない。裏切りを想定するのは当然だ」

正論だ。美凰との誼と、天下万民の安全とでは、後者を優先すべきなのだ。旧情を反故《ほご》にして彼女に警戒したことは、けっして誤りではない。皇上《みかど》としては。

「なぜ抵抗しなかった？　明器《めいき》をつかえば、取り押さえることもできたはずだ」

「どうせ死なぬのだから抵抗する理由もない。衣がだめになったのは惜しいが」

「死ななくても痛みはあるんだろう」

「たいしたことはない。かすり傷程度の痛みだ」

嘘だとわかった。天凱は荊棘奇案《けいきょくきあん》の記録に目をとおしている。処刑の方法は言うまでもなく、身体を傷つけられるたび美凰がどれほど泣き叫んだか、どれほどの苦しみを訴えたか、激痛に耐えかねて失神するまでにどれほどの時間を要したか、あたかも錬丹術の実験記録のごとく微に入り細に入り書き記されていた。

「私を憐《あわ》れむな」

美凰は目をあけた。飛矢のようなまなざしで天凱を射貫く。

「そなたが憐れむべきは私ではなく、私を襲った宦官だ。あの者には歌妓《かぎ》として働く妹がいた。歌妓の評判を聞いた凶后は皇宮に召してたびたび歌わせた。あるとき、凶后に寵愛される歌妓を妬んだ者が歌妓に毒を盛った。歌妓は喉をつぶされ、以前のように美しい声で歌えなくなった。興ざめした凶后は歌妓を杖刑《じょうけい》百に処した」

杖刑は背中や臀部《でんぶ》を棒で叩く刑罰である。屈強な男でも七十を数える前に死ぬといわれている。歌妓は刑吏が四十を数える前にこと切れた。

「あいつを知っていたのか」

「いや。歌妓のことはあの宦官から聞いた」

自分に短刀をふりおろす者の話に耳をかたむけていたのだと、彼女は語る。

「私はあの歌妓を覚えている。彼女の歌声を聞いてみたいと言ったのは私だ。凶后は私の希望を聞いて歌妓を召した。……私があの者の妹を死に追いやったわけだ」

「殺せと命じたのはあなたじゃないだろう」

「そんな理屈は、怨みを持つ者には通用せぬ。凶后を罰することができない以上、間接的に罪がある私を罰したいと思うのは人情であろう」

抗弁しようとして、やめた。

「ここではなにも起こらなかった。あなたはいつもどおり祈禱を終え、ご機嫌うかがいに来た俺を客庁で迎えた。そういうことにしたいんだな？」

襲撃者を罰しないなら、鹿鳴も処罰されないことになる。事件が起きる前となにも変わらない。だれも罰を受けない。美凰以外は、だれも。

「それでよい。私は死ななかったのだから、罪のある者はいない」

「ずいぶん長居なさっていましたねえ」

用件をすませて寿鳳宮を出ると、輿《こし》のそばで待っていた貪狼《たんろう》が渋面を作った。

「いったいなにをなさっていたんですかあ？　ったく、ただでさえ道ならぬ関係だとかなんとか醜聞が飛びかってるんですから、長話なさってると下衆《げす》どもがまた勘繰りますよ。流星のごとく用件をすませて可及的すみやかに退室なさらないと」

貪狼の小言を聞き流して、天凱は寿鳳宮をふりかえった。

――美凰はあの宦官を故意に挑発した。

血まみれの姿で立ちあがったとき、彼女は「そなたごときに哀家《わらわ》は殺せぬ」と冷酷に言い放った。宦官のためにそう言ったのだ。怨憎に身を焦がす者にとっては怨憎だけが生きるよすが。美凰の不死をまざまざと見せつけられたことで憎しみの炎がかき消され、生きる道を見失ってしまわぬよう、美凰は宦官の怨念に油をそそいだ。

――あなたは永遠に罰を受けつづけるつもりか。

あの宦官は美凰への怨みを命の糧としている。ならば美凰はいったいなにをよすがに生きればいいのだろうか。凶后が犯した大罪を一身に背負って天下蒼生《そうせい》に憎まれつづけながら、なににすがって命を燃やせばいいのだろうか。

とこしえに終わらぬ生き地獄のなかで。

「美凰！　刺されたってどういうことだよ!?　大丈夫なのか!?」

気色ばんだ高牙《こうが》につめよられ、美凰はため息をついた。

「大丈夫だと言っているだろう。見てのとおりだ」

「でも、美凰……血がいっぱい出てたよ。痛かったでしょう？」

高牙のうしろで星羽が心配そうに見あげてくる。美凰は微笑んで手招きした。星羽はひたひたと近づいてくる。抱きあげると、おとなしく膝の上におさまった。

「悪い子だな。あのことはだれにも話さないようにと言ったのに」

ごめんなさい、と星羽はうなだれる。

「……ぼく、美凰のこと守れなかったから……。今度からは高牙が美凰のそばにいたほうがいいんじゃないかなって思って……」

高牙にそれとなく相談したところ、無理やり聞きだされてしまったようだ。

「鹿鳴ってあのいけすかねえ宦官だろ？　あいつ、前々からうさんくせえと思ってたが、いくらなんでも凶手を手引きするのは度を越してるだろ。しかも凶手ともどもお咎めなしってなんだよ？　死なねえとはいっても痛みはあるんだぞ。血まみれになるまで刺されてるのに、なんで処刑しねえんだ？　おかしいだろ！」

高牙は髪を逆立てんばかりに怒声を放つ。

「だいたい、鹿鳴とかいう腐れ宦官をおまえの側仕えにした皇帝が悪いんじゃねえのかよ。あいつ、まさかこうなることを見越して鹿鳴をここに置いたんじゃねえだろうな。だったらあの野郎も許せねえ。八つ裂きにして喰ってやる」

「大騒ぎするんじゃないよ。美凰がいいって言ってるんだからいいんだろうさ」

しどけなく榻《ながいす》に身を投げだした如霞《じょか》が億劫そうに煙管をくわえた。

「よくねえよ！　罪人が野放しにされてるんだぞ！」

「しょうがないんだろ。そいつらの所業が公表されればまちがいなく刑場行き。凌遅《りょうち》に処されるのが落ちさ。そんなことになったら美凰の立場はどうなる？　皇太后さまを襲った連中が処刑されてよかったと、万民が喝采するとでも思うのかい？」

逆のことが起きるだろう。民は下手人に同情し、ますます美凰を怨むだろう。

「劉美凰は凶后の姪、万民の敵だよ。襲撃されたからって憐れんでくれる者なんかいやしない。ただでさえ宮中は針の筵だってのに、下手人どもを刑場にひったてるなんざ阿呆《あほう》のきわみ。なにもなかったことにするよりほかにやりようがないのさ」

「如霞の言うとおりだ。保身のため、私は事を荒立てないと決めた」

「そこまでして皇宮にとどまらなきゃいけねえのかよ？　いったいなんの義理だ？」

「義理ではない。これは報いだ」

令嬢時代の美凰はあまりに無知だった。凶后がほんとうはなにをしているか、知ろうともしなかった。みなが自分とおなじように幸せに暮らしているのだと思っていた。

怨まれても仕方がない。美凰が彼らの立場でも、美凰を憎むだろう。

「案じてくれるのはうれしいが、私は大丈夫だから」

「……べつにおまえを案じてるわけじゃねえよ。俺は宮中が気に食わねえだけだ」

「はっ、よく言うよ。美凰を連れて帰るって息巻いてたくせに」

「俺が帰りてえんだよ。皇宮なんか反吐が出るぜ」

「同感だが、厲鬼《れいき》を祓うまで辛抱してくれないか」

美凰が見つめると、高牙は舌打ちして目をそらした。

「ありがとう。さて、聞かせてくれ。栥山水《ひざんすい》についてなにかわかったか？」

「たいしたことはわかってねえよ。朧月観《ろうげつかん》に限らず、玆冥教《げんめいきょう》の道観は連日、押すな押すなの大繁盛。栥山水は飛ぶように売れてやがる」

「効き目はあるようだからねえ。あたしがちょいと話を聞いた男前も、見鬼病で死にかけてた息子が栥山水を飲んだおかげでけろりと治ったって大喜びしてたよ」

「やはり霊験はたしかなのだな……」

美凰は懐から竹筒を出した。先日、朧月観で買った栥山水が入っている。水のなかに溶けている呪符をとりだそうと試みたが、うまくいかなかった。何度試しても完全なかたちにならず、禽字《きんじ》で記されている呪語が読みとれないのである。

「栥山水で救われた者たちはこぞって道観に寄進するそうだ。なかには邸ごと寄進しちまった挙句、ひきとめる妻子をふりはらって出家したおっさんもいるらしいぞ」

「寄進するために娘を花肆《はなまち》に売ったとか、親族ともども道観の婢僕《めしつかい》になったとか、豪商の奥方が夫を捨てて道士の妾《めかけ》になったとか、妙な話を聞くね。まあ、梟山水で命拾いした者にしてみれば、恩返しのつもりだろうさ。身売りしてまで寄進するだの、道観に入れこんで身代をかたむけるだの、あたしに言わせりゃ馬鹿馬鹿しいけどね」

「馬鹿馬鹿しいどころじゃねえよ。出家した当人は満足かもしれねえが、家族にしてみりゃあ大迷惑だぜ。見鬼病が治ってやれやれってときに家屋敷はなくなるわ、花肆に売られるわ、道観の婢僕にされるわ、妻を寝取られるわじゃな」

「死の床から生還したのだから、信仰に目覚めるのは道理だが……」

いささか度が過ぎているようだ。信仰心にふりまわされる親族が不憫である。

「ひきつづき調査をつづけてくれ。なにかわかったら報告を」

高牙たちと別れ、美凰はひとりで自室に戻った。

棚の抽斗から剔紅《てきこう》の合子《ごうす》をとりだす。幾層にも塗りかさねた朱漆で牡丹文があらわされたふたをあけると、ばらばらになった画軸の残骸が姿を見せる。すべてひっくりかえして色彩を頼りに組みあわせてみたが、もとのかたちにはならない。

ふと頭をあげた。月洞窓《まるまど》を透かして花時雨に濡れる内院《なかにわ》が見える。玻璃越しの景色は泣き濡《ぬ》れた視界のように頼りなくぼやけて、花の色がいびつににじんでいた。

「……あなたに殺されたかった、どうせなら」

そうすれば救われただろうか。雪峰も、美凰も。


早朝。美凰の髪を梳《す》きながら、鹿鳴は憤懣《ふんまん》を噛《か》み殺していた。

日常はなにも変わらない。鹿鳴が刺客を招き入れたことを知っていてなお、美凰は鹿鳴に髪結いを命じる。事件を公にはしないとしても、化粧殿《けわいどの》からは退けられるだろうと踏んでいた。いや、死罪を言いわたされることすら覚悟していたのだ。美凰への叛意《はんい》をあらわにすると決めたとき、命を惜しむ気持ちはきっぱり断ち切った。

決死の覚悟はむなしく空転した。鹿鳴は依然として美凰の身支度を任され、美凰は鹿鳴に背中をむけている。まるで何事もなかったかのように。

美凰はすこしもこたえていない。刺客に襲われようと、側仕えに裏切られようと平気なのだ。どうせ殺せはしないと、たかをくくっているのだろう。どれほど怨憎を滾らせようとも無意味だと、嘲笑《あざわら》っているのだろう。まさしく凶后の血だ。あの鬼女から受け継いだ邪悪な血脈が劉美凰を傲岸不遜な莫連女《ばくれんおんな》たらしめている。

――この女のせいで、私はすべてを失った。

忘れもしない。十八年前、劉美凰と邂逅《かいこう》したことが悲運のはじまりであった。

鹿鳴の本姓は荀《じゅん》という。荀家は耀《よう》の太祖に仕え、あまたの忠臣を輩出してきた権門である。名は籍《せき》、父から下された字《あざな》は黎暁《れいぎょう》といった。

黎暁は幼いころから学問に励んだ。史書に燦然と名を遺してきた父祖のように皇上《みかど》の御前に侍り、社稷《しゃしょく》の臣として大成せんことを志していたのだ。日夜生来の才気を磨き、努力のすえに探花《たんか》となったとき、黎暁は晴れやかな齢十六の春を迎えた。

新進士は瑞林苑《ずいりんえん》の杏園《きょうえん》にて天子より宴を賜るのが慣例である。ほかの新進士同様、前途洋々たる黎暁も花衣《はれぎ》に身を包んで出席した。

熹宗《きそう》の御代であった。豪奢な玉座に君臨する熹宗は病苦のせいで衰えて見えた。反対にとなりに侍る劉瓔《りゅうえい》は御榻《みくらい》がかすむほど飾りたてた皇后の宝座に腰かけ、女帝のごとき威風さえただよわせて、新進士たちを見晴《みは》るかしていた。

かの女が熹宗を療養に専念させるためと称して政にくちばしを挟んでいることは周知の事実。朝を告げる牝鶏《ひんけい》は亡国のきざしである。忠臣たちは凶后の専横を憂えていたが、君側《くんそく》の奸《かん》をのぞくことは一朝一夕にはできない。熹宗は凶后に全幅の信頼を置いており、諫言すれば凶后への中傷と見なされて厳罰に処されてしまう。

若き黎暁は正義感に燃え、いずれは凶后の本性を暴いて朝廷を安んじたいと青雲の志を抱いていた。さりとて、新進士の身分で大業はなせない。まずは官として経験を積み、足場を築かなければ。そのためには天子を惑わす毒婦に追従することもやむなしと割りきり、黎暁は凶后を称《たた》える詩賦《しふ》を献上して宴に興をそえた。

「のう、わが翡翠よ」

凶后は己の膝の上で寝入ってしまった姪を揺すり起こした。美凰は八つになったばかり。金の翡翠《かわせみ》が刺繍された衣をまとい、凶后とおなじく螺子黛《らしのまゆずみ》で眉を描いて、結い髪は銀漢《あまのがわ》で水浴びしたあとのように珠玉できらめいていた。

「この者らのなかで、ぬしの意にかなう者はおるかえ？」

「わたくしの意にかなう者？」

「ぬしが好きな男子《おのこ》じゃ。どれがよい？　あれかえ？　そちらかえ？」

「皇后よ、翡翠はまだ幼い。婿選びは早すぎないか」

熹宗が笑みまじりに言うと、凶后は琴瑟《きんしつ》のような美声で笑った。

「女子は八つにもなれば立派な男子を見極める目を持つもの。この妾《わたくし》とて、主上をお見初めしたのは八つの童女のころでありましたぞ」

「そうか、そうか。では、選ぶがよい。翡翠が好きな男を与えよう」

上機嫌の熹宗にうながされ、凶后は美凰に微笑みかける。

「さあ、選んでみよ。どの男がぬしの夫にふさわしいであろう？」

「うーん、そうねえ……じゃあ、あのひとがいいわ！」

「荀家の嫡男かえ。なにゆえ、あれがよいのじゃ？」

「だって、新進士のなかでいちばん美しいもの」

「ほう、ぬしは美しい男が好きかえ。わらわとおなじじゃの」

凶后はころころと笑い、黎暁に視線を投げた。

「荀家の子息よ、ぬしは幸運な男じゃ。わが翡翠の花婿に選ばれたぞ」

「身に余る光栄にございますが、私には許婚《いいなずけ》がございますゆえ……」

「その娘とわが翡翠はどちらが美しいであろう？」

「くらべるべくもございません。翡翠公主さまとならぶ美貌をお持ちなのは、皇后さま以外にいらっしゃらないかと。なれど……旧情は忘れがたいものと申します。許嫁の微氏《びし》は勉学に励む私を一心に支えてくれました。その厚情に報いねば、私は薄情者とのそしりを受けましょう。なにとぞ、ご寛恕《かんじょ》くださいませ」

「なるほど、ぬしは見目がよいだけでなく情の深い男子なのだな。やむを得ぬ、翡翠にはあきらめてもらわねばならぬの。婿の代わりにべつのものをやろう」

「伯母さまの飾り櫛をいただけるなら、お婿さんはいりません」

美凰が目を輝かせる。凶后は笑みくずれ、自分の髻から飾り櫛を外した。

「ぬしはまだ幼いの。花婿よりも飾り櫛を欲しがるとは」

凶后が美凰の髻に飾り櫛をさすのを見ながら、これは酒席の戯言だと黎暁は愚かにも思っていた。だがしかし、戯言ではなかったのだ。

任官されてほどなく、黎暁は任地にて母から急報を受けた。それによれば、父が皇帝の御物を転売したかどで投獄されたとのこと。皇城司《こうじょうし》は父を貪官汚吏《たんかんおり》として摘発しており、極刑はまぬかれないという。父は清官であった。汚職になど手を染めたことはなかった。濡《ぬ》れ衣《ぎぬ》にちがいないと思い、黎暁はすぐさま冏都《けいと》に戻った。熹宗に目通りを願ったが、謁見は許可されない。父と親交の深かった官僚に助けを求めるも、火の粉が降りかかることを恐れた彼らは黎暁を門前ばらいするばかり。

万策尽きて天を仰いだときだ。さる高官が黎暁にこうささやいた。

「主上は父君の愚行に激昂《げっこう》なさっているが、そなたが父に代わって腐刑《ふけい》を受けるなら、恩情をかけて免官だけですませてもよいとおっしゃっている」

腐刑はすなわち浄身《きよせい》である。男の身体を捨てれば父の罪を赦してやると熹宗は言っているのだ。不孝のもっとも甚だしいものは子がないことだという。腐刑を受ければ男ではなくなる。父母に孫の顔を見せられなくなる。それがどれほどの親不孝か理解していたが、ほかに道はなかった。微氏に別れを告げ、黎暁は蚕室《さんしつ》に入った。蚕室を出たあと、寿鳳宮《じゅほうきゅう》に仕えることになった。むろん、宦官として、である。父は死罪を免ぜられ、荀一族は難を逃れた。黎暁には弟がいた。嫡男の黎暁が跡継ぎをもうけられなくても、弟が息子のつとめを果たしてくれればそれでいい。

最良の結末を迎えたかに見えた。またしても黎暁は見誤った。父は息子が閹奴《かんがん》になったことを恥じ、病床に臥した。凶后に懇願して暇をもらい、見舞いに行ったが、臥室《しんしつ》に入れてもらえない。寝間からは天を貫くような叫び声が漏れ聞こえてきた。

「荀氏一門に腐人《くされもの》はおらぬ！　わが長子は死んだのだ！」

父の訃報が届くまで三月とかからなかった。あらたに荀家の当主となった叔父は、黎暁が訪ねてきてもけっしてとりつがぬようにと荀家の婢僕《めしつかい》に厳命した。もはや荀氏一門から絶縁されたも同然であり、母ですら黎暁に便りを寄こさなくなった。

それからしばらくして、黎暁は美凰に仕えるよう命じられた。

後宮内に美凰の住まいがあたらしく普請されたので、側仕えも一新されたのである。このころ、黎暁は凶后から鹿鳴という名を賜った。腐人としての名だった。

父の死に目にも会えず、一族に汚名を遺したことを恥じながら、鹿鳴は粛々と職務にいそしんだ。自分には親族もなく、妻子も持てず、一生蔑まれつづける身のうえだが、皇宮に仕えていれば官途についた弟を陰ながら支えられる。鹿鳴は弟の立身出世を望んだ。父母に対する不孝への、せめてもの償いとして。

宦官の道を歩んでいく覚悟をかためたころのことだ。鹿鳴は耳にしてしまった。直属の上官が媚《こび》もあらわに凶后と笑いあうその声を。

「鹿鳴は愚か者ですな。翡翠公主さまとの縁談をお受けしていれば、いまごろは駙馬《ふば》さまと呼ばれていたでしょうに」

「愚か者はぬしじゃぞ。だれが進士ごときをわが翡翠の婿にするものか」

「おや、鹿鳴が縁談を断ったから腐刑に処されたのではないので？」

「ちがうとも。もとより翡翠は阿宥《あゆう》の花嫁とするつもりじゃ」

司馬宥《しばゆう》は熹宗が宮妓《きゅうぎ》に手をつけて産ませた皇子。生母が産褥《さんじょく》死したので、凶后のもとで養育されている。まだ襁褓《むつき》のなかにあったが、すでに立太子されており、熹宗の崩御後は凶后が宥の摂政となって実権を握るであろうとだれもが予想していた。

「では、なにゆえ鹿鳴を宦官になさったので？」

「翡翠の花婿はいまだ襁褓にくるまれておる。阿宥が青年になるまで翡翠は恋もできぬのじゃ。それでは不憫であろ。ゆえに気慰みになる者をそばに置いてやろうと考えた。とはいえ、まともな男子ではだめじゃ。間違いが起こっては困る」

「翡翠公主さまの貞操を守りつつ気慰みとするため、鹿鳴を浄身なさったと？」

「美男子なら掃いて捨てるほどおるが、美貌以外にとりえのない愚鈍な者は翡翠にふさわしくない。されど進士ならば、才徳をかねそなえておる。杏園の宴で翡翠に選ばせたのはそういうわけじゃ。最年少の探花を選ぶとは、わが姪ながら目が高いこと」

「いやはや、さようでしたか。それならば鹿鳴は天下一の幸せ者と言いなおさねばなりませぬな。未来の皇后さまに朝な夕なお仕えできるのですから」

耳障りな笑い声に脳天を射貫かれ、鹿鳴はめまいがした。

父を死罪から救おうと奔走したことも、一族を守るため腐刑を受けると決心したことも、微氏と涙ながらに別れたことも、病床に臥した父に追いはらわれたことも、宦官として弟の立身出世を助けようと肚《はら》を決めたことも、なにもかもが丑劇《ちゃばん》だった。輝かしい官途、心を通わせた許婚、敬愛する父と敬慕する母、誇り高き親族……圭鹿鳴はすべてを失った。両親より賜った男の身体さえも、あとかたもなく。

こうなったのは凶后の――いや、美凰のせいだ。あの日、美凰が鹿鳴を指名しなければ、鹿鳴はいまも由緒ある荀家の一員として想い描いたとおりの人生を歩んでいたはず。この身に刻まれた屈辱と喪失は、非馬公主劉嫋《りゅうじょう》がもたらしたものだ。

鹿鳴は凶后のみならず美凰までも怨んだ。他人をもてあそぶ鬼女どもに復讐を誓い、滾る怨憎をひた隠しにして、すこしずつ凶后と美凰の信頼を勝ちとった。天凱が廃されたのちは、おなじ志を持つ敬宗と裏で手を結び、機が熟すのを待った。

明威《めいい》元年春の政変で凶后が死に、長年の労苦がようやく報われた。続々と刑場に引ったてられていく劉一族を見送るのは痛快だった。悪は滅びるさだめなのだ。みずからが重ねてきた罪科によって裁かれ、その汚れた肉叢《ししむら》を千々に引き裂かれて。

ところが、ひとりだけ天誅《てんちゅう》から逃れた者がいる。――劉美凰だ。

「どうしたのだ、眉珠《びしゅ》。なにを捜している？」

鹿鳴が髻に金翡翠《きんひすい》の簪をさしたとき、美凰は八花鏡《はっかきょう》の外に視線を投げた。化粧具をしまいおわった眉珠が花几《はなづくえ》や香几《こうづくえ》の下などをしきりにのぞいているためだ。

「私物ですわ。昨夜から見当たらないので、どこかに落としたのかと」

「なにを落とした？」

「梳《す》き櫛《ぐし》です。色蒔絵で木蓮をあらわした……」

「哀家《わらわ》が捜してやろう」

「そんな……恐れ多いことですわ」

「必死で捜しまわるほどだ、大事なものなのだろう。だれかからの贈り物か」

亡夫の形見なのです、と眉珠は白いおもてにせつなげな微笑を浮かべた。

「西戎《せいじゅう》討伐で武功を立てたおり、その褒賞でわたくしのために上等な梳き櫛をあつらえてくれました。もったいなくて使えず、長らくしまいこんでいたのですが、夫が戦死したあとは持ち歩いていますの。あのひとを偲ぶよすがとして……」

「そうか……。ならば、一刻も早く見つけねばならぬな」

美凰は駆鬼用の筆と黄麻紙《おうまし》を持ってこさせた。化粧台の上で筆をとり、黄麻紙をひろげて、墨液もつけずにさらさらと何事か書きつける。

「そなたの髪の毛を一本くれぬか。できれば長いほうが助かる」

眉珠が髻から髪の毛を抜こうと苦戦しているあいだ、美凰は禽字《きんじ》を書いた紙をくるくると巻いた。眉珠の髪の毛をそれに結びつけ、蝴蝶のかたちの結び目に二本の指をかざして呪《じゅ》をささやく。すると、巻かれた紙の輪郭がぼやけた。とけだしたかのように靄状のものがすこしずつひろがり、小さな獣のかたちをつくる。それは蜂蜜色の毛並みの仔犬だった。尻尾をふり、黒い鼻をひくひくさせて、ひと声鳴く。ぴょんと化粧台から飛びおりたかと思うと、虚空にすいこまれるように姿を消した。

「……いまのは、なんの……きゃっ」

消えたはずの仔犬が足もとに飛びだしてきたので、眉珠はあとずさった。

「案ずるな。ただの幻だ。そなたの櫛を捜しにいかせた」

「もう戻ってきたのですか？」

「捜し物は思いのほか近くにあるものだ」

仔犬は得意げに尻尾をふっている。口には櫛のようなものをくわえていた。

「まちがいないかどうか、手にとって確かめてみよ」

眉珠はおそるおそるかがみこみ、仔犬がくわえているものを手にとった。持ち手の部分にあらわされた木蓮模様を見るなり、怪訝そうな顔が一転して笑顔となる。

「まあ！　たしかにわたくしの櫛ですわ！　ありがとうございます、皇太后さま」

「ご夫君の想いがそなたのもとに帰ってきただけのことだ」

美凰がひらりと手をふると、仔犬はぽんと消え去った。

「さすがは奇しき力をお持ちの皇太后さま。失《う》せ物捜しなどお手のものですね」

鹿鳴は唇に棘をにじませ、鏡面に映る美凰に微笑みかける。

「奴才《わたくし》も大切なものを失《な》くしたのですが、捜していただけますか？」

——かえせ！　家族を、許婚を、尊厳を、人生を、希望を、おまえが軽はずみな言葉で奪ったすべてのものを！

「鹿鳴、そなた疲れはせぬか」

美凰が鏡越しにこちらを見つめかえしてくる。

「そなたは哀家を憎んでおるのに、いつも無理をして笑っておる。いっそ心のままにしかめっ面をしていればよいのに。そのほうが気楽であろう」

絶句した鹿鳴をよそに、美凰は椅子から立ちあがった。そのまま后妃たちが集まっている正庁《おおひろま》へ向かおうとするので、思わず呼びとめる。

「たしかに奴才はあなたを殺せません。しかし、御身を傷つけることはできるのです。先日のように、あるいは荊棘奇案《けいきょくきあん》のように……」

「好きにせよ。それでそなたの気がすむなら」

美凰は絹団扇《うちわ》をひらひらと揺らめかせた。

「なれど、いくつか断っておく。先日のような派手な事件は迷惑だ。あとかたづけをする者の身にもなってみよ。たびたび衣をずたずたに引き裂かれるのも困る。哀家の衣服は万民の膏血をしぼってつくられたもの。粗末にはあつかえぬ」

「いまさら、そんなことを——」

「忠告しておくが、哀家に毒は効かぬぞ。せいぜい苦みを感じる程度で、臓腑は傷つかぬゆえ毒物の浪費にしかならぬ。また哀家以外の者に被害がおよびかねない事態も避けよ。無関係の人間をまきこんだ時点で、復讐は無益な暴虐になりさがる」

「……では、どうやってあなたを傷つけよと？」

「信頼を得たあとで裏切るというのはどうだ？　哀家の心を傷つけられよう」

「……馬鹿な。あなたが奴才を信用するはずはないでしょうに」

「そこはそなたの腕の見せどころだ。やってみよ。案外うまくいくかもしれぬぞ」

美凰の背中が屛風《ついたて》のむこうに消えたあとも、鹿鳴は呆然と立ちつくしていた。

「湯大人《とうたいじん》」

美凰の声に叩かれたように、うなだれていた人物はびくりとした。

安済房《あんせいぼう》の後院《うらにわ》。杏の花びらが散った石段のいちばん下の段に腰かけ、彼はこちらに背をむけている。美凰がそばに行くと、湯才雄《さいゆう》はふりかえった。

もともと青白かった顔は紙のように白くなり、唇は血色が薄れている。官服の首まわりがゆるくなっているようだ。連日の激務に心身を削られているのだろう。

「顔色が悪いぞ。すこしくらいやすんだらどうだ」

「いいえ、そういうわけには。病人は待ってくれませんので」

青い唇を彩った微笑はたちまち壊れて、重い嘆息がもれた。

「……といっても、私は役立たずですが。たいした霊力もなく、呪法も未熟で、みすみす患者を死なせてばかり。情けなくて、やすむ気になれないのです」

気に病むことはない、と慰めようとした言葉が喉の奥で引っかかった。才雄だけではない。駆鬼《おにばらい》にたずさわるすべての巫師《ふし》が無力感に苛まれている。

天凱の言葉どおり、一度治った患者がふたたび運びこまれてくる。以前よりも衰弱した状態で担ぎこまれ、前回よりも強い呪法で鬼を祓う。同様のことがくりかえされ、ついにはいかなる神呪も功を奏さず患者は死にいたる。なまじ一度は治しているだけに、会うたびに病状が悪化していく患者を見るのはこたえる。

「最後にここに来たとき、患者はすでに死んでいる」

亜堯《あぎょう》でも重篤の見鬼病患者を救えないのかと尋ねると、天凱はそう答えた。

「より正確に言えば、かろうじて生きているように見える状態で運ばれてくるんだ。脈はあるし、呼吸もしている。医者なら生きていると診断する。だが、巫覡《ふげき》の徒《と》にはとっくに生気が途絶えていることがわかる。呼吸していても脈があっても、生気がなければ屍だ。晟烏鏡《せいうきょう》は万物を生長させるが、その霊力は死人にはおよばぬ」

目安となるのは、瘴痕が身体の半分を覆っているか否かである。半身に達していれば呼吸や脈搏《みゃくはく》があっても生気が死んでいる。厄介なことに、どの段階で半身が瘴痕に侵されるか患者によってまちまちだ。二度目の感染で超える者もいれば、九度まで耐えて十度目で超える者もいる。はっきりしているのは最初の罹患では死なないということと、ひとたび感染すれば死ぬまで何度でも感染するということだけ。

次回の感染では助からないかもしれないと思いながら、患者が快癒すれば送りだす。可能なら他所より強力な化璧《かへき》で守られている寺観や安済房にとどめおくほうが安全だが、患者はつぎつぎに運びこまれてくる。治癒した者まで収容していたら、とても立ち行かない。送りだした患者が半身を瘴痕に侵された状態で戻ってくれば、治癒の呪法は使わない。呪符や霊力には限りがある。治る見込みのある患者のために残しておかねばならないから、生ける屍となった患者には弔いの呪法をほどこす。

むなしい戦いだった。いくら祓っても終わりがない。妖魔はいずこからかあらわれて人を襲い、患者は死の床につく。骸の数とともに徒労感ばかりがつのっていく。

――枝葉を刈っても無駄だ。根もとを断たなければ。

厲鬼にはかならず頭目《おやだま》がいる。頭目が走狗《てした》を操って鬼病《きびょう》をひろめるのだ。あまたの厲鬼にまぎれている頭目を始末しなければ、見鬼病は滅ぼせない。

「そなただけではない。だれもみな、悔しい思いをしている」

「いいえ、みなさんはよく働いていらっしゃいます。それにくらべて私ときたら……全然だめです。私の護符は紙切れ同然でちっとも効果がないですし、肝心なときに神呪をまちがえるわ、鬼門を見つけられなくてあたふたするわ……」

才雄は疲れきったふうに苦笑し、見るともなしに杏の木を見あげた。

「私は落ちこぼれなんですよ。祖父にもいつもそう言われています」

「ひどいことを言う祖父がいるのだな」

「事実、できそこないなんだから仕方ありません。なにせ、権門湯家の男子で進士《しんし》になれなかったのは、私くらいのものですから」

「そなたはあの湯一族の出身なのか？」

恥ずかしながら、と才雄は自嘲する。

「祖父は私のことを一族の恥だと言いますが、まったくそのとおりなんです。父は十八で進士になったのに、私は二十歳を過ぎても解試《かいし》にさえ及第できず……」

科挙には三段階の試験がある。解試、省試《しょうし》、殿試《でんし》がそれだ。解試は科挙の第一次試験。これを突破できなければ省試の受験資格が得られず、天子が主催する最終試験、殿試に臨んで、科挙及第者――すなわち進士となることは夢のまた夢だ。

「このざまでは一生かかっても殿試に臨むことはできまいと祖父に匙《さじ》を投げられ、やむをえず朝巫《ちょうふ》になりました。朝巫は科挙に及第しなくてもなれますから」

皮肉げな口ぶりには彼自身を傷つける棘がふくまれていた。

「われながら情けないです。祖父にはせっかく期待してもらったのに、亡き父を越えられぬどころか、その背中に近づくことすらできないとは……」

「お父上は鬼籍に入っていらっしゃるのか」

「二十年ほど前に。凶后が非馬公主《ひばこうしゅ》の誕辰《たんしん》祝いのために乱費するので、父が諫《いさ》めたところ、凶后の逆鱗《げきりん》にふれ、投獄されたそうです。罪状は不義密通でした。熹宗《きそう》の妃嬪と道ならぬ関係になったと……。濡れ衣でしたが、凶后の命令で投獄されれば処刑されたも同然です。凶后子飼いの酷吏が残虐非道な方法で自白を引きだしますから」

不義密通の罪が確定すれば、一族郎党に累がおよぶ。下手をすれば族滅令《ぞくめつれい》がくだりかねない。后妃との不義は謀反に匹敵する大罪なのである。

「一族を守るため、父は拷問に耐えかねて自白する前に自死したそうです」

才雄の祖父が息子の無実を訴えなかったため、凶后は追及の手をゆるめた。湯家がいまも繁栄しているのは、才雄の父が犠牲になったからなのだ。

「……ひょっとして、そなたの祖父とは湯太宰か」

才雄がうなずくのを見ると、思わず悪寒がした。

「なぜ息子ではなく孫が生き残ったのかというのが祖父の口癖で……。そう言われると、かえす言葉もありません。私はほんとうに役立たずですから。進士になれないばかりか、巫師としてもろくな働きができず……許嫁にも逃げられる始末で」

「それは……災難だったな」

なにげなく視線を落とすと、才雄の袖口から包帯を巻いた腕がのぞいていた。

「その腕、どうしたんだ？」

「あ、これですか。不注意で湯をこぼしてしまったんですよ。ぼんやりしていて」

「まだ痛むのか」

「膏薬《こうやく》を塗っていますから、もう痛みはありません」

「疲れているんだろう。こんな状況であればこそ、休息をとらなければいい仕事はできない。今日は早く帰れ。丘大人《きゅうたいじん》には私から事情を説明しておくから」

「ここで油を売っていたんですか、おふたりとも」

石段の上から文泰《ぶんたい》がこちらを見おろしていた。灰藍《さびあさぎ》の褠衣《こうい》は血まみれだ。患者が吐血したのだろう。嚇怒法《かくどほう》に手こずると、患者は多量の血を吐く。

「さっさと仕事に戻ってください。怠けている暇はないんですよ」

「私は戻るが、湯大人は帰らせてほしい。疲れているようだ」

「大丈夫ですよ、貞公公《ていこうこう》。私も戻ります」

才雄はつとめて笑顔をつくり、石段をのぼっていく。美凰もあとにつづいた。

鐘楼が雀色時《すずめいろどき》を知らせるころ、美凰は重い足を引きずりながら安済房を出た。ふだんなら妖魔狩りのためにその足で草竄巷《そうざんこう》へ向かうが、今日は狩りの前に立ちよりたい場所があった。冏都《けいと》西部、王府《おうふ》や寵臣《ちょうしん》の賜第《やしき》が立ちならぶ垂衣巷《すいいこう》だ。

「うわあ……」

雲のようにつらなる色とりどりの桃花を瞳に映し、星羽《せいう》は歓声をあげた。

垂衣巷の中心部にその桃林はあった。十年前までは劉一族の大邸宅が緑琉璃瓦葺《りょくるりがわらぶ》きの屋根をつらねていた場所だ。紅閨の変後、敬宗《けいそう》は凶后が巨費を投じて造らせた劉《りゅう》府《ふ》をひと棟残らず取り壊し、邪気祓いのため更地に数千本の桃樹を植えさせた。

いまでは桃の名所として知られているようだ。毎年、春になると行楽客でごったがえすそうだが、日暮れ時であるせいか、人影はまばらだった。

「すごくきれいだね！　まるで仙境みたい」

「あまり近づかないほうがよいぞ。酔うからな」

辟邪物《へきじゃぶつ》たる桃はその花も枝も実も妖《あやかし》にとっては毒である。本来なら妖は桃をきらうが、禝華《しんか》に守られる明器《めいき》はいささか特殊なようで、桃の陽気に毒されない。ただ、すこしばかり酔うことがあるので注意がいる。

はしゃぐ星羽を視界の端に映しながら、美凰は夕陽に焦がされる桃の雲を眺めた。

――先帝はいまも私を怨んでいらっしゃる。

司馬《しば》雪峰《せっぽう》の遺体が皇陵から消えていたと聞いて、真っ先にそう思った。亡鏡《ぼうきょう》したことはたしかだと天凱が言っていたから、現実的な考えではないとわかっている。それでも雪峰にいまも怨まれていると確信してしまうのは、彼の怨憎が深いからだ。

天凱同様、雪峰は野心を持たない皇族だった。彼は熹宗《きそう》の弟として親王に封じられ、書画をたしなみながらおだやかに暮らしていた。凶后が新帝に指名しなければ、一親王として玉座とは無縁の平穏な一生を送っただろう。しかし、雪峰は凶后に見出されてしまった。……いや、美凰に見出されてしまったのだ。

美凰が雪峰とはじめて出会ったのは、紅閨の変の二年前、宮中に連れもどされた天凱と顔を合わせる数日前のことだ。美凰は雪峰をひと目見るなり恋に落ちた。生まれてはじめて知った胸の高鳴りに舞いあがり、彼の花嫁になる自分を想い描いた。彼に贈るため香嚢《においぶくろ》を縫った。下手な刺繍が恥ずかしくてなかなか届けられなかったが、雪峰が皇宮に来ていると聞き、思いきって持っていくことにした。

「申し訳ないが、いただけません」

雪峰は美凰がさしだした香嚢をやんわりと拒んだ。

「許婚からもらった香嚢がありますので」

困ったような、はにかむような笑みを浮かべ、許婚がやきもちを焼くといけないのでほかの女人から贈られたものは身につけないのだと語った。

雪峰には純氏《じゅんし》という許婚がいた。親が決めた相手だったが、ふたりは幼いころから相思相愛の仲だった。美凰は愕然《がくぜん》とした。自分がだれかに拒まれることがあるなど、思いもよらなかった。天凱に嫁ぐことが決まってからも雪峰が忘れられなかった。天凱は明朗闊達《めいろうかったつ》な少年で、一緒にいれば楽しかったが、それは仲のよい姉弟のような気安さであって、せつなく恋心をつのらせる相手ではなかった。

このまま天凱に嫁ぎ、彼の皇后になって生きていくのだろうとぼんやり自覚しはじめたころ、凶后が天凱の廃位を宣言した。そして雪峰が新帝に指名された。

その事実を聞いても、美凰はとくべつな感慨を抱かなかった。雪峰の皇后になるのは、純氏だろうと思ったからだ。しかし、凶后の懿旨《いし》で美凰が皇后に立てられることになった。美凰はふしぎに思った。なぜ純氏ではないのだろうか。

「純氏は自死した。痰迷《こころのやまい》であったそうじゃ。気の毒なことにの」

許婚を亡くした雪峰自身が美凰を皇后に望んでいると凶后は言った。実のところ、ふたりは相思相愛ではなく、単なる政略で結びついた仲だったのだとも。

「雪峰はかねてよりぬしを恋うていたと申しておったぞ」

その一言が美凰の心を晴れわたらせた。夭折《ようせつ》した純氏を不憫に思いつつ、初恋が報われたことに浮きたった。美凰は知らなかった。純氏が凶后の明器に喰い殺されたことを。骸はひどいありさまで、わずかに指が数本残っただけであったことも。復讐を誓った雪峰がひとまず凶后の目をくらますために美凰を恋うていたと偽ったことも。

「凶后がなぜそんなことをしたかわかるか」

あの夜、生首からしたたる血の臭気に満ち満ちた洞房《ねま》で、雪峰は美凰を睨んだ。

「おまえのためだ！　おまえを、非馬公主を喜ばせる——それだけのため！」

美凰が雪峰に恋慕して眠れぬ夜を過ごしていると知った凶后は、純氏を始末したのだ。溺愛する姪が恋い焦がれる男と結ばれるように。

この件だけではない。凶后の悪行の陰には往々にして美凰がいた。美凰はその自覚もないままに凶后の共犯者なのだった。だから怨まれた。憎まれた。石を汚物を投げつけられ、刑場に引ったてられ、熱狂する万民の眼前で幾たびも処刑された。

——お隠れになってもなお、先帝のご宸襟《しんきん》はやすまらぬのか。

亡鏡すればよみがえることはないが、妖が入りこんで敬宗の魂魄《こんぱく》の残滓《ざんし》を操っている可能性はある。桃林をひとまわりしてみたが、敬宗の魂魄の痕跡は感じられなかった。鬼《ばけもの》に憑依《ひょうい》された骸は自身の怨恨が生まれた場所に立ちかえることがある。妖気を回復するためだ。敬宗が鬼に操られているなら劉府跡地に立ちよったかもしれないと思ったが、見当ちがいだったようだ。桃の陽気にあてられて避けたのだろうか。

「なあ……ひょっとして見鬼病だったんじゃないか」

星羽を呼ぼうとしたとき、話し声が耳に引っかかった。襴衫姿《らんさんすがた》の青年たちが枝垂れ桃のそばでひそひそ話している。灰色の方巾《かぶりもの》をかぶっているので、書生だろう。

「見鬼病だったって、なにがだ？」

「ほら、先帝の御代の末期に皇族がばたばたとお隠れになっただろう？　病だとか事故だとか、あたりさわりのない死因が発表されたけど、どうも怪しいと思うんだよ」

ひょろりとした痩せぎすの青年が深刻な面持ちで声をひそめた。

「病死だの事故死だのがそう頻繁に起こるか？　一度や二度ならまだしも、四十人近く死んでいるんだぞ。しかも皇族男子ばかり」

「たしかに……」

「見鬼病で死んだって発表すると京師《みやこ》じゅうが混乱するから、あえてふせたのかな」

「だろうな。素鵲鏡《そじゃくきょう》を持ってる皇族さまが見鬼病で死んじまうなら、この国はおしまいだ。大混乱になるぞ。富家《かねもち》どもは軒車《くるま》をつらねて冏都から逃げだすぜ」

「待てよ。皇族ですら見鬼病に罹るってことは俺たちだってまずいってことだろ」

「早く故郷に帰ったほうがよさそうだな。冏都にいると見鬼病で死んじまう」

「いや、そうとは限らない。皇族だから狙われたのかも」

書生にしては武骨な青年が金壺眼《かなつぼまなこ》で朋友たちを見る。

「皇族にあって俺たちにないものはなんだ？」

豪邸、大勢の妻妾、銀子でいっぱいの銭匣《ぜにばこ》、と青年たちが矢継ぎ早にこたえる。

「馬鹿か。そんなもん、そこらの茶商だって持ってるぞ」

「じゃあ、なんだよ？」

「帝位の継承権に決まってるだろ」

「おい、それってまさか……」

「驚くようなことか？　大昔から皇族の不審死には玉座がからんでるもんだ」

青年たちは由ありげに視線をかわしあう。

「俺は主上が怪しいと思う」

「主上って……重祚《ちようそ》なさったっていう？」

「そうだよ、その重祚がくさいんだ。考えてもみろ。主上は廃帝だったんだぜ。ふつうならふたたび玉座にのぼることはありえない。それでも重祚できたのは皇帝候補になりうる皇族がばたばた死んだからだ。おあつらえむきにな」

「でも、主上は辺境の嬰山郡《えいざんぐん》に封じられて回都から遠ざけられていたじゃないか。監視もついていたし、事実上の幽閉状態だったって話だよ。世間から見捨てられた廃帝が京師で暮らす皇族を四十人近く暗殺するなんて、不可能だろう」

「そりゃ、ただ人なら無理だろうさ。だが、主上は鬼神にとり憑かれたせいで廃位されたんだぞ。なんの鬼神か知らないが、もしそいつが厲鬼だったら？　男の皇族だけを狙い撃ちにして見鬼病で始末することも可能だろ」

なるほど、と青年たちはうなずきあう。

「そういえば、先帝の後宮では妃嬪がしょっちゅう死産していたらしいな」

「あれは凶后の祟《たた》りじゃないのか？」

「当時はそう言われていたよ。あるいは廃妃劉氏の呪詛だとも。だけど、それは隠れ蓑《みの》で、ほんとうの黒幕は主上なのかもしれない。帝位を追われたことを怨んで皇族を暗殺し、先帝の子を消した。玉座をとりもどすために」

「おいおい、それじゃあ、先帝の崩御も……」

　小太りの青年がはっとしたふうに口をつぐむ。

「……だとしたら、いま囧都で流行っている見鬼病も主上が？」

「それは筋がとおらない。主上が囧都の人間を疫病で殺して得することがあるか？　死んでるのはほとんど窮民と賤民《せんみん》だ。やつらはほっといたって遅かれ早かれ死ぬ。大往生しても四十がせいぜい。わざわざ疫病を流行らせて殺す手数が惜しいだろ」

「囧都に見鬼病が蔓延《まんえん》したのは想定外だったんじゃないかな。主上ご自身にも制御できないほど、厲鬼が強くなっているとか」

「主上は亜堯《あぎょう》であらせられるんだぞ。厲鬼くらい制御できるはずだ」

「本物の亜堯なら見鬼病はあっという間に祓われてるだろう。いまだに見鬼病が猛威をふるいつづけていること自体が、主上の晟烏鏡《せいうきょう》に瑕瑾がある証拠では」

　怖いね、と文弱そうな青年が肩をすぼめた。

「大丈夫なのかな、私たち……このまま、囧都にいても」

「青槐巷《せいかいこう》にいる限り安全だろ。青槐巷は垂衣巷並みに陽の気が強い」

「だけど、金練巷《きんれんこう》にも妖魔が出たって聞いたぞ。武官が見鬼病で死んだんだと」

「嘉卉巷《かきこう》でも豪商の娘が襲われたそうだし……妖魔のやつ、だんだん力をつけてきてるんじゃないか？　これまでは貧民街か花肆《はなまち》くらいにしか出なかったのに」

「青槐巷までは来ないだろ。いくらなんでも……」

「でも……あちこちの墓所で塚が増えつづけているよ。石が足りなくて材木で墓碑を造ってるところもあるって話だ。青槐巷だって、いつまで安泰か……」

書生たちの頭上で桃の枝が夕風に揺れている。砕け散った残陽のしずくがはらはらと舞う花びらを真っ赤に染めていた。


——私は、天凱を信用しすぎているのではないか？

星羽を連れて桃林を出たとき、美凰の胸には疑念が生じていた。禁大夫《えいたいふ》代行として厲鬼祓いに協力してほしい。果たして彼は真実を語っていたのだろうか。

帝位など欲しいやつがいればくれてやると彼は言ったが、あれが本心だと信じてよいものか迷いが出てきた。玉座を奪われ、辺境に追いやられたことを怨んでいないのだろうか。廃帝として飼い殺しにされることを受け入れていたというのだろうか。

――私はまた騙《だま》されているのやもしれぬ。

雪峰は見事に美凰を騙した。非馬公主を殺したいほど憎みながら、愛しているふりをした。天凱がおなじことをしないと、なぜ断言できよう。

羈祆宮から美凰を連れだしたのは見鬼病を祓うためではなく、見鬼病の責任を美凰に押しつけるためではないか。天凱が厲鬼由来の奇病を利用して敬宗もろとも有力な皇族を排除し、帝位をとりもどしたのだとしたら、疑惑を払拭するためにも〝黒幕〟が要る。万民に憎まれる凶后の姪であり、忌まわしき禬華《ちから》を持つ美凰ほど、この役柄にあつらえむきの人物はいない。しかも美凰の禬華は半分眠っている。美凰が必死で抗っても、天凱が持つ晟烏鏡にはけっして勝てない。天凱がその気になれば美凰を誅《ちゅう》することができる。殺せはしないが、死んだも同然にすることは可能だ。

ふと自嘲の笑みをこぼす。これでは十年前とおなじだ。あのころの美凰は無知という名の宿痾《しゅくあ》に侵され、他人の言葉をうのみにしていた。紅閨の変を経験して、それがいかに愚かな行為であるか骨身に刻んだはずなのに、またやすやすと騙される。相手が天凱だから油断したか。幼き日をともに過ごした天凱なら美凰を欺きはしないと思いこんだか。ともに過ごしていればこそ、怨みが深いかもしれないのに。

――天凱の思惑を探るためにも、皇族たちの不審死について調べねば。

もっとも、すぐにはとりかかれない。いつもどおりに妖魔狩りをしなければ、天凱に怪しまれてしまう。草竄巷《そうざんこう》へ向かうべく、美凰は裏小巷《うらろじ》に足を踏み入れた。人目を避けて禝華をつかおうとしたとき、星羽の声が耳朶を打つ。

「美凰！　よけて！」

はっとした直後、曲がり角から飛びだしてきた男とまともにぶつかった。たたらを踏みそこねて方塼《れんが》敷きの地面に尻餅をつく。

「悪い。大丈夫か？　怪我は？」

ぶつかってきた男が手をさしのべてくる。美凰はなにげなくおもてをあげた。

「……なんだ、あんたか」

男──丘文泰《きゅうぶんたい》はさしのべた手を忌ま忌ましそうに引っこめた。

「禁台の蒐官《しゅうかん》さまがこんなところでなにしてるんだ？　自邸にでも帰ってたのか？」

「そんな暇はない。そなたこそ、ここでなにをしている」

美凰は立ちあがって、襦衣《きもの》の裾を払った。

「妖物の翳《かげ》を見たから追ってきたんだよ。このへんで見失っちまったがな」

「……妖物だと？　垂衣巷で？」

「変だろ。垂衣巷に妖魔は出ない。どこかの軒轅《けんえん》が破られていない限り」

国じゅうの城門や坊門《ぼうもん》には軒轅と呼ばれる球体がさげられている。これは太祖が手ずからつくりだした化璧《かへき》で、魑魅魍魎の侵入を禦《ふせ》ぐ。ただし、軒轅は土地の陰陽に影響されるため、草竄巷のように陰の気が強い場所では小物の鬼を禦ぐのが精いっぱいだ。さりながら垂衣巷は陽の気が強い土地。たやすく破られるはずはないが。

「どんな妖物だった？　人の姿をしていたか？」

「翳を見る限り、半分は人じゃない」

「半分は？」

「うまく言えないんだが、半分は人の気配があった。だから最初は人影だと思ったんだ。だが、その翳から腐臭がした。死臭に近いかもしれない」

「……屍のような？」

そうだ、と文泰がうなずく。やはり、敬宗の亡骸がここまで来ているのだろうか。

「いくらなんでも殭屍《きょうし》が動きまわってるわけはないしなぁ……。やつらの霊力じゃ、垂衣巷の軒轅を破るのは無理だ。それに殭屍なら、あんなに跡形もなく消えるはずはない。俺があとをつけはじめると、ふっと気配が消えたんだ。煙みたいに」

殭屍はあくまで動く死体だから、幽鬼のように姿を変えたり、自在に出没したりすることはできない。もちろん、気配を消すことも。

「殭屍ではないなら、厲鬼かもしれぬ。厲鬼は悪臭を放つものゆえ……」

言いながら違和感が頭に引っかかった。それがなんなのかあきらかにする前に歩きだす。陽は落ちた。妖魔たちが動きだす時刻だ。

「おいあんた、ひょっとして……」

「なんだ？」

文泰がひょいと顔をのぞきこんでくる。

「いや、まさかな。ないない。こいつは宦官だし」

勝手に納得して立ち去る。美凰は首をかしげつつ、禕華に手をあてた。


明くる朝、美凰は妖魔狩りを終えて皇宮に入るなり赤瑪瑙の手鐲《うでわ》をはずした。それを星羽に持たせて寿鳳宮《じゆほうきゆう》に帰らせ、太医院《たいいいん》に忍びこむ。目的地は書庫だ。太医院は皇族たちの死について記録をとっているはず。それを確認したい。

「やっぱりあいつはくせえな」

高牙《こうが》が美凰の翳から出てきた。妖魔を狩ってきたばかりだから殺気立っている。

「司馬天凱のやつ、皇族殺しの罪をおまえになすりつけるつもりだぞ。くそったれめ。思惑どおりにさせてたまるもんか。さっさとあいつをぶち殺してずらかろうぜ」

「そう急くな。不審な点は多いが、天凱が黒幕と決まったわけではない」

廊下の白壁に二本の指で大きな円を描くと、そこが通路になる。音を立てずに書庫に入り、印を結んで指先に息を吹きかけた。ぽっと生じた鬼火があたりを照らす。等間隔にならんだ書棚には書帙《しょちつ》がつまっており、筆墨のにおいが満ちている。

「有力皇族がばたばた死んだのも、先帝がぽっくり逝っちまったのも、あいつの重祚をお膳立てしたみたいだ。司馬天凱じゃねえんなら、だれが仕組んだんだよ」

高牙の声を聞き流し、美凰は鬼火をほんのすこしちぎった。唇に近づけ、そっと呪をささやきかければ、鬼火は千々に砕け散り、ひとつひとつが青い蝴蝶となって書棚のあいだをひらりひらりと飛びまわる。やがて鬼火の蝴蝶が一か所にびっしりと集まった。庫内最奥の壁に飾られている画軸《かけじく》の上に。

「どうやら極秘らしいな。通常の書棚に置かないところを見ると」

高牙が荒っぽく画軸をめくる。そこには扇門《ひらきど》が隠されていた。厳重に鍵がかけられているが、美凰にとってはなんの意味もなさない。さきほどとおなじ要領でなかに入り、鬼火の蝴蝶を追いかける。窓のない室内にも似たような書棚がならんでいたが、青い蝴蝶が集まったのは、左隅に置かれた橱《とだな》だった。男の背丈ほどもある扉は例によって複数の鍵で施錠されているうえ、堅牢《けんろう》な呪で封じられていた。

「開けられねえのか？」

「……開けられるが、痕跡が残る」

解呪した瞬間に天凱に知られるかもしれない。たとえこの場はしのいでも、いずれは封印を解いたことがばれてしまう。美凰は錠前に指をかざしたまま逡巡《しゅんじゅん》した。

「かまわぬぞ。俺が許す」

思いがけない声に背を叩かれる。ふりかえると、褠衣《こうい》姿の天凱が立っていた。

「……なぜここだとわかった？　手鐲《うでわ》ははずしてきたのに」

「あなたが太医院に向かうのを見たからな。つけさせてもらった」

天凱が近づいてくる。高牙は美凰をかばって立ちはだかった。

「おまえの主にはなにもせぬ。橱の鍵を開けるだけだ」

高牙のとなりをとおり、天凱は橱に歩みよった。錠前に手をかざすと複雑な金属音が響き、ひとりでに扉がひらく。なかから冊子をとりだし、美凰にさしだした。

「……私が見てよいのか？」

「前に言っただろう。あなた相手に腹芸をするつもりはない」

美凰は冊子を受けとり、目をとおした。敬宗の異母兄莫流王《ばくりゅうおう》の診籍《しんりようろく》だ。感冒に似た初期症状、翌日には床から起きあがれないほどの高熱、嘔気により食事を受けつけなくなり、急激に痩せ衰えて昏睡状態に陥る。ときおり覚醒すれば「鬼を見た」と恐怖もあらわに訴える。発症から半月後に死亡。敬宗の伯叔父、従伯叔父、再従叔父など、ほかの診籍も見てみたが、内容は示しあわせたように似通っていた。

「やはり、皇族の不審死の原因は見鬼病だったのか」

「診籍を額面どおりに読めば、そう誤解するだろうな」

「実際はちがうと？」

「俺の見立てでは、見鬼病ではない」

天凱はべつの診籍を手にとり、ぱらぱらとめくった。

「患者が死んだとき、瘴痕にあらわれる奇妙な痣を知っているな？」

「ああ……菱形《ひしがた》の痣だろう」

安済房でいやというほど見た。患者が事切れた瞬間に瘴痕が変化して菱形の痣をなすのだ。それは死の証しであり、その身体から霊魂が失われたことを示している。

「皇族たちの遺体にも、当初はそれらしきものがあった」

「当初は……？　あとで消えたのか？」

美凰が問いかえすと、天凱は虚空に鏡文字で〈溯《さかのぼる》〉と書いた。とたん、光のなかに投げこまれたように室内があかるくなる。

いや、ちがう。場所が変わったのだ。そこは窓のない秘密の書庫ではなく、櫺子窓《れんじまど》から夕陽がさしこむ一室だった。書帙が整頓された書棚、沈香《じんこう》の白煙を吐く青磁の香炉、蠟梅の盆景《ぼんけい》。古聖の画軸《かけじく》が飾られているので、文官の官房《しつむしつ》であろう。

室内中央に位置する大きな玉案《つくえ》には文書がうずたかく積まれており、腫れぼったい目をした年嵩《としかさ》の男がたるんだ身体を椅子に押しこんでいる。

玉案をはさんで立つ男はまだ三十前後と若い。武将のごとき巨軀を窮屈そうに官服で包み、上官に文書をさしだしている。どこかで見た顔だと思えば、美凰を羈袄宮《きようきゆう》まで迎えにきた宗正少卿《そうせいしょうけい》だ。名を袁勇成《えんゆうせい》といったか。

「……いずれのご遺体からも沐浴《もくよく》のあとで菱形の痣が消えておりました」

幻のなかの勇成は荒っぽく削った岩のような顔を強張らせていた。

「沐浴前にはたしかにございましたから、沐浴によって消えたものと思われます。しかしながら、巷にあふれている見鬼病による死者の亡骸から菱形の痣が消えたという報告はございません。皇族のご遺体からのみ痣が消えているので、死因は見鬼病ではない恐れがあります。皇城司《こうじょうし》にくわしく調べさせるべき案件かと」

「その件はとうに片づいておる」

上官──宗正卿《そうせいけい》は勇成から受けとった文書を案上にほうりだした。

「さらなる捜査など無用じゃ」

「ですが、沐浴後に痣が消えるという不可解な現象がくりかえされている以上、一連の皇族の不審死は、見鬼病に見せかけた毒殺であるやも……」

「魯鈍漢《ばかもの》！　めったなことを口にするでない」

だん、と宗正卿が玉案を叩く。

「捜査はつつがなく終わり、それぞれの死因は病死や事故死であったと皇城司が結論づけておる。本件にかんするわれわれ宗正寺の仕事は慣例どおり殯《かりもがり》に立ちあい、御柩《みひつぎ》を皇陵にお納めするところまで。それ以外のことはいっさい行うな」

「……わかりました。宗長《そうちょう》がそのおつもりなら、私が直接、皇城司にかけあいます」

「待て待て待て！　待たぬか！」

丁重に揖礼《ゆうれい》して退室しようとした勇成を、宗長――宗正卿があわててとめる。

「事実を報告しなければ不義不忠となります」

「報告することこそが不義不忠じゃ！　この唐変木め！」

宗正卿は苛立《いらだ》たしげに手招きした。勇成は素直に従う。

「先月、湯《とう》貴妃さまが御子を流された。先々月は魏華妃《ぎかひ》さまが、その前月には銭令妃《せんれいひ》さまが死産なさった。半年前には梅淑儀《ばいしゅくぎ》さまが難産で御子ともどもお隠れになった。一年前には同様に胡祥容《こしょうよう》さまが……。これらはほんの一例だ。せっかく皇胤が宿っても無事に生まれたためしがなく、主上には世継ぎがいらっしゃらぬ」

「そのうえ、金枝玉葉が続々と横死なさった。主上は御子のみならず、宗室のかたがたまで喪《うしな》われたのです。どれほど御心を痛めていらっしゃるか……」

「主客転倒《あべこべ》じゃ。主上はお世継ぎがいらっしゃらないうえに皇族がたを亡くされたのではない。お世継ぎがいらっしゃらないからこそ、皇族がたを亡くされたのだ」

はて、と勇成は小首をかしげる。宗正卿は面倒くさそうに頬杖《ほおづえ》をついた。

「お世継ぎが生まれなければなにが起こるか申してみよ」

「宗室のなかから、主上が後継者をお選びになるのでは」

「ちがう。その前じゃ」

「皇族たちは野心を抱き、先を争って主上に取り入ろうとするでしょう」

「主上がご高齢であればそれもよかろう。天の理として遠からず玉座の持ち主は変わるのだからな。さりながら主上は御宝算《おんとし》三十。春秋に富み、意気軒昂《いきけんこう》でいらっしゃる。にもかかわらず、いっこうにお世継ぎが生まれぬ。疑心暗鬼に陥られるのも無理からぬこと。……ここまで申せば、そちの石頭でも理解できるであろう？」

「はあ……」

「ええい、頓智気《とんちき》め！　すべては主上のご指示なのじゃ！」

「すべてとは……なにが？」

「皇族がたの不審死に決まっておろうが！」

大声を放った直後、宗正卿はしまったとばかりに口もとを手で隠した。

「なんですと……!?　主上が皇族がたを隠密裏《おんみつ》に毒殺なさったということですか!?　こともあろうに見鬼病をよそおって!?　さようなことが――」

「大声をあげるでない！　人に聞かれたらわしもそちも刑場送りじゃぞ！」

宗正卿につづいて勇成も熊のような手で口もとを隠す。

「後宮にはあまりに不幸がつづいた。凶后の祟りとも、廃妃劉《りゅう》氏の怨念とも噂されたが、皇族のなかには主上がご聖徳を失っているせいではないかとささやく者もいた。

いくら天下万民を虐げた毒婦であろうと皇太后の御位にあった劉嬰《えい》を弑《しい》したのはやりすぎだった、主上の廃妃劉嫋《じょう》へのなさりようは残虐すぎたと。むごたらしく流された血の報いとして、玉皇大帝が主上にお世継ぎをお与えにならぬのだとも」

聖徳を失い、邪気に蝕《むしば》まれた皇帝の晟烏鏡《せいうきょう》には曇りが生じ、やがて鏽となる。鏽が鏡面をくまなく侵せば、晟烏鏡は粉々に砕け散り——滅鏡《めっきょう》する。

「劉一族の誅滅は酸鼻をきわめた。荊棘《けいきょく》奇案《きあん》はその最たるもの。ご聖徳はとうに翳っておる。玉座を死守せんがため、竹の園生《そのう》を御自ら焼きはらわれるほどに」

「……しかし、主上のご指示と決まったわけでは」

「もし主上でなければ、一連の皇族の不審死について真相をつきとめよとかならずや勅命が下る。なれど主上は、早々に捜査を打ち切ってしまわれた。皇族がたが見鬼病でお亡くなりになったことは天下に伏せておくようにと仰せになって」

「死因が見鬼病であったという話が巷間に流れれば、士民が混乱するからでしょう」

「見鬼病そのものを握りつぶすなら、診籍には偽りの病状を書き残すであろうよ。ところが、太医院《たいいいん》に保管されている診籍にはしっかりと見鬼病らしき症状が書き記されておる。ご遺体をあらためた皇城司の記録もしかり。それでいて公には、皇族がたの死は見鬼病とは無関係の病死や事故死であったと発表された。見鬼病を伏せながら見鬼病の痕跡を残す。この矛盾が示す事実は、ひとつしかない」

「……主上は宗室に蔓延した見鬼病を隠蔽したのではなく、見鬼病を隠れ蓑にして主だった皇族を始末した……ということですか」

「なればこそ、われらは口をつぐむべきなのじゃ。三十八名の皇族がたがあいついで病床に臥されたまま不帰の人となり、あるいは不慮の事故で鬼籍にお入りになった。しかれどもそれは表向きの事実であって、内幕は見鬼病による不幸であった。これがご宸襟《しんきん》にかなう真相ならば、宗正寺《われわれ》は沈黙するよりほかあるまい」

「ですが……主上のご聖徳が翳っているのなら、なおのこと事実を奏上してお諫めすべきではないのですか。さもなければ、主上の行きつく先は滅鏡ですよ」

「百の諫言も聖徳なき皇上《みかど》には耳障りな物音にすぎぬ。諫める相手を見誤れば身の破滅じゃ。荊棘奇案には劉一族を怨んでいたわしでさえ恐れおののいた。主上は怨憎に腸を焼かれ、われを失っておられた。かような悪夢が、わが一族を襲わぬとも限らぬ。袁勇成、そちもじゃ。あの政変以後の主上はかつての温厚篤実な青年ではない。心して仕えねばならぬぞ。わしもそちも、ともに守るべき親族を持つ身であるゆえ」

　勇成が何事か返答する前に夕陽がにじみ、ふたりの翳を道づれにして官房がとける。まばたきをすると、鬼火に照らされる暗がりが戻ってきた。

「嬰山侯《えいざんこう》時代、俺のところにも刺客が来た。毒殺するつもりだったようだ。なんとか未然に防ぐことはできたが。辺境に追いやられた廃帝すら自分の脅威になるかもしれぬと恐れていたのだ。先帝はよほどまいっていたんだろう」

天凱は他人事《ひとごと》のようにあっさりと言った。

「……まいっていただと」

墨跡もあたらしい文字がならぶ紙面を見おろし、美凰は言葉を吐いた。

「そんなことが理由になるというのか。十にも満たぬ童子を殺《あや》める理由に……」

美凰がひらいている診籍は含愼王《がんしんおう》のもの。含愼王は敬宗の甥、天凱の従弟にあたる。

太医の記述によれば生来蒲柳《ほりゅう》の質で、同年代の少年のように武芸の稽古をすることも、蹴鞠《けまり》に興じることもなく、日がな一日、室内で安静にしていたという。

「凶后という共通の敵がいたからこそ、諸官はまがりなりにもまとまっていたが、凶后が滅びた瞬間から互いの利欲を追求しはじめた。諸官の権力争いに野心を秘めた皇族たちもからみ、早くも先帝は朝廷を持てあました。不運にも先帝の鼻づらには俺の廃位《ぜんれい》があった。皇太后の懿旨《いし》がなくとも太宰《たいさい》以下が連名で廃立をくわだてることはできる。先帝の玉座は累卵《るいらん》の危うきにあった。自分の後釜としてかつがれかねない皇族の存在は目ざわりだったはずだ。ことに高官は己の都合で君主を選ぶ。幼ければ操りやすく、病弱なら成長しても高官に歯むかう胆力はない。権勢を貪ることに慣れた連中にとって、含愼王はうってつけの人物だったろう」

「くだらぬ。なんと馬鹿馬鹿しい。かような理屈で、よくも、こんな……」

見鬼病患者の末期は悲惨だ。病状が進行するにつれて、彼らは飲食を受けつけなくなる。餓えと渇きを訴えるのだが、食べさせようとすると臭い臭いと言って吐きだし、水を飲ませると熱い熱いと言って吐きだす。重篤になると、食べ物を汚物に、水を熱湯だと思いこんでしまうらしい。押さえつけて薬を飲ませれば、劇毒を飲んだような作用が出てしまう。厲鬼に侵された肉体には、薬が毒となるのだ。

診籍には〝見鬼病の症状〟がそのまま書かれていたから、殺された皇族たちにも同様の症状が出る毒物が使われたのだろう。含慎王は最後の最後まで苦しんだはずだ。

「……邪魔な皇族を排除するにしても、ほかに方法があったはずだ。破鏡後に幽閉したり追放したりして、玉座から遠ざけることだって……」

「皇族をたてつづけに破鏡した皇帝は暴君として歴史に名を残した。破鏡は外聞が悪い。先帝は己の体面を傷つけぬよう破鏡を避けたんだ」

「己が面目のために、わずか九つの甥に生き地獄を味わわせて殺したのだな」

美凰は診籍を握りしめて唇を噛んだ。

「あのかたは……雪峰さまはやさしいかただった。母君に孝養を尽くし、腹違いの兄弟と親しくなさり、だれに対してもお心遣いをなさって、粗相をした奴婢にさえ恩情をおかけになった。かような、むごたらしいことをするひとではなかった」

「人は変わるものだ。よくも悪くも」

「……私のせいなのだろうな。私があのかたに嫁いだから。凶后は私を皇后にするため、純氏《じゅんし》を手にかけた。あのかたは純氏の亡骸を……その残骸を必死でかき集めた」

だから雪峰は美凰を寸刻みにしたのだ。切られたそばからもとに戻っていく美凰の身体を、執拗に切り刻ませたのだ。亡き許婚の恐怖と痛苦を味わわせようとして。

「……きっとあれが、すべてのはじまりだった。やさしかった雪峰さまが変わってしまったのは……私のせいだ。私があのかたに懸想したりしなければ、すくなくともその気持ちを凶后に悟られなければ……純氏は死なずにすんだし、雪峰さまは――」

「考えちがいをしていないか、叔母上」

天凱は冷笑まじりに言った。

「凶后が純氏を殺したのは、あなたを先帝の皇后にして先帝の子を産ませるためだ。あなたの恋心は凶后に利用されたにすぎぬ」

「利用されたことこそが私の罪だ。私は凶后の悪辣さに気づかなかった」

「無知が罪であることに異論はない。だが、忘れてはいないか。先帝は己の意思であなたを皇后に迎えた。たとえ凶后に強要されたことであっても、最終的に選択したのは先帝だ。叔父上もあなたを利用していた。あなたを迎えることで、凶后におもねろうとした。皇族をつぎつぎに毒殺したのも、先帝がやったこと。そこにあなたの意思は働いていない。それなのに、先帝が皇族を毒殺したことさえ自分のせいだなどと言っては、叔父上があなたに操られていたことになるではないか。あなたは叔父上をそこまで貶《おとし》めたいのか。一介の婦女に操られるような情けない男だと？」

辛辣な声が耳に突き刺さり、裂かれたように舌が痛んだ。

「他人の影響を受けたとしても、人は結局、己の意思で道を選んでいる。だれもがみずから責任を負うしかない。他人に責任を押しつけることは、己の意思を放棄することと同義。みずから責を負わぬ者は人ではなく木偶《でく》だ。繰り糸がなければ手足すら動かせぬ、獣より下等な存在だ。あなたが先帝の罪まで背負えば、先帝を傀儡《かいらい》と見なしていることになるぞ。そこまでして先帝を貶めてあなたはなにを得る？　他人の罪まで背負うのは快いか？　自分が他人を操っていると悦に入っているのか？」

「……私は」

「あなたの罪はふたつだ。ひとつは無知であったこと。凶后の悪辣な本性を見抜けず、蜜のような言葉でやすやすと騙された。もうひとつは非力であったこと。たとえ凶后の本性を見抜いたとしても、あなたには残忍無比なる伯母に歯向かう力などなかった。当時のあなたは禯華を持たぬ、非力な小娘にすぎなかったのだから」

「……避けられなかった事態だというか。なにもかも」

「逆に問いたい。避けられたと思うのか？　凶后劉瓔はその奇しき力であなたを意のままに操ることすら容易にできたのだぞ」

返答に窮し、美凰は押し黙った。

「できもしなかったことを悔いても無益だ。あなたが罪悪感にひたったところで、先帝が殺した皇族たちは生きかえらぬ。にもかかわらず他人の罪まで肩代わりするのは、己を責めたつもりでわが不運に酔っているせいではないのか。自分がすべての元凶だと思うことで、自分だけは無垢だと思いこもうとしているのではないのか」

「……馬鹿な。なぜ、私が無垢だと」

「あなたは怨まれるだけだ。だれのことも怨んでいない。荊棘奇案をへても先帝を憎むどころか、先帝を暴君の道に追いやったのは自分だと後悔の念に駆られてみせる。おきれいなことだ。あなたの心はさながら一片の氷だな」

「……なにが言いたい」

「十年前まであなたは凶后がつくった箱庭で享楽を貪っていた。いまは己でつくった自責の庭院《にわ》に閉じこもっている。慙愧《ざんき》の花に水をそそぎ、憐憫《れんびん》の鳥に餌をやって。いったいどんな気分だ。屍の山にかこまれた内院《なかにわ》でご清潔な逸楽にふけるのは？」

「――おい、貴様。いい加減にしろ」

高牙の四肢が揺らめいた。闇のなかから黒虎があらわれ、天凱にむかって唸る。

「美凰がどんな思いで生きてきたか知りもしねえくせに、勝手なことをほざくな！」

「知っているとも。劉美凰は他人を憐れんでいるつもりで己を憐れんでいる。毎日祈禱を欠かさぬのは、自分の罪業をわずかでも減らすためだ。復讐者に襲われても抗わぬのは、自分が無防備な被害者であることを示すためだ。過剰なまでに悔恨の念にひたるのは、だれかが慰めてくれることを期待しているからだ。あなたのせいじゃない、あなたは悪くないと言ってほしいのだろう。すべての罪はあなた以外の者にあると言ってほしいのだろう。自覚がないようだから教えてやる。劉美凰はなにも変わっていない。先帝に百を超える罪状を突きつけられ、涙ながらに無実を訴えたあのときから、自分はなにも知らなかったのだと無様に命乞いをしたあの——」

切っ先のような言葉を、獣の咆哮が打ち消した。

「美凰はもう十分に罰を受けた!!　これ以上こいつを貶めるなら、俺が貴様を」

「やめよ、高牙」

美凰はいまにも天凱に飛びかかろうとする高牙をとめた。

「そなたが敵《かな》う相手ではない。手出しするな」

「しかし、この野郎は……！」

「天凱の言うことも一理ある。たしかに自責の念など偽善にすぎぬな。悪かった」

「なんでおまえが謝るんだよ!?　おまえを侮辱したのはこいつだぞ!!」

「もうよい。じきに太医が登朝してくる。後宮へ戻るぞ」

診籍を橱に戻し、美凰は曲房《かくしべや》を出る。天凱に一瞥も投げることなく。

「だから言ったじゃないですか。皇后さまは仮病ですよって」

美凰のとなりで宋祥妃《そうしょうひ》が大あくびを噛み殺した。鸞晶宮《らんしょうきゅう》は湯皇后の臥室《しんしつ》を出てきたところである。完璧にととのえられた内院《なかにわ》には多種多様な牡丹が植えられていた。珊瑚《さんご》色、臙脂紫《えんじむらさき》、曙紅《あけぼのいろ》、さまざまな色の花びらが春の陽光に濡《しず》くれ、目を射貫くほどに妍《けん》を競いあっている。まるで仙境の景色だと、美凰はいびつに唇をゆがめた。市井では亡骸を焼く煙が絶えないというのに、後宮は春の宴の真っ最中だ。

一昨日から今日まで、湯皇后が病を理由に朝礼を欠席した。太医によればかるい感冒ということだったが、見鬼病ではないかと危ぶんで見舞いに来た。

先触れを出さなかったせいだろう、美凰が内院に入ったとき、湯皇后は鞦韆《ぶらんこ》で女官たちと遊んでいた。病人とは思えないほど潑剌《はつらつ》としていたが、美凰の姿を見るなり、めまいを起こして倒れたので、臥室に運びこまれた。駆けつけた太医は「気血《きけつ》が乱れていらっしゃいます」と言ったものの、そのひたいには脂汗がにじんでいた。

「あの太医は湯家に買収されてますね」

宋祥妃に指摘されるまでもなくわかりきっていたが、美凰はあえて追及せず、「皇后の世話を怠らぬように」と女官たちに言いおいて退室した。

「嘘をついて朝礼を怠けてるんですから、皇后さまを罰するべきですよ」

「どんな罰が妥当だと思うのだ」

「そうですねえー、杖刑《じょうけい》三十なんてどうです？」

「十の童女を棒叩きに処すのは酷であろう」

「じゃあ、女訓書《じょくんしょ》を千回書き写させるのはいかがで？　もちろん、あのわがまま娘がほかの者に代筆させないよう、見張りをつけておくことを忘れずに」

「そなたは皇后に手厳しいな。なにか怨みでもあるのか」

「とくに怨みはないですけど、腹が立つんですよねー」

宋祥妃はさも不快そうに眉間にしわをよせる。

「皇后さまは身勝手すぎますよ。妃嬪と示しあわせて朝礼をすっぽかすことはなくなりましたが、しょっちゅう仮病でやすむし、ひとまえで皇太后さまをこきおろすし、皇太后さまが寿鳳宮で呪詛してるだの蟲《むし》を育ててるだのと変な噂を流すし、主上に会うたびに皇太后さまの悪口を言うし。夜伽が解禁されてからは龍床《りゅうしょう》に侍った妃嬪をいじめるわ、あれやこれやと文句をつけて主上を妃嬪から遠ざけるわ、月事《つきのもの》もないのに自分が夜伽をすると駄々をこねるわ……。掖庭《えきてい》の安寧を守り、皇上《みかど》の御子を産み育てるのが皇后のお役目なのに、湯皇后《あのかた》はいまだに湯家の小姐《おじょうさま》気分でやりたい放題。主上だって頭が痛いんじゃないですかね。後宮の主たる皇后があれじゃ」

「目に余るのは事実だが、哀家《わらわ》には皇后を厳罰に処すことができぬ」

「なぜです？　皇太后さまには皇后を訓育する権限がありますよ？」

「劉氏の皇太后でなければな」

　美凰が湯皇后を厳しく罰すれば、高官たちが凶后の再来だと騒ぎだすは必定。

「ただでさえ、主上は見鬼病の件で苦慮なさっている。余計なご負担をかけられぬ」

　湯皇后がどれほど掖庭の規則を破ろうとも、見て見ぬふりするしかない。

「思うんですけど、皇太后さまのほうがよほど皇后にむいてますよねえ」

「……なんだと？」

「だって皇太后さまは皇后さまよりずっと皇后らしくふるまっていらっしゃるでしょ。后妃に軽んじられても主上に泣きついたりせず穏便にすませて、龍床に侍った妃嬪をねぎらって、体調をくずした妃嬪がいれば見舞って。掖庭の安寧を保ち、妃嬪を慮《おもんぱか》るのは、本来なら皇后の仕事ですよ」

「湯氏とていつまでも童女ではなかろう。成長すれば己の責務を自覚するはずだ」

「いくつになってもあの調子じゃないですかねえ。わずか十でも一人前に悋気《りんき》を燃やすくらいですから、妬婦の資質ありですし。自分より先に身ごもった妃嬪なんか絶対許さないでしょうよ。薬を盛って流産させたり、胎の子どもども殺したりしそう」

「暴言はひかえよ。皇后の婢僕《みみ》に入るぞ」

「べつにかまいませんよ。私、とっくに目をつけられてますから」

「いやがらせをされているのか？」

「皇太后さまほどじゃありません。いまのところ、いやみを言われたり食事を減らされたり衣服を引き裂かれたり内院に汚物をまかれたりしてるだけです」

なんでもないことのように言って、宋祥妃は思いっきり背のびをした。

「皇太后さまと親しくしてるから狙い撃ちにされてるんでしょうねえ。まあ、私の禁《きん》花扇《かせん》は処分されてるそうですし、寵愛争いには参加せずにすんで助かってますが」

毎夕、紅衣内侍省《こういないじしょう》の長たる首席内侍監《ないじかん》が皇帝に后妃の名札を捧げる。皇帝はそのなかの一枚を選んで裏がえす。この扇形の名札を禁花扇といい、裏がえされた禁花扇の持ち主は龍床に侍ることができる。禁花扇が処分されたということは寵愛を受けられないということ。后妃にとっては死の宣告にひとしい。

「そなたの禁花扇をつくりなおすよう、紅衣内侍省に命じておこう」

「あーやめてくださいよ。余計なお世話ですって」

「そなたとて妃嬪だ。妃嬪は龍床に侍らねばならぬ」

「私は例外にしておいてください。主上にも寵愛にも出世にも興味ないんで」

「入宮しておいて皇上《みかど》に興味がないとはいかなる料簡《りょうけん》か」

「正確にいうと、興味はありますよ。取材対象として」

宋祥妃の瞳がきらりと輝いた。

「市井育ちから幼帝になり、凶后の気まぐれで廃帝になり、郡王《ぐんおう》として僻地《へきち》でのんびり暮らしていたところをふたたびかつぎあげられ重祚した亜堯《あぎょう》。最高の題材ですね」

「そなたは史家にでもなりたいのか」

「そんな立派な志はないですけど、稗史《はいし》なら書いてみたいですねー。もと廃帝ともと廃妃の許されざる恋の物語なんて面白そうだなあ」

「……くだらぬ」

「そうですか？　主上と皇太后さまってお似合いですよ？　おふたりがならんでいらっしゃると絵になるし、なにより十数年前までは皇帝と皇后として結ばれるはずだったおふたりですからねえ。いまや叔母と甥という関係になってしまい、恋心をつのらせるも結ばれることができないってところがせつなくて素敵ですよー」

「……恋心など、つのらせていない」

「ちょっとくらいはあるでしょ？　主上に胸がときめく瞬間が」

「ないと言っている。しつこいぞ」

「みんな噂してますよ。主上が皇太后さまを後宮にお迎えになったのは旧情を忘れられなかったからじゃないかって。おふたりはひそかに想いあっていらっしゃるとも」

「主上が哀家《わらわ》を呼びもどしたのは凶后の怨霊を封じるため……それだけだ」

まとわりついてくる宋祥妃をひきはなして先を急ぐ。

——なにが恋だ。馬鹿馬鹿しい。

天凱と美凰のあいだに男女の情があるなど噴飯ものだ。天凱は美凰を軽蔑しているのだ。美凰はいまもって非馬公主のままだと、己の苦しみに溺れているだけだと。図星をさされたせいか、美凰はなにも言いかえせなかった。彼の言うことはきっとまちがっていない。美凰はだれかに慰めてもらいたいのだろう。すべては凶后の罪であって、あなたに責任はないとささやいてほしいのだろう。この身を焼く業苦の炎から、耳をつんざく怨嗟の声から、救いだしてほしいのだろう。

なんてあさましい。われながら吐き気がする。怨みの血で汚れた罪深い人間が救いを求めるなど、罪に罪を重ねる蛮行ではないか。軽蔑されて当然だ。

——私は、なにも変わっていないのだな……。

刑場に引ったてられ、怒りくるう群衆に罵声を浴びせられて、怯えた鼠のように震えていた自分。求められるままにどんな罪状も認め、這いつくばってくりかえし謝罪した。本心から生じた行いではない。赦されるために必死だったのだ。死をまぬかれるため、罪を逃れるため、赦しを乞うていたのだ。あのころの自分といまの自分はなにがちがう。おなじではないのか。救われることを望んでいる点で。

「葉太太《ようたいたい》のご夫君のこと知ってる？」

垂花門《すいかもん》をくぐって外院《まえにわ》に入ると、女の声が聞こえてきた。声のするほうを見れば、築山の陰で婢女《はしため》たちが箒《ほうき》を持ったまま立ち話している。

「葉太太って皇太后さま付きの？」

　太太は上級女官につけられる敬称である。

「あのかたのご夫君は武官だったんだけど、凶后に殺されたの。熹宗《きそう》の御代のことよ。非馬公主が乗っていた香車《くるま》が暴走したの。紅衣内侍省の宦官に聞いた話だと、飼葉に薬が仕込まれていたらしいわ。非馬公主はすぐに助けられたからかすり傷ですんだけれど、凶后は激怒して馬丁と護衛の武官たちを全員処刑したのよ」

「ひどい話ね……」

「そのころ、葉太太は身ごもっていたんだって。新婚だったのよ。ご夫君が凶后の命令で投獄されたと聞いて、宮門のまえで助命を嘆願したそうなの」

「凶后が聞きとどけるわけないわよね……」

「もちろん、凶后は葉太太が夫の命乞いをしていることすら知らなかったわ。そばに仕えていた内侍監が凶后に知らせなかったの。ご機嫌をそこねるだけだから」

　宮中では美凰の誕辰《たんしん》祝いの宴が盛大にもよおされていた。

「ちょっと待って。葉太太は身ごもっていたのよね？　まさか……」

「真冬にひと晩じゅうひざまずいていたから、子は流れてしまったんですって。ご夫君が処刑されたのは、流産の翌日だったとか」

おかわいそうに、と婢女たちはそろって嘆息した。

「非馬公主のせいで夫と子を喪ったのに、皇太后付きになって憎き仇敵《きゅうてき》にこき使われなきゃいけないなんて、ほんとうに不憫なかたね」

「復讐しようにも、あの鬼《ばけもの》は何度殺したって死なないんだもの。腸が煮えくりかえる思いでしょうよ。あたしが葉太太なら、正気じゃいられないわ」

「主上が非馬公主の封印を解いて処刑してくだされぱいいのにね」

そうよそうよ、と婢女たちはうなずきあう。

「非馬公主は醢《ししびしお》にするべきなのよ。生かしておく価値はないわ」

婢女たちはこちらに気づかず、舌鋒《ぜっぽう》はいよいよ鋭くなる。

「……やめよ、宋祥妃」

「なんでとめるんですか？　あんな無礼千万なことを言ってるのに」

気色ばんで叱りに行こうとした宋祥妃を、美凰はひきとめた。

「おしゃべりは婢女たちの楽しみのひとつだ。放っておけ」

物言いたげな宋祥妃にはかまわず外院をとおりぬけ、大門をくぐる。

驚きはない。眉珠に怨まれていることを、美凰はとうに承知していた。

「待ちたまえ、勇成《ゆうせい》。その珍妙な恰好はなんだい？」

回廊ですれちがいざま、綾貴《りようき》は思わず勇成を呼びとめた。

「ああ、おまえか……。まだ無事か？　もし罹っているなら、悪いが近寄らないでくれ。人から人への感染はないそうだが、念のためにな……」

心なしか距離を保ちつつ、勇成はぎこちない笑みを浮かべた。巌《いわお》のごとき巨軀はびっしりと隙間なく貼りつけられた護符で覆われている。官服の上から紙の衣を羽織っているらしい。見れば、幞頭《ぼくとう》にもぐるりと護符が貼りつけてある。

「そんなみっともない恰好でよく出歩けるね。恥ずかしくないのかい」

「恥ずかしいなどと言っていられるか！　近頃じゃ官吏も見鬼病に罹るんだぞ！」

勇成はくわっと目を見ひらいた。

「半月前、宗長《そうちよう》のご子息が高熱でお倒れになった。医者に診せてもだめで、朝巫《ちようふ》の診察を受けてはじめて見鬼病とわかった。朝巫が駆鬼をしたので快復なさったが、先日、二度目の感染で病床に臥された。大理寺《だいりじ》や国子監《こくしかん》にも疑わしい患者が出ているし、宗正寺の下官も病を理由に出仕してこないやつが数名いる。度支部《たくしぶ》の官吏もばたばた倒れているという話だ。だれも見鬼病とは言わぬが、見鬼病に決まってる！」

「度支部は困るなあ。俸禄の支払いが滞りそうで」

「俸禄の心配をしている場合か！　命が危ないんだぞ！　ついさっき、宗長が発熱なさっていたので即刻お帰りいただいた。否定していらっしゃったが、絶対、見鬼病だぞ！　いよいよ厲鬼《れいき》が迫ってきた……！　次は俺かもしれない！」

「落ちつきたまえ。うろたえたってしょうがないよ」

勇成が鼻息荒くつめよってきたので、綾貴はするりとよけた。

「しかし妙だね。見鬼病は妖魔に襲われたら罹るんだろう？　妖魔に襲われた時点で巫師《ふし》なり蒐官《しゅうかん》なりに診てもらえば、発症する前にどうにかできるんじゃないかい」

「俺が調べたところでは、官吏の罹患者のほとんどが妖魔に襲われた覚えはないと言っているそうだ。妖魔らしきものを見てもいないという。見鬼病患者と見なされるのを恐れて口をつぐんでいるだけなのかもしれないが……」

見鬼病は人から人へは感染しない。ただし、患者と接触すると妖魔に襲われやすくなるという噂がまことしやかにささやかれている。それを考えれば、自分や親族が見鬼病に罹患したことを公表するのに二の足を踏むのも無理はない。下手をすれば左遷、あるいは免官に追いこまれかねず、一族もろとも排斥される恐れすらある。

「官吏にも被害が出始めたとなると、朝廷も高みの見物をしていられなくなるね」

「ああ、自分たちの身が危ないとなれば、高官たちも重い腰をあげるだろう」

朝廷は見鬼病を黙殺していると言ってもいい。各地の安済房《あんせいぼう》や寺観《じかん》で巫師による治療が行われているものの、感染は拡大しつづけている。禜台《えいだい》が夜ごと妖魔を狩っているが、終息のきざしは見られない。漏沢園《ろうたくえん》が墓石で埋まろうとも、朝廷はわれ関せずの態度をくずさなかった。死者の多くは草竄巷《そうざんこう》や戯蝶巷《ぎちょうこう》などに住みつく窮民や賤民で、彼らの死は安全圏で暮らす士大夫にとって雑音にさえならなかったからだ。

事態を楽観していたお歴々とちがって、今上は早い段階から憂慮してさまざまな対策を打ちだした。しかしながら、そのいずれもが計画倒れに終わった。

勅命が下っているにもかかわらず、どの官府も動こうとしないのだ。対応の遅れを皇帝が譴責すれば、朝廷を牛耳る社稷《しゃしょく》の臣たちは老獪な訳知り顔でのらりくらりと言い訳し、さらには贅言《ぜいげん》をついやして年若い皇上《みかど》の早計を諫めるのだった。

「主上は亜堯《あぎょう》であらせられるのですから、厲鬼《れいき》はそのうち去りましょう。それより一日も早くお世継ぎを。天下万民の悲願は皇子さまのご降誕でございます」

高官たちはすっかり慣れているのだ。無能な天子の朝廷で生きることに。

先帝敬宗《けいそう》は紅閨の変を起こして凶后から実権をとりもどしたが、ありていに言えば、それがかの皇上のもっとも大きな功績だった。劉一族を赤子まで殺し尽くし、唯一殺せなかった劉美凰を羈袄宮《きようきゆう》に幽閉したのち、敬宗はたちまち政に関心をなくした。病がちで朝議に出ることもすくなく、国事は紅閨の変に尽力した湯太宰《とうたいさい》ら高位高官に任せ、自分は後宮にひきこもって書画や古玩《こつとう》などの風雅な趣味にふけっていた。

今上の父であった熹宗《きそう》の御代も敬宗のそれと大差なかった。無能な天子は往々にして奸臣《かんしん》を育ててしまう。科挙の狭き門を突破して高みにのぼった雲上人たちは経世済《けいせいさい》民《みん》の志など忘れ去り、権力争いに明け暮れ、せっせと私腹を肥やした。数少ない心ある者は天子が己の責務を自覚し、大業をなすことを望んだが、大多数の老臣は玉座をあたためているだけの天子をこそ望んでいた。彼らにしてみれば、天子のまなこは曇っていなければ困るのだ。皇上には君臨するだけで満足していただき、臣下の行動に口を出さず、禁中の奥深くで自堕落な楽しみを貪っていてほしいのである。

——凶后がいなくなっても、この国はなにも変わらない。

凶后はまちがいなく天下を蝕む病根であったが、長年にわたる政の腐敗は凶后のせいばかりとはいえない。冏都《けいと》の夜を跳梁跋扈する妖魔のように、おびただしい貪官汚《たんかんお》吏《り》の群れが三百年の歴史をつむいできた耀《よう》王朝の腸《はらわた》を喰い破ろうとしている。

「皇太后さまはまさに瘟神《やくびょうがみ》だな」

勇成はぶるりと肩を震わせ、護符まみれの衣の領もとをかきあわせた。

「皇太后さまがご還御なさってからろくなことが起きてない。見鬼病は終息するどころかひどくなってる。やはり俺の予測どおりだ。あのかたは妖孽《わざわい》を運んできた」

「なにもかも皇太后さまのせいにするのはどうかと思うけどね」

「これだけ被害が拡大しているのに？」

「その原因が寿鳳宮《じゆほうきゆう》にある証拠はどこにもない」

「おまえ、どうかしてるぞ。この期におよんでも皇太后さまの肩を持つとは」

屓屓《ひいき》しているつもりはないよ、と綾貴は苦笑した。

「ただ……あのかたも被害者だと思うんだ。ある意味では」

草竄巷《そうざんこう》は絞め殺されたように寝静まっていた。ひゅうひゅうと鳴く乾いた夜風が舗装されていない街路を駆けぬけ、土ぼこりを巻きあげる。

「……いやな感じがする」

美凰は黝弓《ゆうきゅう》をおろした。黝弓は鬼《ばけもの》を射る翬飛矢《きひや》を放つための長弓だ。美凰の背丈よりも大きいが重さはなく、さながら翳をつかんでいるかのようである。

「また妖魔のやつが出たのか。どこだ？」

黒虎姿の高牙が屋根の上で首をめぐらす。琥珀色の双眼が白みはじめた夜陰を射た。

「いや……今夜はもう出ないようだ」

「やっとしまいか。あーあ、今日もこき使われちまった。腹減りすぎて死にそうだ」

屋根づたいに駆けおりてくる途中で、高牙は人の姿に戻った。

「おかしいと思わないか。このところ、妖魔の頭数が目に見えて減っている」

「そりゃそうだろ。毎晩、俺が駆けずりまわって狩ってるからな」

「妖魔が減っているのに見鬼病の罹患者は増えつづけている」

見鬼病は妖魔に襲われることで感染する。妖魔の頭数が減れば、そのぶん、罹患者も減っていかなければ理屈が合わない。

にもかかわらず、金練巷《きんれんこう》、嘉卉巷《かきこう》、青槐巷《せいかいこう》と感染はひろがりつづけ、とうとう垂衣《すいい》巷《こう》からも罹患者が出始めた。これらの患者は体面のために感染を秘匿したがるが、巫師や蒐官が方々の邸宅に呼ばれて駆鬼《おにばらい》を行っている事実は隠せない。

「垂衣巷から罹患者が出たということは、破られるはずのない垂衣巷の軒轅《けんえん》が破られたということだ。なのに、垂衣巷には妖魔が出ない」

垂衣巷在住の患者は着実に増えてきているのに、妖魔が出没したという話はとんと聞かない。患者自身も妖魔に襲われた覚えはないと口をそろえて言う。

「妖魔を媒介せずに見鬼病が拡散してるってことか？」

「それはありえぬ。鬼病《きびょう》は妖《あやかし》を媒介するから鬼病と呼ばれるのだ。見鬼病の症状が出ているなら、どこかでかならず妖魔と接触している」

「患者本人は無自覚のままに？」

そうだ、とうなずくなり怖気立った。

——厲鬼が変異した。

妖力を増して姿かたちを変えたのだ。よりいっそう人を襲いやすいように。

「……眉珠《びしゅ》はどうした？」

鹿鳴《ろくめい》が着がえを手伝おうとするので、美凰はいぶかしんだ。ちょうど妖魔狩りから戻ったところである。平生なら眉珠が寝支度を手伝ってくれるが、なぜか彼女の姿が見えない。宦官に更衣をさせるのには慣れないため、つい身がまえてしまう。

「葉太太《たいたい》は体調がすぐれずやすんでおります。奴才《わたくし》で我慢してください」

「不調なのか？　どういう症状だ？」

「めまいがすると申しておりましたので、自室でやすむよう、すすめました」

「朝巫《ちょうふ》はなんと言っている？　もしや……見鬼病か？」

「朝巫には診せておりません」

「なぜ診せない？」

「朝巫は出払っており、宮中におりません。蒐官も同様に」

非難がましい返答に、美凰は思わず舌打ちした。垂衣巷から罹患者が出ているのだ。皇宮も安全圏とはいえない。だれが感染してもおかしくない状況だ。

「眉珠は自室にいるのか？」

鹿鳴がうなずくので、美凰は化粧殿《けわいどの》を飛びだした。夜明けまえのほの白さに沈む後院《うらにわ》を駆けぬけて後罩房《はなれ》に駆けこむ。正房《おもや》のうしろに位置する後罩房《こうとうぼう》と呼ばれる棟は女官たちの住まいになっている。右の角部屋が眉珠の自室だ。

部屋に入るなり美凰はあっと声をあげた。眉珠が床に倒れていたのだ。急いで抱きおこしたが、意識がない。ぐったりとした身体は内側から炙られているかのように熱く滾っているのに、ひたいには汗のしずくがひとかけらもにじんでいない。高熱があるにもかかわらず汗をかかないのは、見鬼病特有の症状のひとつである。

眉珠を臥榻《ねだい》に運ぼうとしたが、美凰の力では抱えられない。

「こんな女、放っておけよ」

美凰の翳からのっそりと出てきた高牙が面倒くさそうにあくびをした。

「女官のひとりやふたり、死んだって替えはきくだろ。それにこいつは――」

「眉珠を臥榻に運べ！　早く！」

強く命じれば高牙は逆らえない。しぶしぶ眉珠を抱えあげ、落地罩《まじきり》のむこうにある臥榻に彼女をおろした。美凰は眉珠の袖や長裙《ちょうくん》をまくって瘴痕《しょうこん》を捜す。蜘蛛の巣のような模様は彼女の胸もとにあった。人の頭ほどの大きさだ。複雑にからみあう黒い線が妖気をたちのぼらせながら脈打ち、じわじわと伸びていく。

「まずいな……。瘴痕がみるみるひろがっている」

「ここまで進行が速いやつははじめてじゃないか？　垂衣巷の腐れ役人どもを診たときだって、こんなに速くはなかったぜ」

「後宮の軒轅《けんえん》は垂衣巷のものよりはるかに強力だ。それを破ったことを考えると、こいつが頭目《おやだま》かもしれぬ。……嚇怒法《かくどほう》では間に合わぬな」

嚇怒法の欠点は瘴痕を呪言《じゅごん》で封じても厲鬼が体内で増殖しつづけることだ。安済房《あんせいぼう》の妊婦は病状が初期の段階だったから成功した。ここまで厲鬼の侵蝕が速ければ、厲鬼を体外に引きずりだす前に患者は死線を越えてしまう。

「星羽《せいう》、眉珠のなかに入ってくれ」

「えっ……？　でも、なかには厲鬼がいるんだよね？　ぼく、怖いよ」

美凰の足もとからひょいと出てきた星羽が不安そうに首をすくめた。

「大丈夫だ。ここから入れば、そなたは厲鬼と鉢合わせせぬ」

瘴痕に覆われた眉珠の胸もとに筆で禽字《きんじ》を書く。禽字はほどけた糸のようにくずれて瘴痕にからみつき、鬼門《いりぐち》がひらく。むろん、身体そのものに穴があくわけではない。目には見えない妖鬼のとおり道ができたのだ。

「入ったらなにもしなくてよい。そなたがなかにいるだけで眉珠は楽になる」

これから行う駆鬼《おにばらい》で眉珠の体温は際限なくあがっていく。身体が熱くなりすぎないよう、星羽を憑依させる。溺鬼《できき》は冷たいので体温の上昇を抑えてくれる。

星羽が鬼門にふれると、小さな肢体は砕けた水のように消えた。それを確認し、美凰は黄麻紙《おうまし》に神呪《しんじゅ》を書く。出来上がった呪符を四つに裂いてひとつにまるめ、頭上に投げる。とたん、羽音が響きわたった。飛びたったのは四羽の化鳥《けちょう》。黒煙のごとき翼をはばたかせ、室内を素早くひとまわりしたのち、化鳥は四方の白壁にそれぞれすいこまれる。部屋に結界をほどこしたのだ。厲鬼たちを逃がしてはならないので。

美凰が口のなかで呪をとなえると、眉珠の四肢が波打つようにばたつきはじめた。

「おい！　こんな場所で厲鬼を射るつもりか⁉　下手すりゃこっちが喰われるぞ！」

「時間がないのだ。早く狩らねば眉珠がもたぬ」

厲鬼だけを引きはがしている暇はないから、一時的に厲鬼と眉珠を縛りつけてひとつにする。そうすれば瘴痕の侵蝕はいったんとまり、厲鬼は眉珠の身体をのっとって蠢く。ただし、不完全な憑霊《ひょうれい》だ。眉珠の生気は途絶えていないから、厲鬼を射れば彼女は助かる。もっとも四方を壁にかこまれた場所で駆鬼を行うのは危険を伴う。妖物が放つ邪気が四壁からはねかえってくるためである。

「そなたはやつの翳を喰らえ」

美凰は指先に息を吹きかけ、鬼火を出した。ぼっと灯《とも》った青白い炎がのたうつ眉珠を照らす。その顔はもはや人のものではない。顔の半分ほどもある紅蓮のまなこ、まなじりまで裂けた口、醜く肥え太った毛むくじゃらの肉叢《ししむら》。むせかえるような妖気を放ちながらむくりと起きあがったそれは、死の病を運ぶ妖魔にちがいなかった。

「くそっ、またかよ。こっちは疲れてんのによ」

妖魔が臥榻から飛びあがると同時に、高牙は妖虎に変化する。妖魔は壁に飛びつき、死にものぐるいで出口を捜す。それを高牙が追い、揺らめく翳に喰らいつく。絶叫をあげた妖魔が高牙に襲いかかる。鬼火が照らす闇のなかで、両者の翳は生きているかのように躍動した。さながら四頭の獣が互いの血肉を喰らいあうかのごとく。

室内には怪風が吹き荒れているが、結界のせいで紗帳《まどかけ》はそよとも動かず、調度はぴくりともしない。わななく光と翳が室内を攪拌《かくはん》し、視界が絶えず揺さぶられる。

高牙に翳を喰いちぎられるたび、妖魔の動きが目に見えて鈍った。不完全な憑霊であるがゆえに、翳を損なえば妖気が薄れる。美凰は黝弓《ゆうきゅう》を出して翬飛矢《きひや》をつがえた。慎重に狙いをさだめ、天井に飛びついた妖魔の眉間めがけて射る。

翬飛矢は鋭く虚空を切り、黒い毛皮の化け猿に命中した。殷紅《くれない》の矢羽根を眉間につきたて、妖魔は叫声をあげてもんどりうって落下する。音を立てずに床に転がった醜怪な肉塊はまたたく間に縮み、人のかたちに——眉珠に戻っていく。

美凰は即座に駆けよった。抱き起こして呼吸があることを確かめる。

「ぼく、ちゃんと役に立った？」

鬼門から水音を立てて出てきた星羽が褒めてほしそうに胸をそらした。

「ああ、よくやってくれた。えらいぞ」

煮えたつようだった体温がやわらいでいる。妖気の残滓が消えるまで、しばらくは安静が必要だが、しだいに快方に向かうだろう。

「こいつはなかに入ってただけだろ。褒めるなら俺を褒めろよ」

「褒めてやるから、そいつを始末してくれ」

眉珠の足もとを手のひらほどの大きさの黒い蜘蛛がのそりのそりと這っていく。高牙はためらわずにそれを前肢で踏みつけた。

「げっ、こいつ血が出たぞ。気色悪《わ》りぃ」

「血だと？　どんな色だ」

ほらよ、と高牙が黒い前肢をこちらに見せた。べったりと真っ赤な血がついている。たいがいの鬼は血を流さない。流すとしても人の血とおなじ色ではない。人間のように真っ赤な血を流す鬼は、百鬼のなかで人にもっとも近い――。

「……活鬼《いきりよう》だ」

「玆冥教《げんめいきよう》は最初から無支奇《むしき》を信仰してたわけじゃないらしいよ」

眉珠を臥榻《ねだい》に寝かせたあとで如霞《じよか》を呼ぶと、彼女は入浴中であった。

「道士どもから寝物語に聞いた話だけど、八年ほど前に妙な男があらわれたんだってさ。そいつはふしぎな術を自在に操り、神仙だと名乗ったそうな」

湯船ごと宙に浮かんだ如霞が湯気をほやほやさせながら白い脚を洗っている。

「玆冥教自体はけっこう歴史が古いんだが、ちっとも流行らなくてさ、どこの道観も廃屋同然だったらしい。しかし、その妖人《ようじん》が住みつくようになってから急に流行りだして、道士どもも羽振りがよくなったんだ。そいつの術とやらがずいぶん銀子《かね》になったんだね。道士どもはその妖人を大法師《だいほうし》さまと呼んで崇《あが》めてるんだとさ」

如霞によれば、棐山水《ひざんすい》を考案したのも大法師だという。

「棐山水ってのは大法師がつくった呪符の灰をとかした水なんだよ。まあ、要するに符水《おふだのむ》ってことさね。もっともらしく見せるために無支奇だの棐山だのと言ってるだけで、実際には関係ないのさ。道士のなかには大法師が本物の神仙なのかどうか疑ってるやつもいるみたいだけど、正体がなんであれ、大法師のおかげで浄財がどんどん入ってくるのは事実なんで、道士どももおとなしく従ってるんだよ」

「茲冥教の教主はその大法師ということか？」

「そうさ。なんとか真人《しんじん》とかいう高位の道士どもはみんな大法師の言いなりだ。当人は信者のまえに姿を見せないって聞いて、あたしはがぜん興味がわいたよ。神仙を名乗る胡散臭《うさんくさ》い大法師さまとやらはどんな檀郎《いろおとこ》だろうってわくわくしちまって」

「どんな男だったんだ？」

「よくわからないんだよ。床入りしなかったもんだから」

如霞は黒髪を泡だらけにしてため息をついた。

「色仕掛けで迫ろうとしたんだけど、なんだかやる気が出なくって」

「なんだよ、そのやる気ってのは？」

簞笥《たんす》の上にふんぞりかえった高牙が苛立たしげに煙管の吸口を噛む。

「決まってるだろ。情欲のことさ。いったいどういうわけか、大法師にはこれっぽっちもそそられないんだよ。見てくれは悪くないんだけどねえ。まあまあ好みの顔で、そこそこ若い男で、ふだんならとりあえず味見しておくんだが、その気が起きないのさ。道ばたの石ころでも見てるみたいに身体が反応しなくて困っちまったよ」

「男と見ればだれでも喰らいつく狐狸精《あばずれ》が喰いつかねえとは……そいつ、宦官なんじゃねえか？　陽根《いちもつ》がねえ野郎なんか、おまえにとっては石ころも同然だろ」

「あーそれだわ。宝貝《おたから》がないから欲情しないんだねえ」

「宦官の妖人か……。てっきり先帝かと思ったんだが。朧月観《ろうげつかん》で先帝を見たから」

「そりゃないね。妖人が先帝ならあたしはとっくに喰らいついてるよ。死人だろうとなんだろうと、陽物《だいじなもの》さえついてりゃ、おいしくいただけるんだからね」

如霞にきっぱり否定され、美凰は考えこんだ。

「とまれ、茲冥教と見鬼病は関係が深すぎる。茲冥教は見鬼病のおかげで潤っているし、見鬼病は粢山水で完治した患者には二度と感染しない」

「茲冥教が見鬼病の発生源だってことかい？」

「そうだとしても驚かない」

茲冥教の隆盛と見鬼病の流行は呼応しているように思えるのだ。

「そっちはなにか収穫があったのかい？」

「大ありだぜ。この女官にとり憑いてた厲鬼は活鬼だった」

活鬼は激しい負の感情を抱いている人の魂魄が身体から脱け出たものである。嫉妬、憤怒《ふんぬ》、断腸、怨憎。あるいは、それらすべて。

「やつが頭目だ。これまで祓ってきた小物とは格がちがう」

「でも祓ったんだろ？　一件落着じゃないのかい」

「いや、眉珠から祓っただけだ。本体――つまりは活鬼を生みだしている本人から邪気を消失させなければ、何度でも同様の化生が襲ってくる」

鬼そのものと鬼の根源が分離しているから活鬼は厄介なのだ。鬼は表にあらわれている現象にすぎないため、いくら退治しても無限にわいてくる。

「ちょいとお待ちよ。活鬼ってのは厲鬼になるもんなのかい？　せいぜい怨んでるやつにとり憑いて呪い殺すくらいじゃないのかね」

「それが定石だよな。活鬼の力は強いが、そのぶん消耗も激しい。生身の本体がくたびれれば妖力も弱まっちまう。死霊や妖魅のように手びろく呪殺するのは難しいから、かならずどこかに集中するもんだ。数十人を呪殺する程度ならともかく、城肆《まち》じゅうに鬼病をばらまく活鬼なんざ聞いたことがねえ」

「活鬼が怨みから鬼病を流行らせるってのも、よくわかんないねえ」

「自分が病のせいで寝たきりになったり、じきに死ぬことが決まったりしてるから、怨んでるんじゃない？　どうせ治らないならみんなも病気になっちゃえーって」

臥榻の端に座る星羽が元気よく手をあげて発言した。

「健康な人間でも妖力が長持ちしねえのに、死にかけの病人ならなおさら無理だろ」

「そいつ自身が病に罹ってるわけじゃないのかもね。そいつの家族や情人《いろ》が病で死んだか、死にかけてるから、冏都《けいと》じゅうを病巣にしようとしてるんじゃないかい」

「どっちにしろ、活鬼のままで数千人の死人を出すなんざ、ありえない話だぜ。俺ならさっさと死んで怨霊になるね。そのほうが手っとり早く怨みを晴らせる」

「……なんらかの方法で、力を増幅しているのかもしれぬ」

美凰はひとりごとのようにつぶやいた。

「たとえば自分ひとりの怨みだけでなく、多くの人間の怨憎を集めているとか。人びとの憎悪を間断なく己にとりこみつづければ、活鬼でありながら、単なる活鬼よりもずっと怨霊に近くなる。だから生きながらにして厲鬼になれるのでは」

あつらえむきなことに、冏都には怨憎が渦巻いている。

皇太后として禁城へ舞い戻った、罪深き廃妃劉氏への怨念が。

「高官たちもやっとあわてだしましたね」

昊極殿《こうきょくでん》にて政務をとる天凱のかたわらで、貪狼は懐から出した交子《しへい》を数えている。

「垂衣巷《すいいこう》から死者が出始めたのが効いたんでしょうねえ。窮民たちが骸の山を築こうとものんびりかまえていたお歴々が血相を変えて右往左往。言うに事欠いて草竄巷《そうざんこう》から蒐官《しゅうかん》と巫師《ふし》を全員引きあげて垂衣巷に配置せよなんて言いだす始末で。士大夫が死ねば国が立ち行かなくなるなどともっともらしいことを言ってますが、要するに庶民はいくら死んでもいいが、自分たちだけは助かりたいってことですからね。大官ほど利己的な連中はいませんよ。ああいうやつらは地獄に落ちればいいんです」

「義憤に駆られるのはけっこうだが、賂《まいない》は主君のいない場所で数えるものだぞ」

「いやいや、これはただの紙切れですので、お気になさらず」

天凱がかるく睨むと、貪狼はさわやかな笑みでごまかした。

「しかし、お偉がたはかなり焦っていますね。九宰八使《きゅうさいはっし》の過半数が連名で皇太后さまの処刑を進言したとなると」

中書門下省《ちゅうしょもんかしょう》、枢密院《すうみついん》、三司《さんし》の高官をまとめて九宰八使と呼ぶ。民政をつかさどる中書門下省に四人の太宰《たいさい》と五人の少宰《しょうさい》が、軍政をつかさどる枢密院に枢密使《すうみつし》と三人の副《ふく》使《し》が、財政をつかさどる三司に三司使《さんしし》と三人の副使がいるためである。

このところ、毎日のように朝議が紛糾している。垂衣巷から見鬼病が出てうろたえた高官たちが厲鬼殲滅《せんめつ》を声高に叫びだしたのだ。喧々囂々《けんけんごうごう》の騒ぎは連日連夜つづいたが、建設的な対策はなにひとつ提案されず、結局は責任のなすりあいにしかならない。この機に乗じて政敵を排除しようとする者までいるから、長年にわたり無能な天子をいただきつづけた朝廷の腐敗は極みに達しているといえるだろう。

そして今日は、九宰八使のうち十名の大官が連名で上奏文を提出し、皇太后の処刑を進言した。彼ら曰《いわ》く、見鬼病の元凶は劉美凰にちがいないという。

「皇太后さまを皇宮にお迎えしてからというもの、見鬼病はますます猛威をふるっております。凶后《きょうこう》の怨霊は鎮まるどころか、いっそう力を増して天下を脅かしているのです。やはり、皇太后さま――いえ、廃妃劉氏を羈袄宮《きょうきゅう》から出したのは間違いだったのでしょう。事ここにいたっては、先帝がほどこされたかの妖女の封印を解き、廃妃劉氏を処刑して妖孽《わざわい》の根を断つよりほかに打開策はございません」

全責任を美凰に押しつけようというわけだ。自分たちが護符をにぎりしめて震えているとき、彼女が駆鬼のため囧都を駆けずりまわっているとも知らずに。

「卿《けい》らの言い分はわかった。さりながら解印《かいいん》には危険が伴う。予の晟烏鏡《せいうきょう》が叔母上の禎華《しんか》に打ち破られでもすれば、どんな災厄が降りかかるかわからぬぞ」

天凱の言葉で、高官たちは小石をばらまいた水面のようにざわついた。

「主上は亜堯《あぎょう》であらせられます。禎華など、恐れるに足りませぬ」

「現状ですら方々の軒轅《けんえん》が破られているのです。確実と言いきれましょうか」

「解き放たれた廃妃劉氏が凶后の怨霊と結託したら、恐ろしいことになりますぞ」

「あの妖女をこのまま皇太后にしておくのか！　忌まわしき凶后の姪を！」

「では、解印せずに羈袄宮に戻せばよいのでは？」

「それで見鬼病が終息しますか。あのかたが出てくる以前から流行っていたのに」

「元はと言えば霊台《れいだい》が悪い。怨霊を鎮めるため劉氏を皇宮に迎えるなどというから」

「禜台《えいだい》も同罪でしょう。蒐官たちはいたずらに感染者を増やすばかりだ」

かくして議論は堂々めぐり。他人を口撃すれば自分だけは厲鬼から逃れられるとでもいうように、だれかに責任を転嫁して忠臣気どりで無責任な進言をする。

「ひとまず本件は予があずかっておく」

天凱は早々に朝議をきりあげた。高官たちの論戦は時間の浪費でしかない。

――日を追うごとに事態は逼迫《ひっぱく》していく。

厲鬼が変異し、妖魔のかたちをとらなくなった。それがなさおら状況を難しくしている。

まずは妖魔がどのような方法で人びとを襲っているのか解明しなければならないが、姿なき妖魔は姿を見せる妖魔よりはるかに厄介だ。

蒐官も巫師も急増する患者の駆鬼に忙殺されている。ここ半月であきらかに感染者は増えており、不眠不休で対応する蒐官らのなかからも感染者が出始めた。それでなくとも足りない人員は減る一方だ。さらには垂衣巷の患者が優先的に駆鬼を受けることを求め、蒐官や巫師に袖の下を贈るだけでなく、脅迫する事案も報告されている。各地の安済房でも騒動が起きないわけではなかったが、優遇されることに慣れきった高位高官は妖魔ならざる妖魔といってもいいほどに現場を混乱させている。

「で、どうなさるんです、主上？　皇太后さまを処刑なさいますか？」

「この非常時に貴重な梟棊《てごま》を捨てるわけがないだろう」

天凱は上奏文を手早く決裁しながらため息をついた。

「後宮からも感染者が出たと内々に報告を受けた。軒轅を強化しておいたが、厲鬼は着実に力をつけている。叔母上を切り捨てる余裕はない」

「皇太后さまが駆鬼に尽力なさっているのは事実ですけど、厲鬼が人びとの怨憎を喰らって成長している恐れがあると、当の皇太后さまがおっしゃいましたよ。天朝《わがくに》で怨みの源となっているのは凶后の姪たる廃妃劉氏じゃないですか。皇太后さまを処刑して妖孽の根を断つべしとの進言はあながち的はずれでもないのでは」

「そのとおりだ」

高く澄んだ声が響いた。玉案《つくえ》のむこうに蒐官姿《しゅうかんすがた》の美凰が立っている。書房《しょさい》の外に立つ武官が騒いだ様子はないから、禕華をつかって入ってきたのだろう。禕華は鏡殿《きょうでん》と似た術をつかうことができる。彼女はいつもそれを用いて皇宮を出入りしていた。

「これ以上、厲鬼を太らせぬため、そなたは私を処刑すべきだ」

「あなたまでそんな妄言で俺を困らせるのか」

「妄言ではない。天下万民とそなたのために言っていることだ」

美凰はまっすぐに天凱を見ていた。

「凶后の姪であるがゆえに、天下のだれもが私を憎んでいる。はからずも死を禁じてしまった景蝶《けいちょう》の封印について知っていてもなお、私への殺意を滾らせる者がいる。彼らの怨憎は限りがなく、私が羈袄宮から出たことでいよいよ盛んになった。一介の活鬼が厲鬼に変貌したのも、冏都に渦巻く怨念のなせるわざであろう」

「あなたを処刑すれば万民の怨憎が消えるという保証はない」

「万民の怨憎はくすぶりつづけるかもしれぬ。されど、もっとも強力な怨みはやわらぐはずだ。私の血がその者の手をすすぐことによって」

「その者とはだれのことだ？」

「司馬天凱——そなただ」

化粧っけのない白いおもては蠟《ろう》に彫刻した人形のように感情を読みとらせない。

「そなたは私を怨んでいるだろう。殺したいほどに」

「なぜそう思う？」

「市井で暮らしていたそなたを皇位につけるため、凶后はそなたの養父を人質にした。そして廃位するときには、そなたが凶后に逆らえないよう、養父を封印した」

「それはあなたではなく、凶后の罪だろう」

「私の罪だ。そなたが廃位されたのは……私がそなたに恋しなかったせいだから」

一転して美凰は顔をしかめた。ひどくつらそうに。

「凶后は気まぐれでそなたを廃位したのではない。私が先帝に……雪峰《せっほう》さまに恋しているると知ったから、皇帝の首をすげかえたのだ。いずれにせよ、凶后は私を皇后にするつもりだった。さりとて私が望まぬ男を皇帝にするつもりもなかった。……私が雪峰さまを皇帝に選んだようなものだ。うぬぼれや自己憐憫で言っているのではない。事実なのだ。私のせいでそなたは廃位され、そなたの養父は……」

天凱が立ちあがると、美凰はかすかにびくりとして続きを打ち切った。

「……天子の怨みは万民のそれよりも危険だ。晟烏鏡の主が怨憎を滾らせて道を誤った例は枚挙にいとまがない。そなたは怨みを晴らさねばならぬ。晟烏鏡が曇る前に遺恨を晴らさねばならぬ。私を殺せ、天凱。この身体にほどこされた封印を解き、わが首を刎ねよ。先帝は私を殺せなかったが、亜堯であるそなたならば――」

天凱は美凰のかたわらに立った。

「あなたに会わせたいひとがいる」

「……だれだ？」

美凰は不安そうに小首をかしげる。その手をつかみ、ぐいとひきよせた。やにわに視界の上下が反転し、ふたりは金光燦然《こんこうさんぜん》たる格天井にすいこまれて落ちる。

この間《かん》、わずかに一弾指《いちだんし》。まばたきをすると、そこは暗い獄房のまえだった。

「……なんだ、ここは」

鉄格子のむこうからただよう妖気にあてられたのか、美凰が袖口で鼻を覆った。

「ひどいにおいがする……妖鬼でも捕らえているのか？」

「妖鬼じゃない」

天凱が鉄格子に近づくと、濃い闇の底から禽獣《けだもの》が飛びだしてきた。

「俺の養父《ちち》だ」

禽獣は黄ばんだ歯をむきだしにして咆哮した。眼窩《がんか》からこぼれ落ちそうな目玉がぎょろりと一回転し、ふり乱す蓬髪《ほうはつ》からは無数の虱《しらみ》が不潔な雨滴のように飛び散る。

「あなたも知ってのとおり、俺は養父に育てられた。父皇《ちちうえ》……熹宗《きそう》にかんしてはなにひとつ思い出せぬが、養父については覚えていないことがない」

皇宮に迎えられるまで、天凱は名を勁《けい》といった。養父がつけてくれた名である。

養父は野巫《やふ》だった。駒を連れて各地をわたり歩き、それぞれの土地で駆鬼《おにばらい》や祭祀《さいし》などを行って生活していた。人柄は品行方正、それでいて朗らかで親しみやすく、行く先々で危険をかえりみず人助けに励み、みなに慕われていた。

「物心ついたときには一緒に暮らしていたから、てっきり実父だと思っていたよ。養い親だと知ったのは忘れもしない、凶后に見出された――八つのころだ」

ある日、駲は辟邪《まよけ》のために身につけた佩玉《おびだま》の組みひもがほどけかけていることに気づいた。組みひもの結びかたは養父から習っていたので、自分で結びなおして数日過ごした。結び目がちがうことに気づいた養父は蒼白《そうはく》になった。

「佩玉は凶后除《よ》けだった。俺が結び目をいったんほどいたので、結界がくずれた」

ここではじめて養父は駲に実の父ではないということを語った。ほんとうの父は今上帝司馬漸《しばぜん》であり、母は亡き皇后公孫《こうそん》氏であること。不慮の事故により母后が身まかったのち、母后の友人であった養父が駲をひきとり、市井で育てたこと。

「母后を殺したのが凶后であることも教えてくれた」

くずれた結界の一部に妖鬼の痕跡が残っていた。駲の居場所が凶后に知られてしまったのだ。養父はとるものもとりあえず駲を連れて出奔した。

しかし、時すでに遅し。ふたりは凶后が放った明器に捕らえられてしまう。

「俺は養父とひきはなされ、凶后のもとに連れていかれた。あの女は俺の素鵲鏡《そじゃくきょう》を見て面白がっていたよ。愚帝が鳶《とんび》を生んだかと」

あれよあれよという間に駲は――司馬炯《けい》は立太子された。三月とたたずに父帝が崩御し、今度は践祚《せんそ》させられた。少年皇帝として凶后の傀儡になるなど冗談ではないと思ったが、養父を人質にとられていたせいで逃げだすこともできなかった。

「あなたには、養父は旅に出たと嘘をついた」

「……先帝に聞いた。凶后に口止めされていたそうだな」

「あなたに話せば養父を殺すと脅されていたんだ。凶后は己の本性があなたの目にふれぬよう細心の注意を払っていた。……話せなくてつらかったよ。なにもかもうちあけて、養父を助ける手助けをしてくれと頼みたかった」

頼んだところで、当時の美凰に養父を救うことができたとは思えないけれども。

「……養父は封印されたのではなかったのか？　なぜ、こんな」

「封印されたのは養父の魂魄だ。軀《うつわ》はこのとおり、俺の手もとに残っている」

天凱を廃位する際、凶后は養父の魂魄を抜きとっていずこかに隠した。あえて殺さなかったのは慈悲心ではなく、天凱の復讐心をくじくためだ。

「……抜きとっただけではないな。現身《なか》になにを入れた？」

「鬼《ばけもの》だ。人の姿に変化できぬところを見るに、かなり下等な種族だろう」

「祓うことはできぬのか。せめて、軀だけでも清浄に保つことは」

「そうできればよいのだが……。ひきはなそうとすると、身体じゅうから出血する。駆鬼を強行すれば、祓い終える前に臓腑が乾涸《ひから》びるだろう」

人語を解さぬ低級の妖鬼。それこそが養父の軀を生かしているともいえる。

「いつか養父の魂魄をとりもどしたときのために、軀を残しておかなければならぬ。

野放しにすればどこへ行くかわからぬし、人を襲うだろうから、こうして閉じこめておくしかない。数日に一度、獣の死骸を運んできてやるんだ。人の食べ物を受けつけぬやつでな。狩ったばかりの獲物でなければ喰いついてこない」

はじめはもっと人のかたちをとどめていたが、時が経つにつれて両手が前肢《まえあし》になり、両足が後肢《うしろあし》になり、口腔には鋭い牙が生えそろい、こめかみからは角が突き出てきた。ときおり眠らせて衣服を着がえさせているものの、目覚めればすぐに引き裂いてしまうので、身にまとっているのは衣の残骸だ。

「四つ足で床や壁を這いまわり、虱だらけの蓬髪をふり乱してたけりたち、血まみれになって獣の死骸を貪り喰う。……きれい好きで、つねに端然として、真夏でも領《えり》もとを乱さなかった養父とは似ても似つかない」

日に日に養父が完全な妖物へと近づいていく。養父の軀が鬼と一体化してしまったら、魂魄をとりもどしたとしても元通りにはできないだろう。

「あなたの言うように、俺は凶后を憎んでいる。機会さえあれば殺していた。いや、殺すだけでは飽き足らぬ。思いつく限り残忍な手段で報復してやりたい」

鉄格子を喰い破ろうとする妖物を睨んだまま、天凱はこぶしを握りしめた。

「だが、それだけだ」

「……私のことは、怨んでいないと？」

「いまは？　じゃあ……昔は」

「十年前、ひそかに羈袄宮《きようきゆう》を訪ねたことがあると言っただろう。あのとき、妖鬼を狩るあなたを見た。奇しき力で、あやしげな術をつかって」

「いまはな」

紅閨の変の直後、天凱は急いで上京した。美凰が処刑されると知ったからだ。彼女をなんとか救いたくて駆けつけようとしたが、道中で大地震に見舞われて足止めを食らい、囘都の城門をくぐったときには荊棘奇案《けいきよくきあん》の幕がおりていた。

「禔華を封じられたうえで何度も処刑されていると聞いて、むごすぎると思った。処刑を止めるつもりで京師を目指した。だが、間にあわなかった。よしんば間にあったとしても、徒爾《とじ》だっただろうが。当時の俺にあなたを救いだす力はなかったから」

荊棘奇案後、美凰が羈袄宮に幽閉されたと耳にして、天凱は馬首をそちらにむけた。

「会ってなにをしたかったのか自分でもわからぬ。あなたを連れだすことは不可能だったし、せいぜい空疎な慰めの言葉を伝えるくらいしかできなかっただろう。……それでも会いたかった。ひと目だけでも」

天凱が羈袄宮の門前に立ったとき、封印はすでにゆるんでいた。禔華の力が強すぎたのか、敬宗の晟烏鏡では脆弱な封印をほどこすのが精いっぱいだったのか。いずれにしても、そのおかげで天凱は素鵲鏡をつかってなかに入ることができた。

「あなたは漆黒の妖虎――高牙を狩っている最中だった。いまとくらべればまだ手馴《てな》れていなかったせいか、ずいぶん手こずっていたな」

高牙は――黒煙のような毛並みをなびかせる妖虎は殺気をみなぎらせていた。禕華にひきよせられたのだろうか。舌なめずりをしながら執拗に襲いかかり、美凰を喰らおうとしていた。美凰は迫りくる牙を危なっかしくよけ、鬼火を操って妖虎の行く手をふさいだ。鬼火に四肢を焼かれて怒号をあげる妖虎めがけて、つづけざまに翬飛矢《きひや》を射た。吹き荒れる怪風のなか、銀の鏃が夜陰を千々に引き裂いた。

「翬飛矢に射られたとたん、妖虎から殺気が消えた。まるで牙を抜かれたようにな。あなたが手招きすれば育ちすぎた猫のようにすりよっておとなしく撫でられていた」

天凱は怖気立《おぞけだ》った。妖虎を手なずける美凰の姿が凶后のそれと重なった。

「あなたは凶后になってしまったのかと思った。もしかしたら俺が知らなかっただけで、以前から妖鬼を従えていたのかと……」

驚愕がじわじわと失望に変わり、美凰を憐れむ気持ちは消えうせた。

「あなたに騙されていたんじゃないかと早合点《はやがてん》した。養父のこともあなたは承知していて、俺のまえでは素知らぬふりをしていただけではないかと……」

憎しみさえ湧いてきた。凶后とおなじ力をつかうなら凶后と同罪だと怨んだ。

「……それなら、なぜ私を羈袄宮から連れだした？　私に……厲鬼の責任を押しつけるためか？　見鬼病をひろめたのは私だと、あとで断罪するために……」

「ちがう。それについては再会した日に話したとおりだ。見鬼病を鎮めるために、あなたを頼った。もちろん、あなたの協力を得られる確証はなかった。実を言えば半信半疑だったよ。あなたが見鬼病の発生源である可能性もあったからな」

もし美凰が元凶だと確信していたら、解印して殺すことに躊躇《ちゅうちょ》はしなかった。

「元凶は私ではないと判断したのか？　なにを根拠に？」

「根拠などない。しいて理由をあげるなら、あなたが昔のままだったからだ」

驚きに見ひらかれて天凱を射貫いた瞳。その色彩に欺瞞はなかった。

「あなたに賭けてみることにした。……もっとあけすけに言えば、これなら利用できると踏んだ。あなたの禔華《ちから》は不完全で、俺の晟烏鏡を脅かすものではないと」

口にはしないが、なつかしさが憎しみをやわらげたのも事実だ。

「俺はあなたを利用している。あなたが晟烏鏡に抗えないのをいいことに羈袄宮から連れだした。……うしろめたさがないと言えば嘘になる。皇宮に連れもどせばあなたが怨憎にさらされると予期しながら、あなたの安全より厲鬼祓いを優先した」

「当然のことだ。そなたは皇上《みかど》なのだから」

「ああ、そうだ。天子としてまちがったことをしているとは思わない。……ただ、ひとりの人間としてはあなたに負い目がある。十年前、俺は間にあわなかった。それがずっと心に引っかかっている。たとえ気やすめにさえならないとしても、駆けつけるべきだった。……あなたはそれだけのことをしてくれたんだから」

八つで玉座に祀りあげられた天凱は——炯《けい》は、突然はじまった天子の日常に戸惑っていた。豪華な部屋で婢僕《めしつかい》にかしずかれ、うやうやしく主上と呼ばれるたびに、養父の不在をまざまざと思い知らされた。求めたこともない皇位とひきかえに、炯はかけがえのないひとを失った。運悪く皇子として生まれたというだけで。

「あなたは皇帝になりたくなかったのね」

ある日、翡翠公主であったころの美凰が炯に言った。

「なりたくないものになるって、つらいわよね。ほんとうの気持ちをおさえこんで我慢するのは、溺れているみたいに苦しいものだわ」

「わかったふうな口をきくな。おれの気持ちなんか想像もつかないくせに」

炯は敵意をこめて睨みつけた。凶后を憎むように、いずれ自分の皇后になることが決まっているこの千金小姐《はこいりむすめ》がうとましくてしかたなかった。

「おれは絶対にあんたを寵愛しないからな！　おれの後宮に入ってもあんたは毎晩ひとり寝するんだ！　みじめな素腹の皇后になるだけだ！」

ろくに意味も知らない言葉で罵倒して走り去った。やみくもに後宮を駆けまわり、帰《かえ》り路《みち》がわからなくなったころに雨が降りだした。晟烏鏡をつかえば行きたい場所に行けるらしいが、つかいかたを習得できていないため、ますます迷ってしまった。

雨脚はどんどん強くなり、雨雲は雷神の剣《つるぎ》のような稲光に引き裂かれた。烔は雷鳴に追いたてられて亭《あずまや》に駆けこんだ。ずぶ濡《ぬ》れの身体をまるめ、雨が弱まるのを待つあいだ、思い出すのは養父のことだった。こういう日は雷を恐れる烔のために、養父が物語を聞かせてくれた。それはたわいのない志怪小説《しかいしょうせつ》だったが、養父の語り口がたくみなのでつい夢中になってしまい、いつの間にか雷のことを忘れてしまう。

しまいには雷が鳴るのが楽しみになり、烏雲《くろくも》が天を覆うや否や語り物をねだって養父を困らせたものだ。しかし、そんなあたたかい日々はもう戻らない。凶后は烔がおとなしく言いなりになれば、いつの日か養父と再会させてやると約束したが、悪逆非道な毒婦が童子との口約束を真摯に守るはずはなかった。

烔は冕冠《べんかん》をかぶせられた傀儡《にんぎょう》であった。凶后に操られて好きでもない娘と結婚させられ、世継ぎをもうけるためだけに生かされる。次代の皇上が生まれれば、用済みとばかりに処分されるのだろう。皇帝になりたがる連中の気持ちが知れない。思うままになることはなく、大切なひととひきはなされ、つねに監視されて傀儡女《にんぎょうつかい》の意のままに操られる身分の、いったいなにをうらやむというのだろうか。

いっこうに衰える気配のない雨音を聞きながら、烔はうとうとした。まぶたを開けていられないほど疲れていた。夢のなかで養父に再会して、目覚めたときには、やわらかな臥褥《しきぶとん》に寝かされていた。花模様の床帷《とばり》がおろされた見覚えのない牀榻《しんだい》だ。ふと見れば、枕辺に美凰がいた。いつもは複雑に結いあげて金歩揺や生花をごてごてとさしている髪を背中におろし、柱によりかかってうつらうつらしている。居心地の悪さを感じた炯がこっそり出ていこうとすると、美凰は目を覚ました。

「寝てなきゃだめよ。太医《たいい》が言うには、熱があるそうだから」

炯はやや強引に褥に押しもどされた。抵抗しようとしたが、滾るような四肢は思いどおりに動かない。水を飲むか、空腹ではないか、と美凰は母親のように尋ねた。彼女の世話にはなりたくなかったが、すきっ腹だったので粥を食べさせてもらう。

「あなたをもとの生活に戻すよう伯母さまにお願いしてみたけど、だめだと言われたわ。天子は国の要だから簡単にはかえられないのですって」

反論したかったが、喉は粥を嚥下《えんか》するのにいそがしい。

「気の毒だけど、やけを起こさないでね。あなたがまじめに勉強して、よい皇上になったら、お養父《とう》さまを皇宮に招いてもいいって伯母さまはおっしゃっていたわ。つらいときはお養父さまを思い出して辛抱して。お養父さまもあなたが立派な皇帝になることを望んでいらっしゃるはずよ。その期待にこたえなくちゃね」

炯は黙って粥を食べた。なにも言いたくなかった。言葉が涙になりそうで。

「それからもうひとつ——わたくしを寵愛しなきゃいけないなんて思わなくていいわ

よ。あなたは天子なのだから、好きな女人をそばに置くことができるわ。わたくしが皇后になることは内定しているからあきらめるしかないけど、わたくしを無理して好きにならなくてよいから安心して。でも、もし好きなひとができたら、真っ先にわたくしに教えてね。そのかたを後宮に招いて、姉妹として仲よくするわ」

「……あんた、それでいいのか」

「よいも悪いもないわ。それが皇后というものよ」

美凰は炯の口もとを手巾でそっと拭いた。

「あなたは立派な皇帝になって。わたくしは立派な皇后になるから。どちらもたいへんなお役目だけど、ふたりで一緒にがんばればきっと達成できるわ」

「……あんたと一緒にがんばるのなんか、いやだよ」

「言っておくけど、わたくしだってあなたが理想の花婿というわけじゃないわよ。男女の縁は月下氷人《かみさま》がお決めになるのだから、しょうがないでしょ。お互いにさだめを受け入れましょう。愛しあう夫婦になれなくても、助けあう夫婦にはなれるわ。お互いがお互いの力になって、信頼しあえるって、素敵なことだと思わない？」

「……能天気なやつ」

「前向きなのよ。あなたも見習いなさい。ぐずぐず文句を言っていたって、おなかがへるだけよ。楽しく笑っていたほうがずっとずっと得だわ」

「あんたはへらへら笑ってばっかだな。怒ることなんかねえだろ」

あるわよ、と美凰が炯の頰をつねった。

「はじめて会ったときから思っていたけど、あなたは口のききかたがなってないわね。かりにも皇上が未来の皇后にむかって『あんた』なんて言うものじゃないわよ」

「じゃあ、なんて言えばいいんだよ」

「そうねえ、『あなた』がいいわ。わたくしもそう呼んでいるから」

言ってごらんなさい、と肩を小突かれてうながされたが、炯は口をねじ曲げた。

「あんた」

「あなた」

「あんた！」

「あなた！」

押し問答をくりかえしたすえ、疲れて寝た。翌朝、うっかり「あなた」と呼んでしまい、美凰にさんざんからかわれたことを覚えている。

あの夜を機に、すこしずつ宮中の暮らしに慣れはじめた。凶后のことは憎んでいたし、養父の安否も気がかりだったが、美凰と会うのは苦痛ではなくなっていた。

――いつか美凰はおれの皇后《もの》になる。

その自覚は甘い毒のように炯の警戒心を蝕んでいった。六つの年齢差のせいで美凰に童子あつかいされることがもどかしくてたまらないほどに。

「まがりなりにも俺が皇宮で生きのびられたのは、あなたのおかげだ。あなたが助けてくれなければ、俺はとっくにやけを起こして凶后に始末されていただろう」

美凰のためと思えば、退屈な経書も面白く読むことができた。あえて凶后の傀儡に甘んじるのも、いつの日か本物の皇帝になるときのためだと思えば我慢できた。廃位されて皇宮を去るときは、美凰だけが見送りに来てくれた。近いうちに会いに行くと彼女は言った。その言葉を胸に抱いて、炯は流刑地となる嬰山郡《えいざんぐん》へ下った。

「あなたは俺を助けてくれたのに、俺はあなたを助けられなかった。……いや、助けなかったんだ。あなたを凶后と同類だと思いこんで見捨てた。そのくせ、いまさら羈袄宮から引きずりだして、自分の都合で利用している。このうえ、あなたに罪悪感を抱かれたら始末に負えない。いっそ怨まれたほうが気楽だ」

美凰を憎んでいると、彼女に思ってほしくない。それは事実ではないのだから。

「俺を怨め、美凰。国じゅうの怨みを背負うあなたの、やり場のない怨憎を俺に背負わせてくれ。あなたにはその資格がある。俺を憎むべき理由が――」

ときならぬ雷鳴のように、美凰の口から哄笑が弾け飛んだ。

「笑わせるな。怨まれることがどのようなことか、知りもせぬくせに」

「あなたほどは知らない。それはたしかだが」

「ほどは、ではない。そなたはなにも知らぬのだ。刑場に引ったてられたことなどないだろう。汚物や石を投げつけられたことなどないだろう。罵詈雑言を浴びながら斬首されたことなどないだろう。衆人環視のなか、衣を剝ぎとられて肉を削《そ》ぎ落とされたことも、生きながらにして炎で焼かれたことも、熔かした鉄を喉に流しこまれ、四肢を引きちぎられ、毒虫でいっぱいの穴に突き落とされたこともないだろう」

絶句した天凱に、美凰は辛辣な笑みをむける。

「そなたは怨まれるどころか、官民に同情されていた。凶后に利用され廃されたそなたを、凶后亡きあとも先帝に冷遇されるそなたを、天下のだれもが憐れんだ。では、私は？　だれが私に同情した？　あらゆる処刑法で私を殺そうとする先帝から私を救いだしてくれた者がいたか？　だれもいなかった。そなただって助けなかった。そなたさえ、一時は私を怨んだ。そなたですら、私を殺そうと思った。みんな、そうだ。だれもがみな、私を憎み、私の死を願う。八つ裂きにされる私を見て熱狂し、飛び散った私の血をすすって高笑いする。……それが怨まれるということだ、阿炯《あけい》」

つむごうとした言葉は喉につかえて音にならない。

「私は、人を怨みたいとは思わぬ。終わらせたいだけだ。この呪われた天命《いのち》を」

美凰は天凱の手をつかんで、自分の胸もとにあてた。

「封印を解け。劉美凰の息の根をとめ、蒼生《たみ》の望みをかなえよ。国が荒れる前に、厲鬼に喰いつくされる前に、もうひとりの凶后を始末するのだ」

翚飛矢《きひや》で射貫かれたように、天凱はまばたきすらできない。

「なにをためらう？　亜堯たるそなたに私を殺せぬはずはないだろう」

「……殺せるかどうかが問題じゃない。俺は」

「そなたが私を怨んでいなくても、万民は私を憎んでいる。青人草《あおひとぐさ》の願いをかなえるのが皇帝ではないのか。罪人を罰するのは君主のつとめではないのか」

そうだ。万民の敵はだれであろうと殺すべきだ。それこそが帝猷《てんしのみち》なのだ。

「さあ、早く！　私を殺せ！」

荒々しく弓弦《ゆづる》を弾くような声が暗がりをつんざく。

「万民の怨敵はそなたの怨敵だ！　皇上《みかど》を名乗るならば、私を八つ裂きにせよ！」

……できない。できるはずがない。

「なぜだ？　なぜ、なぜ殺さぬ……！　私を、終わらせてくれぬ！」

痛々しく見ひらかれた瞳から、砕いた水晶のような涙がしたたり落ちた。

「そなたしか、おらぬのに。私を殺せる者は……そなた以外には、だれも……」

震えるこぶしが天凱の胸を叩く。そのあまりに儚い力が心をうがつ。

「……どうすればよいのだ？　いったいなにをすれば、そなたはこの忌まわしい生から私を解放してくれる？　なんでも言え。どんな汚辱であろうと苦痛であろうと、それが最後の罰となるなら、甘んじて受けよう。だから、後生だから、私を……」

殺してくれ、と彼女は叫んだ。あるかなきかの、かそけき声で。

「哀願などするな、美凰。どうせ無駄だ」

美凰の足もとに落ちた翳がふたつに割れ、片方が衫姿《ひとえすがた》の青年をかたちづくる。

「おまえを利用しつくすまで、こいつはおまえの願いをかなえてはくれない」

高牙が美凰を抱いて闇のなかに消えたあとも、天凱はその場に立ちつくしていた。

——俺は、美凰を殺せない。

万民が嘆願しても、彼女が切望しても。あるいは、玉帝《てん》が命じたとしても。


「はいこれ、お見舞いです」

宋祥妃がさしだした佩玉《おびだま》を見て、眉珠は目をしばたたかせた。

「辟邪《まよけ》の佩玉です。皇太后さまが鬼火で呪言を焼きつけてくださったので、効果抜群ですよ。ちなみに飾り結びは私が作りました。上手でしょ」

「嘘を申すな、宋祥妃。飾り結びはほとんど哀家《わらわ》が作ったではないか。そなたの結びかたときたらひどいものだったぞ。あれではただのこんがらかったひもだ」

「皇太后さまが細かすぎるんですよ。ひもなんか適当に結んでいれば十分でしょう」

坐墩《こしかけ》の上で器用に胡坐《あぐら》をかく宋祥妃にあきれつつ、美凰は眉珠にむきなおった。

「つねに身につけておくとよい。鬼がよりつかぬように」

「ありがとうございます、皇太后さま。なにからなにまで……」

臥榻《ねだい》に半身を起こした眉珠が申し訳なさそうに佩玉を受けとる。

「具合はどうだ？　顔色はよくなったようだが、まだだるさが残っているか？」

「すこしだけですわ。今日から復帰することもできたのですが」

「だめだ。瘴気《しょうき》を断つために休養はたっぷりとらねばならぬ」

「仰せに従います。皇太后さまはわたくしの命の恩人ですから」

厲鬼に憑依されていたときのことを眉珠は覚えているらしい。檻のような狭い場所に閉じこめられて外に出られず、死にものぐるいで助けを呼んでいたという。

「格子の隙間からのばした手をだれかにつかまれたのです。気がついたときには臥榻に寝ていて、皇太后さまがわたくしの手を握っていてくださいました」

目覚めたとき、眉珠は溺れていたひとのように多量の汗で全身が濡れていた。美凰はみずから桶を運び、熱い湯にひたして絞った布で眉珠の身体を拭いてやった。眉珠はいちいち恐縮していたが、厲鬼の爪痕が残っていないか調べるためだと言いくるめて、いささか強引に世話をした。熱がひいたあとも厲鬼に喰われた生気が回復するまでは時間がかかる。自室で療養するよう命じた。

「落ちついたら尋ねようと思っていたのだが」

美凰は手ずから茶を淹《い》れて眉珠にすすめた。

「どこでどうやって厲鬼と接触したのか、思いあたる節はないか？」

「さあ……わかりませんわ。わたくしはずっと後宮から出ておりませんから、妖魔と遭遇するはずはありませんし……」

「最近はみんなそう証言するらしいですね。妖魔に襲われてないのに感染したって」

「襲われていないのではなく、襲われたことに気づいていないのだ」

「目に見えないかたちで襲ってるってことですか？」

宋祥妃は持参した青艾餅《よもぎもち》をもぐもぐと頰張りながら小首をかしげた。

「厲鬼は変異している。警戒されぬよう妖魔の姿をとらずに人を襲っているのだ。たとえば翳にまぎれたり、風を装ったり、水のなかに身をとかしたり……」

「人に化けてるんじゃないですかね」

おひとつどうぞ、と宋祥妃がしきりに青艾餅をすすめてくる。

「宮中で人を襲うなら、人の姿をしていたほうが便利じゃないですか？　皇宮には人間がうようよしてるんですから、身を隠すにはもってこいですよ」

「なるほど……。それはありうるな」

「人に化けているとしたら、なおさらどこで襲われたのかわからないのでは？」

「そこが厄介なところだ。活鬼《いきりょう》は軀《うつわ》とおなじにおいがするが、本体と親しくなければすれちがっても気づかない……。手がかりとなりそうなのは瘴痕《しょうこん》くらいか」

いままでの症例で、瘴痕は妖魔が最初にふれた箇所にあらわれていた。

「そなたの瘴痕は胸もとにあった。厲鬼はそなたの胸もとにふれているはずだ」

「となると、好いひとに化けてたってことでしょうかね？」

「いやですわ、宋祥妃。わたくしには懇意にしている殿方などおりません」

「夫や恋人でもない者が胸もとにふれることはそうそうないな……」

「……もしかして、あれかしら」

眉珠は青艾餅を持ったまま、不安げに蛾眉をひそめた。

「十日ほど前の夜、寿鳳宮そばの通路で真正面からだれかとぶつかりましたの。暗かったので人相ははっきりしませんでしたが、体つきから見て宦官でしたわ。翌朝、亡夫の形見の梳き櫛がなくなったことに気づきました。あのときはどこで落としたのかわかりませんでしたが、きっと宦官とぶつかった拍子に落としたのでしょう」

「そいつが厲鬼だろうな。ほかに特徴はないか？　身なりや声色、においなどは」

「身なりは宦官としか……。声色はわかりません。自分からぶつかっておきながら、謝罪ひとつしなかったのです。わたくしの顔を見て、逃げるように立ち去りました。においといえば……ひどい悪臭がしたのを覚えております。いたんだ肉のようなにおいでしたわ。新参者なのだろうと思って気にとめませんでしたが……」

宦官は半里も先からにおうという。下腹部の傷口が膿《う》んでいたり、粗相をしたりするためである。古参者は臭気を防ぐ手だてを心得ているので余人と変わらないが、物慣れない新参者は不快なにおいをただよわせているため、すぐにそれとわかる。

「また宦官か……」

玄冥教《げんめいきょう》を仕切っている大法師《だいほうし》と関係があるのだろうか。

「これから駆鬼《おにばらい》に行くんですよね？　ついて行っていいですか？」

眉珠の部屋を出るなり、宋祥妃がこそこそと耳打ちしてきた。

数日前の早朝、妖魔狩りから帰ったところを、潜入取材と称して物陰にひそんでいた宋祥妃に目撃された。高牙との会話を盗み聞きされたのが運の尽きである。宋祥妃は面白がって駆鬼や妖魔狩りについて根掘り葉掘り聞きたがり、明器や褻華についても質問攻めにした。どこから入手してきたのか蒐官《しゅうかん》の官服に着がえてきて駆鬼に同行しようとするものだから、追いはらうのにたいそう難渋している。

「巫術はつかえませんが、雑用はできますよ。洗濯、料理、掃除、なんでもしますから連れていってくださいよ。微力ながら、私もお役に立ちたいんです」

「……わかった。そこまで言うなら協力してもらおう」

ただし、と美凰は視線を鋭くした。

「駆鬼には同行させぬ。そなたにはとくべつな任務を与える。妖魔に襲われていないと証言している見鬼病患者がどうやって厲鬼と接触したのか調査せよ。眉珠の例を見るに、感染から発症までは十日。そなたの仕事は患者が発症十日前に会った人物を洗いだし、そのなかで患者の瘴痕部分にふれた者を見つけだすことだ。人相や背丈、身なりや年齢、声色やにおいなど、覚えていることは微細漏らさず記録せよ」

美凰は饕餮《とうてつ》を彫り刻んだ令牌《れいはい》を宋祥妃に手渡した。

「これがあれば、蒐官としてどこにでも立ち入ることができる」

「へえ、すごいですねえ！」

「よいか、宋祥妃。これは重大な任務だ。失敗は許されぬぞ。心して励め」

美凰が重々しく肩を叩くと、宋祥妃は領《えり》を正してうなずいた。

「承知いたしました。皇太后さまのご期待にそむかぬよう、全力を尽くします」

うやうやしく首を垂れたかと思いきや、くるりと踵《きびす》をかえして駆けだす。

「おい、いいのかよ？　あんな女、信用して」

「まとわりつかれては迷惑だから追いはらっただけだ。たいして期待はしていない」

高牙の声にため息まじりの返事をして、星羽を呼ぶ。

「念のため、宋祥妃のあとをつけよ。よからぬことをしていたら後宮に連れもどせ」

夕刻を告げる鐘の音を聞きながら、美凰は安済房後院《うらにわ》の井戸へ向かった。患者が吐いた血で顔や手が汚れたので、妖魔狩りに出かける前にきれいにしておきたい。釣瓶《つるべ》を落として盥を清水で満たし、血まみれの手を洗い、顔を洗う。清潔な布で顔を拭いてひと息ついたとき、井筒のそばでなにかがきらりと光った。いぶかしんでかがみこんでみると、玉石のかけらである。翡翠だろうか。小さな穴があけられ、革ひもが通されている。革ひもの長さは首からさげるのにちょうどよさそうだ。だれかの落とし物だろうと拾いあげたとき、せわしげな足音が近づいてきた。

「それは俺のだ。かえせ」

文泰《ぶんたい》が美凰から翡翠の項鏈《くびかざり》をもぎとった。

「呪物ではなさそうだな。だれかの贈り物か」

「あんたには関係ないだろ」

ぞんざいに言い捨てて立ち去る。足音が遠ざかったのを見計らって、美凰は物陰に身をひたした。褠衣《きもの》の上から胸もとの褘華《しんか》にふれ、花影《かえい》に入る。花影は晟烏鏡《せいうきょう》でいう鏡殿《きょうでん》である。鏡殿とちがうのはとおる場所が回廊ではなく園路《みち》であること、いつ入っても園路の左右が紅蓮に燃える死人花《ひがんばな》でかこまれていることくらいか。

「あいつは宦官だね」

となりを歩く如霞が甘ったるい紫煙を吐いた。

「さっきの巫師さ。男のなりをしてるけど、肝心要の宝貝《おたから》がないよ」

「……なぜわかる？　まさか、見たのか？」

「例の大法師とおなじさ。姿かたちはふるいつきたくなるような檀郎《いろおとこ》なのに、あたしの身体がぴくりとも反応しない。陽根《だいじなもの》がない証拠だよ」

「宦官が巫師を？　なぜ蒐官にならない？」

「あたしが知るもんか。一物がないのに宮仕えしてないやつなんか、よほどの変わり者か、宮中で大失態をしでかして逃げてきたかのどっちかじゃないかい」

原則として野巫に宦官はいない。巫術に長けた宦官はもれなく蒐官だからである。蒐官は皇帝直属の禜台《えいだい》に属するがゆえに、九宰八使《きゅうさいはっし》にも匹敵するさまざまな特権を与えられているが、自分の意思で退官する自由はない。いったん蒐官になれば、蒐官として働きつづけるか、あるいは秘密裏に処刑されるかのいずれかだ。

「もと蒐官か……。先帝時代の禜台は混乱していたらしいから、ありうるな」

優秀な蒐官をそろえられず、景蝶《けいちょう》の封印が解けかけていたことにも気づかなかった敬宗のことだ。禜台にくまなく目が行き届いていたとは考えにくい。

「ところであんたさ、ちゃんと寝てるのかい？」

如霞が美凰の顔をのぞきこんできた。

「やだよ、この子は。生活に追われる三十路《みそじ》女みたいな顔して。ろくに寝もしないで駆鬼だの妖魔狩りだのに駆けずりまわってるせいで、玉の肌がくすんでるじゃないか」

「……若いのは見た目だけだ。中身は二十六なんだから、こんなものだろう」

「おや、そいつはあたしへのいやみかい」

如霞はぽってりとした紅唇をつりあげた。

「覚えておきな。いくつになろうと、女は美しさを忘れちゃいけないのさ。いつなんどき、水もしたたる潘郎《いいおとこ》と出会うかわかりゃしないんだから」

「出会ったところでなにも起きぬのだ。みすぼらしくてもよい」

「せっかく女に生まれたってのに、潘郎の千や二千喰わないでどうするんだい」

「逆に尋ねたいのだが、男のなにがそれほどそなたを惹《ひ》きつけるのだ？」

「陽具《アレ》に決まってるだろ。男が持ってるもので値打ちがあるのはそれだけさ」

熟れきった桜桃のような唇から細く長い紫煙が吐きだされて、消えた。

玄冥教《げんめいきょう》の道観を調べに行く如霞と別れ、美凰は垂衣巷《すいいこう》の坊門《ぼうもん》をくぐった。

姿なき妖魔を恐れてか、人通りはまばらだ。上級官吏を乗せた軒車《くるま》が軋り音をあげて走れば、中級官吏は轎子《かご》を急かして皇城《こうじょう》から遠ざかり、下級官吏は徒歩《かち》にて前のめりになりながら帰路を急ぐ。酒楼は早々に酒旗《さかばた》をおろし、金銀肆《かざりや》や綵帛肆《いろぎぬや》は厳重に戸締りしている。軒先の提灯に火が入っているのは薬肆《くすりや》くらいだ。

閑散とした街路でひときわ目をひくのは、藍鉄《あいてつ》色の道服《どうふく》をまとった茲冥教の道士たちである。ここひと月で茲冥教の信徒は爆発的にふくれあがっており、それにともなって道士の数も目に見えて増えた。彼らは列をなして城肆《まち》をねり歩き、無支奇《むしき》への信心を声高に説いて、厲鬼から逃れたければ浄財をおさめるよう呼びかける。

──大法師とはいったい何者だ？

妖術に長けていること、茲冥教を陰で動かしていること、信徒のまえにもなかなか姿を見せないこと、宦官であること。大法師についてわかっていることはすくない。いったいどこから来たのか、正体はなんなのか、なぜ妖術に長けているのか、茲冥教を乗っとった目的はなにか。わからないことだらけだ。

考え事をしていたせいか、背後から鉄鈴の音が近づいてくるのに気づくのが遅れた。鉄鈴の音といえば太平車《たいへいしゃ》だ。これは牛や騾馬《らば》が引く大型の車で、数十石の荷物を満載して昼夜を問わず城肆じゅうを走りまわっている。いち早く危険を知らせてくれる星羽がいまはあいにくそばにいない。はっとしてふりかえったときには、太平車を引く猛牛の荒々しい鼻づらが目前まで迫っていた。車輪が巻きあげる土埃《つちぼこり》に顔をしかめ、美凰は身をひるがえした。咳《せ》きこんであとずさるや否や、かかとがむなしく沈む。

虚空に抱かれるようにして投げだされた身体は、つぎの瞬間、水面に叩きつけられていた。街路のそばをとおる水路に落ちたのだ。そう認識したとたん、舟遊びをしていて池に落ちた幼き日の記憶がよみがえった。水の腸は暗く冷たく、水底は地獄までつづいているかのようだった。水面から顔を出そうとしてもがけばもがくほど四肢は重くなり、助けを呼ぶ口から玻璃玉のような呼気がこぼれでた。

あれからしばらくのあいだ、美凰は池に近づくことさえできなかった。

――もう慣れた。

荊棘奇案《けいきょくきあん》で味わった過酷な責め苦は、美凰をすこしずつ鈍感にした。いちいち恐怖や苦痛を感じていては、身が持たなかったからだ。恐ろしさも苦しみも痛みも、執拗なまでにくりかえし与えられれば、そのうち慣れてしまう。

どこかで衣服を着がえなければならないなと、他人事のように考えていた。だから心底思いのほか速い流れにさらわれて水中をさまよっていても、美凰は平静だった。

驚いてしまった。突如あらわれただれかに力強く抱きよせられたので。有無を言わさぬその膂力《りょりょく》は流されそうになる美凰を水面まで運び、船着き場に引きあげた。

「無事か、美凰」

「……だれに訊《き》いている」

かるくむせて、美凰は天凱を睨んだ。

「そなたは馬鹿か。なぜ水路に飛びこんだりする。身分をわきまえよ」

「ひどいな。せっかく助けたのに小言を言われるとは」

「助けてほしいと頼んだ覚えはない。この程度のこと、自分で対処できる。厲鬼祓いのためとはいえ、天子が市井を出歩くのも危険だというのに、そなたは――」

天凱がこちらに手をのばしてきたので、美凰は思わず身をすくめた。

「強がりを言うわりに、けっこう流されていたぞ。放っておいたら、あのまま冏都を出ていったんじゃないか？」

美凰の幞頭《ぼくとう》についていた水草を黒い水面に投げ捨て、天凱は大らかに笑う。

「水路のまわりになにもないのがいけないのだ。転落防止の柵くらいつけておけ」

さんざん文句を言って立ちあがり、襦衣の裾を絞る。

「こんななりでは妖魔狩りどころではないな。いったん後宮に戻らねば」

「その必要はないぞ」

天凱に腕をつかまれたかと思うと、絵筆で塗りつぶされたように景色ががらりと変わった。そこは無数の灯火に照らされる部屋だった。屏《かこい》のついた榻《ながいす》、山水画の屛風《ついたて》、黒漆をかけた円卓、蝙蝠《こうもり》文の繡墩《こしかけ》。古雅で趣味のよい調度がそろっている。

「ずいぶん上達したじゃないか。本物の部屋らしく見える」

鏡殿はとおり道にするだけでなく、部屋をつくることもできる。過去には鏡殿に引きこもって出てこない皇上《みかど》もいたそうだ。晟烏鏡に慣れないうちは部屋のかたちを保つことが難しいらしく、幼帝時代の天凱は四苦八苦していた。

「昔は部屋をつくるつもりで泥沼や沙漠を出してしまって、あなたに笑われたな」

「あれはあれでなかなか面白かった。なにが出てくるかわからないところが」

「毎回大笑いされるから必死で稽古したんだぞ。あいにく、完璧な部屋をつくってあなたをあっと言わせる前に、廃帝になってしまったが」

天凱は衣桁《いこう》にかけてあった蒐官服一式を美凰にわたし、自身の襦衣を脱ぎにかかった。美凰はさっと顔をそむけて屏風の陰に入る。革帯《おび》をほどいて領《えり》をゆるめ、濡れた襦衣と中衣《じゅばん》と内衣《したぎ》を脱いで、小几《こづくえ》の上に置かれていた布で身体を拭く。

「先日はそなたに暴言を吐いて……すまなかった」

「謝罪すべきは俺のほうだ。馬鹿なことをしたよ。高牙が気色ばんだのも無理はない。俺は、あなたを怒らせるつもりであんなことを言ったんだから」

低く落ちついた声が銀燭《ともしび》に彩られる薄闇に響いた。

「あなたがなにもかも背負いすぎていることが癇《かん》に障ってな。隠し事をされているようでかっとなって……本音を言わせようと意地になってしまった」

「聞いて後悔しただろう」

「いや、うれしかったよ。あなたの本心にふれられて」

美凰は黙りこみ、冷えきった胸もとを拭いた。

「こんなことを言えば、あなたをますます苦しめてしまうかもしれぬが……話してくれないか。先帝があなたになにをしたのか」

「……荊棘奇案の記録を見ていないのか」

「あれはただの記録だ。あなたの感情が入っていない。先帝があなたにどんな仕打ちをしたか、あなたがどんな思いで苦しんだか、あなた自身から聞いておきたい」

むきだしの肩が震える。顎先からしたたったしずくが手の甲にしみた。

「もちろん、いまここで話せと言っているわけじゃない。気がむいたときでいい。全部じゃなくても、ほんの断片でもいいから、あなたが経験した痛みを教えてくれ」

「……なぜ、そんなことを知りたがる」

「知らねばならないと思うんだ。たとえ本意でなくても玉座にのぼったからには責任がある。天子たる責めが。先帝の所業に無知ではいられまい」

風もないのに灯火が揺れた。光の動揺が美凰の足もとに落ちた翳を惑わす。

「先帝は……あのかたは約束してくださった。これからは毎年、私と桃花を見ると」

大婚の数日前だった。百花のなかでいちばん好きなのは桃花だと美凰が言うと、敬宗は「これからはずっと桃が咲く時季にふたりで花見をしよう」と言った。

美凰はあたたかい未来を思い描いた。満開の桃花をならんで眺める、仲睦《なかむつ》まじい雪峰と自分を。子や孫にかこまれ、ともに齢を重ねていく幸福な夫婦を。

「……荊棘奇案は苦しかった。死なせてほしいと懇願するほどに。だが、約束を守ってもらえなかったことのほうが、もっと……つらかった」

桃花がほころびる時季になると、敬宗が会いに来てくれるのではないかと馬鹿げた期待をした。約束を思い出し、すべてを赦して美凰を迎えに来てくれるのではないかとさえ夢想した。愚かしい希望は毎年、花びらとともに散った。

「私には泣き言を言う資格もないとわかっている。これは報いだから、私は苦しまねばならぬのだ。でも……それでも、ときおり、どうしようもなく、耐えられなくなってしまう。……泣きたくなる。泣く資格はないとわかっているのに、なぜか」

布を握る手が震えた。幾度となく斬り刻まれ、焼かれ、引きちぎられ、打ち砕かれ、ありとあらゆる方法で辱められたのに、この身体には傷ひとつ残っていない。軀《うつわ》だけが無垢なままだ。濁世の穢《けが》れをなにひとつ知らなかった、翡翠公主のまま。

「どれほど身体が無垢でも、心は罪業の色に染まっている。天下の大罪人でありながら、己の辛苦を嘆いて涙など流している。私は……かくもあさましく、汚らわしい」

きっとまだ罰が足りないのだ。もっと懲らしめられなければならないのだ。

「……そなたが指摘したとおりだな。私はだれかに慰めてほしいのだ。私のせいではないと言ってほしいのだ。この呪われた宿命から救ってほしいのだ。それがさらに罪を重ねる愚行だと知りながら……来るはずもない助けを、待っている」

散り落ちた花びらの上にうずくまり、青葉ばかりになった千枝《ちえ》を見あげて。

「殺してくれと、そなたに希《こいねが》う資格さえないのだ、私は。なのに……」

「泣けばいい。俺のそばでは」

屏風の陰から手巾がさしだされる。見れば、天凱が屏風に背をむけて立っていた。

「あなたは泣く資格がないと言うが、俺にはあなたを慰める資格がない。だから俺のそばで泣けばいい。慰められぬ代わりに、あなたに罪を重ねさせることもない」

屏風から飛びだしている広い両肩が熱いしずくでいびつにゆがんだ。

「……妙な理屈だ」

「理屈じゃない。涙をこらえるあなたを見たくないだけだ」

天凱はふりむかない。背をむけたまま、黙りこむ。しばしためらって、美凰は手巾を受けとった。かすかに残った彼のぬくもりに指を重ね、まぶたを閉じる。

「……ありがとう」

なんに対する礼だろう。手巾か、心遣いか、それとも――。曖昧模糊《あいまいもこ》とした熱情が目じりからあふれ、美凰は手巾に顔をうずめた。

人気のない街路に、雪片のような柳絮《りゅうじょ》が舞う。

「そうか、人に化けているのなら患者が襲われたことに気づかないのも道理だな」

美凰のとなりで天凱がうなずく。ふたりして垂衣巷《すいいこう》の大路を歩いている。

このあたりに肆《みせ》はすくなく、高官の邸宅が甍を競っている。どこも大門はぴったりと閉ざされており、軒にさげられた灯籠には呪符が貼りつけられていた。

「一歩前進した……と言いたいところだが、もし人だとすると、なおさら厄介だぞ。患者は相手が厲鬼だと思わずに接触しているんだろう。見るからに風体の怪しいやつならともかく、身内や知人に化けているのだとしたら、警戒のしようがない」

「ああ、そうなのだ。頭目を捕まえれば厲鬼の面が割れるが、走狗《てした》どもは……」

ふと頭をあげると、近くの邸宅の小門《わきもん》がひらいた。奴僕《げなん》ともみあうようにして出てきたのは、派手な映山紅《つつじ》色の襦裙を着た女人である。

「ちょっと、どうして追いだすのさ！　あたしは大少爺《わかだんな》の情婦《いろ》だよ。大少爺はね、あたしを娶《めと》るって約束してくれたんだ。妾として仕えるんだから、少奶奶《わかおくさま》にあいさつするのは道理じゃないか。こっちが下手にでりゃつけあがりやがって」

「大少爺はおまえみたいな狐狸精《あばずれ》と情をかわしたことはないとさ。ま、あきらめて帰るんだな。うちの少奶奶は天下一の妬婦だ。叩き殺されなかったのは奇跡だぜ」

「待ちなよ！　おいこら、ここを開けなってば！」

奴僕が小門を閉める。女は門扉を叩いたり蹴ったり叫んだりして暴れていたが、こちらに気づくや否や、厚化粧のかんばせから艶笑がこぼれた。

「あらまあ、こんなところに潘郎《いいおとこ》がふたりもいるじゃないの」

「あいにく俺たちは蒐官だ。おまえは妓女だな。夜中に供も連れずふらふら出歩くとは不用心だぞ。このあたりには厲鬼が出まわっている。襲われる前に帰れ」

「やあねえ、そんなにあたしのことが心配なら、青楼《みせ》まで送ってくれなくちゃ。ついでに泊まっておいきよ。うんと楽しませてあげるからさ」

女が近づいてくると、むっとするような酒気が鼻をついた。

「送る代わりに護符をやる。寄り道をせずにおとなしく帰れ」

美凰は護符を女に手渡そうとした。刹那、天凱にぐいと腕を引っ張られる。思わずたたらを踏んだ美凰の鼻づら、その一寸先に禽獣《けだもの》の口が喰らいついた。なまぐさい呼気に顔をしかめると、熟した柘榴《ざくろ》のような赤い口腔が闇に浮かぶ。

「……高牙！」

美凰の翳から飛びだした漆黒の妖虎が妖魔の右脚に嚙みついた。妖魔は甲走った悲鳴をあげて飛びすさる。そのまま門楼の屋根に飛び乗り、四つ足で甍を蹴って粉牆《へい》の上を駆けていく。あとを追う高牙の黒い尾が闇にとけて消えた。

「なぜ気づいた？」

「足もとがほころびていた。あなたに気をとられ、妖気をもらしたのだろうな」

「想像していたよりもずっと巧妙に化けていたな……。妖物の気配も押し殺していた。

垂衣巷から患者が続出するはずだ。あれでは巫師でも騙されかねない」

美凰は黝弓《ゆうきゅう》をとりだし、翬飛矢《きひや》をつがえた。しばらく待つも、高牙が戻らない。

「おかしいな。どんどん遠ざかっていく……」

明器が美凰からおよそ二里までの距離にいれば花影《かえい》を通じて会話ができるが、それを越えると互いの声が届かなくなる。呼びかけても返事がないので、おそらく高牙は垂衣巷を出たのだろう。彼が花影の網目に入るのを待つ時間が惜しい。美凰は印を結び、指先から鬼火を出した。揺らめく青い炎をつかみ、翬飛矢のようにつがえて射る。鬼火の鏃が夜闇を切り裂き、高牙の足跡をたどって飛んでいく。その青ざめた先端が高牙の翳を射貫けば、鬼火が糸となって花影とつながる。

「いまどこにいる」

高牙の妖気をとらえて問いかけると、足もとの翳から低い声が伝わった。

「草竄巷《そうざんこう》だ。ついさっき軒轅《けんえん》をとおった」

「ねぐらに戻るのかもしれぬ。攻撃はせず、距離を保ちつつ追跡せよ」

「やってるよ。くそっ、あいつ逃げ足だけは速《はえ》えな」

高牙は苛立たしげに言い捨てて駆けていく。飛矢のごとき速さで遠ざかっていくのを感じる。このまま行けば、鬼火の糸が切れるのは時間の問題だ。

「あなたは草竄巷に行け。俺はここで妖魔を狩る」

天凱は腰に帯びた剣の柄に手をかけた。前方にふらふらと歩く人影がある。その者は近くの邸から出てきた奴僕にぶつかった。奴僕は罵声を放ったが、急用を言いつけられたのか、駆け足で盛り場のほうへ去っていく。人影はゆらゆらと不恰好に身体を揺らしながら歩き、曲がり角でふっと暗がりにすいこまれた。

それを追いかける天凱を横目で見やり、美凰は花影に入った。死人花《ひがんばな》の園路《みち》を駆けていると、高牙の声が降ってくる。

「あいつ、安済房に向かっていくぞ」

「なかにはけっして入れるな。足止めしろ」

美凰が安済房の門前に飛びだしたとき、高牙は妖魔を組み敷いていた。時を置かずに黝弓をかまえ、翟飛矢を放とうとする。

「うしろに二匹いる！」

高牙が叫び、美凰はふりかえった。粉牆から飛び降りてきた黒い大猿が目前に迫っている。即座に黝弓を引き、襲いかかってくる妖魔の眉間をつづけざまに射貫く。火炉のような目の化け猿が大音声をあげて夜風にとけたとたん、背後で高牙の妖気が乱れた。一瞬の隙をついて妖魔が逃げだしたのだ。

妖魔は大門を飛びこえて外院《まえにわ》に入った。高牙があとにつづき、美凰も門扉をとおりぬけて追いかける。内院で妖魔に追いついた高牙は化け猿の脚に喰らいつこうとしたが、妖魔はすんでのところでふりきって逃げた。美凰が射た翬飛矢は化け猿の肩をかすめる。妖魔はうめきながら正房《おもや》へ駆けていき、扉のむこうにすっと消えた。急いで室内に駆けこんだが、妖物の姿はない。泥土のような鬱屈とした暗がりに、患者たちの平穏な寝息が響いているだけだ。

「どなたかと思えば、貞公公《ていこうこう》でしたか。なにかありましたか？」

奥の間から出てきたのは才雄だった。夜になると巫師たちのほとんどが妖魔狩りに出かけていくが、無人にはならない。患者たちに万一のことがあってはいけないので、だれかが不寝番《ねずのばん》をする。今夜は才雄の番だった。

「妖魔が入ってきただろう？　どこへ行った？」

「えっ？　よ、妖魔ですか……!?　どっ、どこに？」

「この部屋に入っていくのを見たのだ。たったいま――」

強い妖気を感じてふりむく。やはり鬼《ばけもの》の姿はない。物音にも動ぜず、患者たちは死んだように眠っている。だんだん薄れていく妖物の気配をたどって、壁際の榻へ歩みよった。そこでやすんでいるのは、美凰がはじめて安済房で診た身重の婦人。先月無事に出産を終えたが、今度は息子ともども感染してしまい、療養中だ。

指先に息を吹きかけて鬼火を出す。衾褥《ふとん》ごと裙《もすそ》をまくり、彼女の右脚を見た。そこにはなんの印もない。明器に嚙まれれば痕が残るので、もしやと思ったが……。

──あれは酒の香りじゃない。酒糟《さけかす》のにおいだ。

妖魔が化けた女は酒糟のにおいをまとっていた。活鬼《いきりよう》は軀《うつわ》とおなじにおいをまとうもの。はたと気づいてとなりの榻を見る。そちらで寝息をたてているのは齢十にしては幼い顔立ちの痩せぎすの童子。酒坊《つくりざかや》で働いているという、婦人の息子だ。

「妖魔はどこに行った？」

天凱が正房に駆けこんできた。せわしげに室内を見まわす。

「垂衣巷で見つけた妖魔がここに入るのを見たんだが……」

「見まちがいではないぞ。たしかにやつらはここにいる」

美凰は童子の右脚を見ていた。薄汚れた素肌には、明器に噛まれた痕がある。

「患者たちの軀のなかで息をひそめて」

「見鬼病の死者の名簿をつくれ」

朱筆を持ったまま、天凱は顔をあげた。昊極殿《こうきよくでん》の書房《しよさい》である。外では挂竜《けいりゆう》の雨が吹き荒れ、猛りたった風が櫺子窓《れんじまど》を叩いている。

「すべて……ですか？　さすがにそれは難しいかと……。戯蝶巷《ぎちようこう》、繁星巷《はんせいこう》、碧蘚巷《へきせんこう》の顔ぶれもさることながら、草竄巷《そうざんこう》の住人はとくに入れかわりが激しく、姓名はおろか、どこの生まれなのかもわからぬ流れ者ばかりです」

玉案《つくえ》のむこうに立つ皇城副使《こうじょうふくし》孔綾貴《こうりょうき》はいささか面倒くさそうに答えた。

「おまえに調べてほしいのは金練巷《きんれんこう》、嘉卉巷《かきこう》、青槐巷《せいかいこう》、垂衣巷から出た死者だ」

天凱は朱筆を置き、椅子の肘掛けにもたれた。

「厲鬼——その頭目《おやだま》の妖力は負の激情に起因している。嫉妬か、憤怒か、断腸か、憎悪か。なんにせよ、降ってわくものではない。かならずどこかに原因がある。草竄巷、戯蝶巷、繁星巷、碧薛巷。これらの坊肆《まち》に住む民は狙いやすい獲物だ。いずれも陰の気が強く、軒轅《けんえん》は脆弱。わけても草竄巷の住民は貧しさゆえに霊験あらたかな護符を買えない。府寺《やくしょ》は草竄巷でどれほど死者が出ても座視して動かず、運びだされた骸《むくろ》の数だけあらたな窮民が流れこんでくる。厲鬼にとっては恰好の狩場だ」

「簡単すぎる狩りに飽きて、より強固な軒轅を破るようになったと？」

「逆の可能性もあるとは思わぬか？　はじめからそれが狙いだったと」

陽の気が強い場所を襲うため、脆弱な軒轅の地域で妖力をたくわえたのではないか。

「厲鬼の怨敵が金練巷、嘉卉巷、青槐巷、垂衣巷の住人なのではないかと睨んでいる。それらの地域では連日のように死者が出ているが、ふしぎと死因が見鬼病である者はすくない。住人は罹患すれば暗々裏に駆鬼を行い、助からなければ病名を偽って埋葬するからだ。結果、厝柩《そきゅう》中の亡骸が妖魔に喰い荒らされる事件が多数起きている」

富豪や士大夫は墓地の場所に気を遣うので、地勢や地脈、陰陽の気等の好条件がそろわなければ埋葬しない。墓地が決まるまで数年、長い場合は数十年ものあいだ、寺観や他家などに棺を仮安置する。これが厝柩と呼ばれるものだ。棺をあずけるには相応の費用が必要だから、厝柩を行うということは財力の証明にもなる。

「ほんとうの死因を隠すためにも厝柩は絶対に行わなければなりませんからね」

「武人、富豪、書生、士大夫。連中は命よりも体面を重んじる。表に出ている死者よりもっと多いはずだ。隠蔽された死者を掘りおこし、彼らになんらかの共通点がないか調べよ。厲鬼の怨敵が見えてくるかもしれない」

棐山水《ひざんすい》で治癒した者も多いが、そちらは本件の捜査対象からはずしてよいだろう。厲鬼の頭目はだれかを殺したいほど怨んでいる。苦しめたい相手があっさり快復しては面白くないはずだから、棐山水を飲む前にとどめを刺していると思われる。

「かような件は皇城司よりも霊台《れいだい》や禜台《えいだい》のほうがむいているのでは」

「あいにく、どちらも駆鬼と妖魔狩りで手いっぱいだ。皇城使《こうじょうし》と首席副使がそろって病床に臥せっているゆえ、次席副使のおまえに一任する」

皇城司の仕事は宮城各門の管理や宮中警備だけではない。諜報《ちょうほう》や探索を行い、不正を摘発する職権も与えられている。国を挙げて厲鬼と戦っている以上、感染者の隠匿は大罪である。不義不忠を暴くという目的では、霊台禜台よりも適任だ。

「高貴な住人が多い坊肆ばかりです。次席副使程度では門前払いされますよ」

「門前払いされぬように、おまえを皇城使に任じる」

天凱は貪狼に命じて、詔勅を読みあげさせた。本件が片付くまでの期限付きの皇城使叙任である。綾貴はつつしんで詔書を奉じ、皇城使の印綬《いんじゅ》を受けとった。

「ついでに朧月観《ろうげつかん》がばらまいている銀子の行方も洗いだしましょうか」

「慎重にやれ。勘づかれぬようにな」

御意、と一礼して退室しようとする綾貴を呼びとめる。

「荊棘《けいきょく》奇案《きあん》の折、おまえは叔母上の処刑に立ち会っているな」

「……さようですが」

「そのときの話を聞きたい。とくに記録に残っていない出来事について」

荊棘奇案――とりわけ陰惨な処刑の現場については霊台、禁台、太医院、起居院《ききょいん》、皇城司、大理寺《だいりじ》、宗正寺《そうせいじ》などが、さまざまな視点から細大もらさず記録している。そこには高官たちの発言も記されているが、とある人物は不気味なほど無言だ。

「湯太宰の嫡男は凶后が非馬公主の誕辰祝いのために乱費することを諫めて逆鱗にふれ、無実の罪を着せられて獄中で自害した。凶后亡きあと、息子の死の遠因になった非馬公主に悪感情を抱かなかったはずはない。それが証拠に、湯太宰……湯少宰《しょうさい》は叔母上が封印されてからも口をきわめて非馬公主を処刑すべしと主張している」

紅閨の変直後、九宰八使の過半数が美凰の処刑を支持した。されども美凰は禋華《しんか》を目覚めさせ、敬宗《けいそう》がそれを封じたために、彼女は死ねなくなった。死なない者を処刑することに意味があるのかどうか、朝廷では論争が起きた。不死者を処刑しても無駄だと主張する者は黙殺され、不死者こそ処刑すべきとの論調にかたむいていく。

「不死者であるなら、かえって好都合ではございませんか。凶后の庇護下であまたの悪逆の片棒をかついできた非馬公主を幾たびも罰することができるのですから」

議事録のなかで、湯少宰はそう語っている。

「声高に処刑を支持し、具体的な処刑法にまで言及していた湯少宰が二度目の処刑以降、沈黙を貫いている。おかしい。なにか伏せられている事実があるのではないか」

記録や証言等の種があれば、晟烏鏡をつかって過去を視《み》ることができる。ただし、種に嘘偽りが多くふくまれている場合、過去がゆがみ、事実が抜け落ちてしまう。

あらゆる記録をもとに晟烏鏡で荊棘奇案を視たが、どの場面でも湯少宰は一言も発しなかった。罵声を放つはずの口は、縫いつけられたように閉ざされていた。

「お察しのとおりです。記録は改竄《かいざん》されています」

「湯少宰はどのような発言をしたんだ？」

「ほかの高官がた同様、聞くに堪えない罵詈雑言です。処刑に立ち会った者の多くが凶后にぶつけられなかった怨憎を非馬公主にぶつけていましたので」

「それなら消す必要はなかったのではないか」

「いいえ、湯少宰にとっては必要があったのでしょう。己の、良心のために」

綾貴は苦々しく強張ったおもてを伏せた。

「すでにご存じでしょうが、非馬公主の処刑は市中だけで行われたわけではありません。市中での処刑は九日にわたって毎日行われ、その後、打ち切られました」

「処刑に熱狂していた士民がしだいに叔母上を恐れるようになったからだな」

人首を刎ねられ、四肢を裂かれ、猛獣の檻に放りこまれても死なない少女を見て、人びとは戦慄した。自分たちは本物の悪鬼《ばけもの》を血祭りにあげようとしているのではないかと怖気立ち、非馬公主の、あるいは凶后の復讐を恐れ、刑場から遠ざかった。

「先帝は士民を刑場に駆りだして処刑を続行しようとしましたが、冏都《けいと》には荊棘《いばら》が茂りはじめ……あまたの士民が恐れをなして逃げだしました」

やむを得ず市中での処刑を断念した敬宗は、皇宮内で処刑をつづけた。

「記録を読む限り、先帝は処刑を楽しんでいたとしか思えぬ」

「……私もそのようにお見受けしました」

敬宗は美凰の処刑に血道をあげていた。当初の目的は「禋華を封じたままで非馬公主を殺す方法を見つけること」であったが、いつしか美凰を苦しめるためだけに酷刑を試すようになった。幾度もくりかえされる処刑は、もはや刑罰の体をなしておらず、敬宗の嗜虐《しぎゃく》心を満たすための凄惨な見世物と化していた。

「ある日、先帝は側近を連れて兎狩りへ行きました。兎とは……非馬公主です」

鞍上で矢をつがえ、高官たちは素衣姿の美凰めがけて馬を駆った。美凰は猟犬に追われる兎さながらに逃げ惑った。弓弦がけたたましくうなり、つぎつぎに矢が射かけられた。その非情な鏃は彼女の脚を、背を、肩を、喉首を、頭を射貫いた。またたく間に素衣は朱に染まり、華奢な身体には百千《ももち》の矢が突き立った。

「いくら不死とはいえ、刺さった矢が消えるわけではありません。しばらくすれば矢の重みで身動きできなくなるので、引きぬく必要がありました」

敬宗はその作業すら面白がって見物していた。

「矢を抜く作業を指揮していたのは……私です」

従卒たちとともに、綾貴は激痛を予期して震える身体から矢を引きぬいた。そりかえった鏃の後鋒《こうほう》は容赦なく肉を喰い破り、美凰の絶叫と鮮血がほとばしった。

「いまだに忘れられません。あのときの、非馬公主……皇太后さまの表情は」

殺してください、と美凰は懇願した。だれでもよいから、わたくしを殺して、と。

「恐れ多いことですが、いっそひと思いに息の根をとめてさしあげたかった……」

作業が終わると、美凰はあたらしい素衣に着がえさせられた。

「狩りを再開しようとした先帝は湯少宰の箙《えびら》を見て、矢がまるで減っていないことを指摘なさいました。騎射は不得手だからと湯少宰が弁明すると、それなら騎射はやめようとおっしゃって、皇太后さまを木に吊るしあげさせたのです」

わずか数尺の距離に湯少宰を立たせ、「あれを射よ」と敬宗は命じた。

「愛息を喪った怨みを滾らせていた湯少宰でさえ、これは懲罰の域を超えているとお思いだったのでしょう。矢をつがえる手が震えていたのを覚えています」

敬宗に急かされ、湯少宰は美凰を射た。鏃は彼女の腕をかすめた。

「どうやら不得手なのは騎射だけではないらしいな。予が手本を見せてやろう」

そう言ってめったやたらに矢を射る敬宗を、高官たちは遠巻きに見ていた。

「常軌を逸していると先帝を諫めた者は、いつの間にか姿を消しました。隠密裏に処分されたのです。身を守るため、みなが口をつぐみました。……私もふくめて。もし、先帝が体調をくずされなかったら、荊棘奇案はもっとつづいていたでしょう」

囹都に荊棘が茂りはじめてしばらくたつと、敬宗は不調を訴えるようになった。最初は頭痛や発熱など、比較的かるい症状だったが、美凰の処刑がより残酷になるにつれて症状は重くなり、ついには多量の血を吐いて床に臥した。

敬宗は日に日に病み衰えていった。非馬公主の呪詛が玉体を損ねているのではないかと噂された。九宰八使は処刑をあきらめ、美凰を幽閉するように進言した。

「湯太宰の指示で兎狩りの件は記録されていません。ほかの処刑においても、湯太宰はご自分の発言を削除させせました。おそらくは、道心が怨心を打ち負かしたせいかと。

むごすぎる事件でしたので……。先帝のご病気に安堵《あんど》を覚えたほどに」

綾貴を見送ったあとも、天凱は朱筆を持つ気になれず沈思していた。

美凰が死にたがる理由はわかる。彼女は苛烈すぎる怨憎にさらされ、多くの傷を負いすぎた。際限のない惨苦から解放されたいと願うのは道理だろう。だからきっと、天凱は美凰を殺すべきなのだ。それが彼女にとっての、唯一の救いなら。

頭ではわかっているのに、心がその考えをかたくなに拒む。未練か。執着か。旧情の残り火か。名状しがたい情動がなんであれ、近いうちに決断せねばならないだろう。いまのままでは、美凰は天凱の死後も生きつづけることになる。天凱は敬宗のように美凰を虐げるつもりなどないが、次代の皇帝が敬宗の過ちをくりかえさない保証はない。彼女の、安全のためには、彼女を殺さなければ。

一方で、それが最善の道なのだろうかと疑ってしまう。美凰を救うためにできることは、彼女を殺すことだけなのか。ほかに道はないのだろうか。

「皇后さまがお会いになりたいそうですが、お通ししてよろしいですか？」

肘掛けにもたれて虚空を睨んでいると、貪狼が胡散臭い笑顔をむけてきた。

「甜点心《おかし》を作ったそうで。まあ、女官にでも作らせたんでしょう。ご公務中なのでとお断りしましたが、甜点心を受けとってもらうまで帰らないと粘ってます」

「菓子だけ受けとって追いかえせ。子守りをする気分じゃない」

天凱は長息して朱筆を手にとった。奏書をひらき、気取った筆跡を目で追う。

——もし、美凰が皇后だったら……。

詮無い考えが脳裏をかすめ、知らず自嘲の笑みがもれる。とうに断ち切られた縁に、いつまでも囚われていてはいけない。道は前方にあるのだ。背後ではなく。


「蒐官《しゅうかん》さま！」

黄昏《たそがれ》時である。安済房《あんせいぼう》を出た美凰は甲高い声に呼びとめられた。声のしたほうを見れば、家路を急ぐ人びとの群れから粗衣姿の少女が一目散に駆けてくる。

「どうか、どうかお助けください……！」

「いったいどうしたのだ？」

「父も母も、すっかり人が変わっちゃったんです！　無支奇《むしき》さまのために儀式を行うらしくて、大法師《だいほうし》さまがお命じになったことだから逆らえないって、あたし、力ずくで連れていかれそうになって、なんとか逃げてきたんですけど……」

混乱しているせいか、青ざめた唇から飛びだしてくる言葉は要領をえない。したたかに叩かれたらしく頬は腫れており、目もとは泣き腫らしたように赤くなっていた。

「追われているのだな？」

少女が背後を気にしながらうなずく。追っ手が迫っているのだろうか。

「場所をかえよう。ここでは落ちついて話せない」

人ごみできょろきょろしていた中年の男女がこちらを見た。逃げた羊を見つけたような面持ちでわき目もふらず駆けてくるので、美凰は少女を連れて小巷《ろじ》に入る。鬼火を出して握りつぶし、千々に乱れた青い火影をそこらじゅうにばらまく。飛び散った鬼火の塵は網目のようにからみあい、ふたりを目に見えない繭のなかに隠した。

「このなかにいれば安全だ。しばらく、彼らからは私たちが見えない」

美凰の背中に隠れた少女に一瞥すら投げず、中年の男女は足早にとおりすぎていく。

「順を追って話してくれ。そなたの両親は玆冥教《げんめいきょう》の信徒なのか?」

「最初はちがいました。父も母も淫祀《いんし》はきらいでしたから。でも、父が見鬼病に罹ってしまって……。野巫《やふ》に診てもらって一度は治ったんですけど、十日もたたずにまた感染したんです。すぐに野巫を呼んで駆鬼をしてもらいましたが、うまくいかず父は悪くなるばかりで……。野巫が自分には手に負えないっていうから、朝巫に診てもらおうとしたんですけど、朝巫は垂衣巷や青槐巷の患者を優先するから全然順番がまわってこないんです。賂も贈りましたが、あとまわしにされて……」

そうこうしているうちに母親も見鬼病で床に臥してしまった。

「父の病状は悪化するし、野巫は母にも匙を投げるし……このままじゃふたりとも死んじゃうと思ったから、調度や佩物《おびもの》を売って棐山水を買いました」

「両親は助かったのか？」

「はい。棐山水を飲んだら、嘘みたいによくなりました」

でも、と少女の眉宇に暗雲がきざす。

「父も母も玆冥教の信徒になりました。それもかなり熱心な。うちは薬肆《くすりや》なんですけど、ふたりとも働かないで朧月観に毎日通っています。朝から晩まで道士さまと一緒に浄財集めに出かけて、寝るためだけに帰ってくるんです。以前はあんなに働き者だったのに、肆《みせ》にはよりつきもしません。しょうがないから、がんばってあたしひとりで切り盛りしていたんですが、家僕《げなん》に肆の銀子と生薬を持ち逃げされました」

両親が朧月観に多額の寄進をしたせいで、もとより家産はかたむいていた。

「あたらしく生薬を仕入れようにも、元手がなくてどうしようもありません。商売にならないから、使用人は全員いなくなりました。いまじゃ、あたしひとりです。毎日食べる片っ端からお銅銭《かね》にかえてしまったので、こんな襤褸を着るしかないし、衣はものにも事欠くありさまで、じきに肆を引きはらわないといけないんです。ここまで落ちぶれたのは玆冥教のせいなのに、父と母は大法師さまを玉皇大帝《ぎょっこうたいてい》みたいに崇拝しています。大法師さまが言うことはなんでも正しいって信じてるんです」

近いうちに、大法師が無支奇を祀る儀式を執り行うという。

「無支奇さまを祀るために生贄《いけにえ》が必要だから、あたしを捧げるんだって、父と母が言いだして……。あたしがいやだと言うと、無支奇さまに捧げられるのは一族の栄誉なのに、拒むなんて親不孝者だって、ものすごい形相で怒るんです。父と母のあんな鬼《ばけもの》じみた顔、はじめて見ました。見鬼病に罹る前はふたりともやさしくて、絶対怒鳴ったりしなかったのに、まるで別人です。今日はふたりしてあたしを殴って、縛りあげて強引に連れていこうとするから、隙を見て逃げだしてきたんです」

無支奇を祀る儀式は如霞から聞いて知っていたが、人間の生贄については初耳だ。

「数日前、幼なじみが両親に連れられて朧月観に行ったんですけど、あれきり戻ってきません。あの子の両親も見鬼病に罹って、栞山水で治ったんです。うちの父と母みたいに茲冥教に入れあげていました。両親の勧めで儀式に参列するって言ってたから……きっとあの子も生贄にされたんだと思います。あたし、行かないほうがいいって引きとめたんです。茲冥教の信徒は異様な目つきをしてるひとが多くて怖いし、道観のなかでなにをやってるかわからないから、危ないよって……」

幼なじみは両親に逆らうことができず、出かけていった。

「あのときはあたし、人間の生贄をつかうなんてことを知らなかったんです。儀式に出るだけだって言ってたから、気をつけてって言って送りだしてしまいました。もっと強く引きとめればよかった……。そうしていたら、あの子はまだ……」

少女の頬を涙の露が濡らしたとき、鬼火の繭が砕けて消えた。時間切れだ。

「あ、こちらにいらっしゃったんですか、貞公公《ていこうこう》」

小巷の暗がりにひょっこりと姿を見せたのは才雄だった。

「丘大人《きゅうたいじん》が捜していましたよ。なにやら相談が……。おや、そちらの姑娘《おじょうさん》は？」

美凰はかいつまんで事情を説明した。

「そういうことなら、安済房でおあずかりしましょうか」

「ありがたいが、気持ちだけでよい。安済房はただでさえ手いっぱいだ、そなたにも負担はかけられぬ。こちらは私のほうでなんとかしよう」

才雄と別れて、美凰は少女とともに小巷の途中から花影《かえい》に入った。あたりいっぱいにひろがる死人花《ひがんばな》をふしぎそうに見まわす少女を連れて、後宮へ急ぐ。寿鳳宮《じゅほうきゅう》のそばまで来たので花影から出ようとしたが、いつもとちがう気配を感じてためらった。鬼火を出し、揺らめく青い炎を透かして外の様子をうかがう。寿鳳宮の大門前には門衛がいるが、今日に限って彼らの姿はなく、代わりに白虎文の官服を着た長秋監《ちょうしゅうかん》の宦官たちが立ちはだかっている。みながみな武器を持ち、物々しい雰囲気だ。

何事か起きたのだろうかといぶかしみつつ、大門を素通りして直接、化粧殿《けわいどの》に出た。

「鹿鳴、この娘をあずかってくれ」

髪飾りの手入れをしていた鹿鳴に事情を話す。

「市井に置いておくのは危ないから、とりあえず寿鳳宮でかくまいたい。婢女《はしため》のお仕着せに着がえさせて、眉珠の配下ということにしておけば——」

「他人の心配をしている場合じゃありませんよ、皇太后さま」

美凰と少女を胡乱げに見やり、鹿鳴は金の飾り櫛を帛《ぬの》で拭く作業を再開した。

「寿鳳宮は封鎖されているんですよ」

「封鎖だと？　なんのために？」

鹿鳴は億劫そうに短く息をついた。氷雨《ひさめ》をあつめたような瞳で美凰を見る。

「一問一答したくないので、まとめてお答えします。口をはさまずにお聞きください。第一、主上が毒を盛られてお倒れになりました。第二、重症で太医が治療にあたっています。第三、毒が盛られていたのは湯皇后が作ったという菓子です。第四、寿鳳宮から主上に盛られたものと同一の毒物が出ました。第五、皇城司の要請を受け、長秋監が寿鳳宮を封鎖しています。——以上です。なにかご質問があればどうぞ」

「主上はどちらに？」

「金鑾殿《きんらんでん》の臥室《しんしつ》です」

美凰はひらりと身をひるがえす。背後で鹿鳴のため息が響いた。

花影をとおって金鑾殿——昊極殿《こうきょくでん》の臥室に入る。太医が席を外していることは確認ずみだ。そばにいるはずの貪狼《たんろう》がいないので勝手に奥へ進む。花鳥文が浮かびあがる玻璃宮灯《はりきゅうとう》の滴りを踏みながら牀榻《しんだい》に歩みより、錦の床帳《とばり》をそっとひらいた。

まず気づいたのは、牀榻内のあかるさだ。枕もとに書几《ふづくえ》があり、古銅の書灯《しょとう》が置いてある。几上《きじょう》には硯《すずり》や筆牀《ふでどこ》などの書具がそろっている。そしてなぜか夜着姿の天凱が書几のまえに跪坐《せいざ》していた。せっせと書き物をしているらしい。

「なにをしているのだ」

うわあ、と頓狂な声をあげ、天凱は脅かされた仔犬のように飛びあがった。

「毒を盛られて重症と聞いたが、どうして起きている？　寝ていないとだめじゃないか。こんなときくらい、政務はやすんで……」

几上からひらりと落ちた竹紙《ちくし》を手にとる。

「ほう、厲鬼を描いていたのか？　ずいぶん迫力のある筆致だな。いや、そんなことはどうでもいい。具合はどうだ。起きていても平気なのか？」

「……ええと、ああ」

天凱は目を白黒させている。しどろもどろになっているのが彼らしくもない。

「様子が変だぞ。熱でもあるんじゃないのか？」

ひたいにふれようとすると、天凱はひゃあと奇妙な声をあげてあとずさった。

「やはりおかしい。もしかしてそなた、鬼《ばけもの》に憑依されているのではあるまいな」

「えっ……ち、ちがうぞ」

「憑依されている者はいつもそう言う。身体に鬼門がないか調べてやる。脱げ」

「い、いやだ」

「いやだじゃない。自分で脱がないなら私が脱がせるぞ」

夜着の領《えり》をつかんで左右にひらこうとすると、天凱は顔を真っ赤にして抵抗する。

「そなたの裸は童子のころに見ている。いまさら恥ずかしがる必要はないだろう」

「やめてよぉ」

「なんだ、その情けない声は。よほど女々しい鬼が憑いているらしいな」

じたばたする天凱の帯を引っ張ったとき、背後で押し殺した笑い声が聞こえた。反射的にふりかえり、美凰はまなじりが裂けんばかりに目を見ひらく。

「……どういうことだ？　なぜふたりも……」

玻璃宮灯が照らす薄明かりのなかにいる青年は――蒐官姿の司馬天凱。

「天凱！　助けて！」

夜着姿の天凱は牀榻を飛びだした。そそくさと蒐官姿の天凱のうしろに身を隠す。

「このひとがおれの服を無理やり脱がそうとするんだっ」

「巫山神女《ふざんしんにょ》に寝込みを襲われたか。運のいいやつめ」

「よくない！　怖い顔で迫ってくるんだ。きっと悪いやつだぞ」

夜着姿の天凱は涙目になっている。姿かたちや声音は天凱そっくりなのに、言動はあどけない少年のようだ。ふたりをじっくりと見比べて、ようやく合点《がてん》がいった。

「そなたの影か。それならそうと早く言え」

考えてみれば、天凱はしょっちゅう皇宮から出かけているのだから、留守中に皇帝の代わりをつとめる者がいるはずだ。

「声をかけそびれたんだ。あなたが蒼梧《そうご》を襲いはじめたからな」

天凱は肩を揺らして笑っている。美凰はいかにも壮健そうな彼のおもてを睨んだ。

「毒を盛られたのではなかったのか」

「盛られたぞ。蒼梧が毒味して気づいた」

天凱の影——蒼梧は毒味役も兼ねているらしい。

「そなたは無事なのだな?」

「見てのとおりだ」

ならばよい、と美凰は愁眉をひらいた。

「心配して駆けつけてくれたのか」

「皇上が毒を盛られたと聞けば、だれだって心配になるだろう。なぜ無事だと公表しなかったのだ？　菓子を食べる前に気づいたのに」

「黒幕を油断させるためだ。回避したことは伏せて、あえて重症と発表した」

長秋監に寿鳳宮を封鎖させたのも、天凱が重症であることを裏づけるため。

「黒幕……ということは湯皇后が毒を盛ったわけではないのか？」

「長秋監に調べさせたが、湯皇后付きの女官が皇后の目を盗んで菓子に毒を混ぜたと白状したそうだ。あなたに命じられてやったことだと」

「私は命じていない」

「だろうな。あなたと不仲だった湯皇后手製の菓子に毒が盛られ、女官が犯行を自白し、寿鳳宮から同一の毒物が出てくるなど、できすぎだ。おおかた、あなたを首謀者に仕立てあげるための奸計だろう。問題はだれが絵図を描いたのかということだ。いまから女官の鞫訊《とりしらべ》に立ち会うから、この件はあとで話そう」

鏡殿に入ろうとした天凱を引きとめるまで、しばしの間があった。

「私も行く」

「女官が勾留されているのは皇城司だぞ」

「わかっている」

つとめて平常心を保とうとするものの、かえって声が震えてしまう。

荊棘奇案中、美凰は皇城司の監獄、天牢《てんろう》に閉じこめられていた。そこで起きたことは忘れようとしても忘れられない。あの場所は美凰からあらゆるものを奪い、あらゆるものを与えた。できることならもう二度と、足を踏み入れたくない。

しかし、これはつとめだ。禁大夫代行の責務なのだ。

「私は大丈夫だ。それより女官の……」

かたく強張った両肩をなにかがふうわりと包んだ。かすかに沈香のにおいがする紺《こん》碧《ぺき》の上衣《うわぎ》は、いましがたまで天凱が身にまとっていたもの。

「あなたは薄着すぎる」

天凱の頰に木漏れ日のような微笑がにじんだ。

「もうすこし着込んでおくべきだ。夜は冷えるぞ」

「……冷えてもかまわぬ。どうせ感冒《かぜ》ひとつひかぬのだから」

「病を得ぬからといって、自分をおろそかにするな。あなたの身体は大切なものだ」

「馬鹿なことを言う。私の身体など……」

天凱がこちらに手をのばしてきたので、つづく言葉が行き場を失った。思わず身がまえてしまうのは、荊棘奇案の記憶が美凰を鼠のように怯えさせるからだ。

「あなたの身体は大切なものだ」

美凰に着せかけた上衣の領《えり》を搔《か》き合わせ、天凱はおなじ台詞《せりふ》をくりかえした。

「粗末にはしないでくれ。頼む」

なにか言おうとしたけれど、ひりつく声はかたちをなさない。

「女官の鞫訊は俺が引き受けるから、あなたは件の娘の両親を調べろ。なぜ知っていると言いたげだな。さっき、晟烏鏡で見たんだ。見鬼病が治ってから父も母も人が変わってしまった、と娘が言っていたのが気にかかる。棐山水で治癒した者はもれなく茲冥教の熱心な信徒になっているが、単なる信心だけが理由とは思われない。人が変わってしまったという両親を取り調べて、不審な点があれば知らせてくれ」

「なんだよ、あいつ」

ふたたび花影に入ると、くわえ煙管の高牙が待ちかまえていた。

「おまえを走狗《いぬ》みたいにこき使いやがって。調べたいことがあるなら自分で調べやがれってんだよ。おい美凰、おまえがほいほい言うこと聞くから、やつがつけあがるんだぞ。てめえでやれよ腐れ皇帝って、たまにはずばっと言ってやれ」

忌ま忌ましそうに紫煙を吐く高牙のとなりで、美凰は紺碧の上衣に袖をとおした。寸法が大きすぎて、袖口から手を出すのに苦労する。

――体よく追い払われてしまった。

宋祥妃を追い払ったのとおなじ要領で、今度は美凰が追い払われた。けれど、悪い気はしない。深い安堵がかすかな沈香のにおいとともに美凰を包んでいる。

「ずいぶん道士が増えたな……」

美凰は大路をねり歩く藍鉄《あいてつ》色の集団を見やった。玆冥教の道士たちは日に日に増えていく。それだけ出家する者が多いということだ。彼らは錫杖《しゃくじょう》を鳴らしながらくぐもった声で経文をとなえ、ときおり奇声を張りあげて、末世の苦しみを叫ぶ。

「京師には妖魔が跋扈し、病人があふれ、墓穴には骨壺《こつつぼ》が投げこまれる。濁世の終わりはすぐそこまで来ている。生き残りたくば無支奇さまを崇めよ。無支奇さまに救いを求めよ。衆生をお救いくださるのは天ではない、棐山《ひざん》におわす無支奇さまのみ」

ろくに明かりも持たずに暗がりを這っていく道士の行列に不安げな一瞥を投げ、人びとは帰路を急ぐ。なかには道士たちに駆けよる者もいた。棐山水はまだあるのか、銭十貫で売ってくれるのかと、血相を変えてつめよっている。

「いい気なもんだぜ。ただの符水でぼろ儲《もう》けとはよ」

人の姿で美凰のそばに立つ高牙がうっとうしそうに紫煙を吐いた。

「で、どうする？　薬肆の娘の両親なんか、どうやって捜すんだ？」

「まずはあの行列のなかから捜してみよう」

美凰は懐から黄麻紙の包みをとりだした。ひらけば黒髪が数本出てくる。

「薬肆の娘の髪だ。すこし失敬してきた」

「けっ、俺は狗じゃねえんだぞ」

高牙は黒い糸のような髪をくわえて跳躍した。その脚力は人のものではない。空中に飛びあがるや否や、漆黒の妖虎に変化して薄闇を駆けていく。美凰が小声で呪をとなえれば、黒煙のごとき毛皮をまとった妖虎は人の目に映らなくなる。寸刻もしないうちに戻ってきた高牙が首を横にふった。どうやらここにはいないらしい。金練巷《きんれんこう》、嘉卉巷《かきこう》、青槐巷《せいかいこう》。それぞれの坊肆でねり歩く道士集団を調べて娘の両親を捜したが、高牙は手ぶらで戻ってくる。ようやく高牙が目当ての獲物をくわえて戻ってきたのは、垂衣巷《すいいこう》でのことだった。

「ほらよ、こいつらだ」

高牙は獰猛《どうもう》な口にくわえていた道袍姿の中年の男女をぽんと地面にほうった。ふたりが逃げだす前に、美凰は彼らを花影に引きずりこむ。いきなり死人花に彩られた園路にほうりだされ、男女の道士はうろたえてきょろきょろした。美凰は鬼火を放ち、ふたりをぐるりとかこむ。呪をとなえつづければ、鬼火はどんどん勢いを増し、娘の両親と美凰のあいだに青々と燃えさかる火柱をつくりあげる。

火柱に手のひらを押しあてると、そこを起点にして青い炎が薄れていく。やがて薄氷のような鬼火を透かして、なかの様子が見られるようになる。

「なんだよ、あいつら……」

鬼火のむこうで蠢く全身を鱗に覆われた化け物。人面に人の手足を持つ陸魚《りくぎょ》に似ているが、四肢の長さも数もふぞろいだ。陸魚になりきれない低級の妖魔だろう。

「別人のように、というのは言いえて妙だ。軀《うつわ》はおなじでも、魂魄《なかみ》は全然ちがう」

「すりかえられてるってのか？　もとの魂魄はどこに行ったんだよ？」

「朧月観に閉じこめられてるのさ」

色めいた声に背を叩かれた。乱れ髪をととのえながら如霞がこちらに歩いてくる。

「明晩、無支奇さまを祀る儀式をやるんだとさ。その儀式で人魂《ひとだま》をつかうんだよ」

「生贄が集められていると聞いたが？」

「ああ、そうらしい。人魂だけでなく、若い娘の生き血も大量に必要なんだと。そこらで集めてきた娘たちを地下牢に隠しているみたいだ」

「助けだせそうか」

「難しそうだねえ。近くまでは行ったんだけど、娘たちが入っている獄舎のまわりに水の牆《かきね》がはりめぐらされていて、なかに入れないのよ。どうもその水が強力な符水らしくてさ、さわるとやけどしちまうんだよ」

「水の牆か。それなら星羽に様子を見てきてもらおう」

「ええっ、ぼくが？」

星羽が美凰の足もとからぴょんと飛びだしてきた。

「でも、やけどするんでしょう……？　ぼく、痛いのいやだよ」

「案ずるな。溺鬼はやけどしない」

不安そうに眉をひきしぼる星羽のまえにかがんで、美凰は小さな両手を握る。

「たいへんな役目だが、勇敢なそなたならできるはずだ。そうだろう?」

すこしくためらって、星羽はうなずいた。

「星羽を案内してやってくれ、如霞。娘たちを花影に避難させる」


曇天である。厚く重い雲が坊肆《まち》にのしかかり、ほの暗い街並みには死のにおいがこびりついている。火葬場が間断なく吐きだす黒い煙は風に運ばれ、道行くひとの裾にからみつく。その汚れた手で黄泉路《よみじ》へ引きずりこもうとするかのように。

「大耀《このくに》は呪われておる」

朧月観の広場に、老道士のしわがれた声が響きわたった。

「見よ！　あの煙を。亡骸を燃やす黒煙を。大路は柩を満載した太平車《たいへいしゃ》が巻きあげる土埃でけぶり、死肉からしたたる不浄のしずくがそちこちに沼をつくらんばかりだ。巷には厲鬼が跳梁跋扈し、墓地は真新しい土饅頭で覆いつくされ、汝らは祖父母を、父母を、妻や夫を、兄弟を、姉妹を、子女を喪い、己自身も死線をさまよった」

広場に集った信徒たちは陰鬱にぎらつく目で老道士をふりあおいでいる。

「哭泣《こっきゅう》の声は大きくなる一方だというに、朝廷は汝らのためになにをしてくれた？　ろくな霊力もない蒐官たちや朝野の巫師たちが右往左往していただけではないか」

「朝廷は俺たちを見捨てた！」

「蒐官がくれた護符は夫を守ってくれなかったわ！　あんなものは紙切れよ！」

「賦税を取りたてるばかりで、肝心なときに官府《おかみ》はわれらを助けてくれない！」

「主上が亜堯なんて嘘だ！　亜堯なら厲鬼をとっくに祓っているはずだろう！」

「主上のせいだ！　廃帝を重祚させたのが妖孽《わざわい》のもとだったのだ！」

信徒たちは口々に皇帝を罵りはじめる。老道士は静かな声で呼びかけた。

「みなの者、主上を責めてはいけない。主上は重祚なさって間もないのだ。ましてや、おそばに仕える高官たちは腐敗しきっており、物慣れぬ主上をお助け申しあげるどころか、私腹を肥やし、権力争いに血道をあげる始末。かような貪官汚吏が朝廷を牛耳っていては、いかな亜堯といえども、天下に聖徳をほどこすことはできまい」

「では、君側《くんそく》の奸《かん》をのぞきましょう！」

「天下蒼生を救うには主上のおそばから邪《よこしま》な者どもを排除せねばならない。しかし、それだけではだめなのだ。皇宮に巣くう、忌まわしい鬼女を始末しなければ」

「皇太后劉嫋だ！」

だれかが叫び、信徒たちがどよめいた。老道士は神妙な面持ちを天に向ける。

「悪名高き凶后は百万以上の無辜の民を己の陰惨な楽しみのために殺戮《さつりく》した。凶后の爪痕がいまだ生々しく残っておるのに、劉嫋はおめおめと皇宮に舞いもどり、ふてぶてしくも皇太后の鳳冠までいただいた。これが過ちでなくてなんであろうか？」

「廃妃劉氏が皇宮に戻ったのは、凶后の怨霊を鎮めるためではなかったのですか」

「それこそが計略であったのだ。劉嫋は鬼道を用いて凶后の怨霊が厲鬼を放ったかのように細工し、怨霊を鎮めるため主上が劉嫋を皇宮に迎え入れるよう仕向けた。霊台は欺かれ、主上も操られたのだ。その証拠に、凶后の怨霊が放ったという厲鬼は衰えるどころか、いっそう猛威をふるい、罪なき士民を殺めつづけている」

そのとおりだ、と信徒たちはうなずきあう。

「狡猾《こうかつ》な劉嫋は分不相応な位を得たばかりでなく、凶后から受け継いだ力で皇后さまを脅かして後宮を恐慌せしめた。そして昨日、恐れていたことが起きた。禁中におわす主上が劉嫋に毒を盛られ、お倒れになったのだ。太医たちが手を尽くしておるが、主上はいまも重篤でいらっしゃる。もし万一、主上がお隠れになったら、大耀はどうなるのだ！　主上には御子がいらっしゃらず、玉座にふさわしい皇族もおられないというのに、いったいどなたの晟烏鏡が天下を照らしてくださるのだ！」

恐ろしい、と婦人たちがつぶやく。

「主上を弑したのち、劉嫋は玉座を乗っとり、天下に君臨するだろう。おぞましい妖鬼どもを操ってわれらを虐げ、歯向かう者を容赦なく嬲《なぶ》り殺しにするだろう。みなの者よ、かような非道を許してよいのか。第二の凶后の誕生を、手をこまねいて見ているつもりか。この国を、われらの未来を邪悪な鬼女に明けわたすというのか！」

信徒たちの怒号が血しぶきをあげんばかりの勢いであちこちからほとばしる。

「皇太后を殺せ！」

「劉嫋を八つ裂きにしろ！」

「凶后の血を根絶やしにしなければ！」

信徒たちはかわるがわるに気炎をあげ、広場は滾るような熱気に包まれた。

「しかしながら劉嫋は封印されておる。それがゆえに八つ裂きにしても死なぬ」

「封印を解けばいい！」

「解くべきだ！　解印して処刑しろ！」

「劉嫋にほどこされた景蝶の封印を解くことができるのは、主上だけだ」

「主上に奏上すべきです！　封印を解いて、今度こそ確実に劉嫋を処刑せよと！」

「事は一刻を争う。急がねば、劉嫋が主上にとどめを刺すやもしれぬぞ」

「みなで府寺《やくしょ》に訴えよう！　皇太后を始末しなければ大耀が危ない！」

「劉嫋から天下を守れ！　さもないと凶后時代の再来だ！」

けたたましく足を踏み鳴らし、信者たちは猛然と朧月観を出ていく。その長い行列は厲鬼に怯える士民をとりこみながらふくれあがっていった。だれもみな、恐怖や不安を種火にして激憤を燃やし、「皇太后を殺せ！」と口々に叫ぶ。熱狂する群衆は怒れる大蛇のごとく街路をねり歩き、破竹の勢いで府寺の門前につめかけた。

「劉嫋を解印しろ！」

鼎の沸くような人いきれに、下吏《かり》たちはなすすべもなくのみこまれる。小門《わきもん》から侵入した信徒が大門の扉をひらくと、暴徒は濁流のごとく府寺に雪崩《なだ》れこんだ。

混乱の坩堝《るつぼ》と化す坊肆《まち》を、彼は朧月観にそびえる高楼の屋脊《むね》から見おろしていた。たれこめる黒雲の下、水銀色の道袍《どうほう》が風にはためき、髻にいただいた道冠《どうかん》が遠雷を弾いて鈍く光る。ととのった顔貌をごく薄くわななかせ、彼は眼下の情景を嗤う。

暴動は皇宮にまで押しよせるだろう。高官たちはこれまで以上に口をきわめて解印を進言するだろう。よろずの官民が廃妃劉氏の処刑を迫るだろう。

景蝶の軛《くびき》を外れた劉美凰――その禔華《ちから》が大耀を焼き滅ぼすとも知らずに。


「湯皇后の女官はあなたに命じられて毒を盛ったと呪文のようにくりかえしていた」

天凱は玉案《つくえ》に寄りかかり、手もとの文書に目を落とした。

「ほかの質問をしてもおなじ答えだ。まるでその台詞以外の言葉を忘れてしまったかのように、あなたに命じられたとしか言わない。妙だと思って調べたら瘴痕がある」

「厲鬼が憑依していたのか？」

美凰の問いに、天凱は「蠱《むし》だ」と答えた。同時に虚空からころりと小さな方形のものが落ちる。それは手のひら大の檻だった。閉じこめられているのは鼠だ。赤と黒がまだらになった毛並みから、腐肉のような臭気がたちのぼる。

「鼠蠱《そこ》に操られ、女官は湯皇后の菓子に毒を盛り、虚偽の自白をした」

「盛られていた毒というのは？」

「女官の——鼠蠱の血だ。蒼梧がまずいと言って吐きだしたのでわかった」

蠱の血は人を害す。口にしていたら、天凱は蠱病《こびょう》に罹っていただろう。

「解蠱薬《かいこやく》を飲ませて鼠蠱を吐きださせたら女官は正気に戻ったが、一連の騒動を覚えていなかった。いちばんあたらしい記憶は遊廊《わたりろうか》で人とぶつかったところまでだ」

「ぶつかった相手のことは？」

「男か女かもわからないそうだ。腐った肉のにおいがしたことだけを覚えていた。おそらく、鼠蠱のにおいだろう。あまり上等な鼠蠱ではないが……」

「鼠蠱ではなく、厲鬼のにおいではないか？」

美凰は小さな檻のそばにかがみこんだ。天凱が止める間もなく、檻のなかに指をさしいれる。まだら模様の鼠は白い指先に喰らいつき、肉を喰いちぎった。

「造蠱《ぞうこ》には蠱師《こし》の生き血を用いることがある。たしかに上等な鼠蠱ではないが、強い怨念がこもっている。この怨念の臭気は厲鬼の頭目が残した血のそれと瓜ふたつだ」

墨でも拭きとるように、指先からしたたる鮮血を手巾で拭く。

「鼠蠱をつくったのは厲鬼本人だろう。蠱術《こじゅつ》の経験は浅い。怨憎の強さがけたはずれなので、その力を頼んでつくった蠱だな。生け捕りにしたのは正解だ。こいつの血をつかえば、これを生みだした蠱師――つまりは厲鬼の頭目をあぶりだせる」

眉珠を襲った厲鬼の血はすぐに消えたので、血を保存できなかったとぶつぶつ言いながら、美凰は血のついた手巾を檻にかぶせた。手巾の上から手のひらをのせ、呪をとなえる。檻のなかで鼠蠱が悲鳴をあげた。もんどり打ってもがき苦しみ、天井を覆った手巾にむかって血を吐く。真っ赤に染まった手巾を、美凰は丁寧に四つ折りにした。今度はそれを両手で挟み、呪をとなえながらぱっと手を離す。やにわに飛びたったのは炎であぶったような紅蓮の蝴蝶。花びらに似た翅をひらめかせ、ひらりひらりと頭上を舞う。美凰が印を結ぶと、吹き消された燭火《しょっか》のように姿を消した。

「蠱師《こし》のねぐらまで案内してくれるのか？」

「ねぐらというより、よどみだ。厲鬼の気配がよどんでいる場所を見つけてくる」

場所を覚えて戻ってくるので、追いかける必要はないという。

「宋祥妃に調べさせたが、妖魔に襲われた覚えのない患者は、発症の十日前に見鬼病から快復した知人や親族と会っていた。彼らはいずれも桀山水で治癒した者だ」

「快復者が感染をひろげている？」

「とはいえぬ。桀山水で治癒した者の魂魄は低級の鬼にすりかえられているゆえ」

見鬼病に効果覿面の霊水、魂魄をすりかえられた治癒者と、彼らによるあらたな感染。茲冥教が見鬼病の仕掛人であると見てまちがいないだろう。

「そなた、死亡者の名簿を作っていると言っていたな？　できたのか」

「ああ、これだ」

天凱は文書を手渡した。楮紙《こうぞがみ》を束ねたその書面には金練巷《きんれんこう》、嘉卉巷《かきこう》、青槐巷《せいかいこう》、垂衣巷《すいいこう》から出た死者の姓名と性別、年齢などが簡潔に書きつらねられている。

「土地柄、いわゆる良家の人間がほとんどだ。女よりは男が多く、童子《こども》よりは壮丁《おとな》が多く、武官よりは文官が多い」

「男ほどではないとはいえ、女人もすくなくないのだな」

「女人の場合、ふしぎと人妻や寡婦はいない。全員、未婚の令嬢だ。発症から死までの日数は五日から八日で、草竄巷の窮民よりかなり早い」

「書生も多いな」

「大半が挙人《きょじん》以上だ。落第生は極端にすくない」

挙人とは科挙の第一試験、解試《かいし》に及第した者をいう。

「文官は官位が高ければ高いほど、発症から死までの日数が短い。書生も同様だ。挙人よりも貢士《こうし》が、貢士よりも進士《しんし》がより早く死んでいる」

貢士は科挙の第二試験、省試《しょうし》の及第者。進士は最終試験、殿試《でんし》の及第者である。

「未婚の令嬢、挙人以上の書生、高位の文官……これらの共通点は」

「科挙じゃないか？　高位の文官はもれなく進士だし、未婚の令嬢は挙人、貢士、進士と縁づくことが多い」

なるほど、とうなずきつつ、美凰は険しいまなざしで文字を追いかけていく。

「頭数だけで見ると、湯家が突出しているな。この三月で五十名も死んでいる」

「湯家は進士を多数輩出しているからな。厲鬼の怨みの根源が科挙にあるとすれば、湯家のような権門から死者が続出するのも当然のなりゆきだ」

「……そう……だな」

白い眉間に剣呑《けんのん》な色がにじむ。どうかしたのかと尋ねかけたとき、美凰の足もとで水音がした。ややあって、三つか四つの童子が彼女の翳から飛びだしてくる。

「ただいま！」

どんぐりまなこの童子はぴょんぴょんと飛びはねた。

「おかえり。朧月観はどうだった？　なかに入れたか？」

「うん！　如霞が言ってたとおりだった。地下牢に女の人たちがいっぱい閉じこめられてたから、牢屋《ろうや》から逃がして花影に連れていったよ。空っぽの牢屋には、女の人たちを逃がしたことがばれないように、美凰が持たせてくれた紙人《ひとがた》を置いてきた」

「でかしたぞ、星羽。そなたは頼りになるな」

えへへ、と星羽はにかんで胸をそらした。

「あっ、そうだ。地下牢のずーっと奥のほうに金魚がいっぱいいたよ！　こーんな大きなお部屋でね、天井から金魚鉢がたくさんぶらさがってて、赤や黄色や青や、いろんな色の金魚が泳いでいたの。灯籠みたいでとってもきれいだったよ」

「あれのどこがきれいなもんかね。あたしは気色悪いと思ったよ」

星羽のとなりにふっとあらわれたのは、豊満な美女である。

「金魚だろうがなんだろうが、頭のうえに魚がうようよいるのは不気味だね」

「如霞はお魚がきらいだもんね」

「大きらいさ。やつら、まともな一物を持ってないからね」

「おい、好色老婆子《ばばあ》。こんなところで一物の話なんかするな」

やはり美凰の翳から出てきた高牙が煙管をくわえたまま如霞を睨む。

「こんなところってどこ……ああ、檀郎《いろおとこ》の部屋だったか。妬《や》かないでおくれよ、あたしの旦那。あたしはいろんな陽具《あれ》を知ってるけど、あんたの宝貝《それ》もなかなかの」

「だから陽具とか宝貝とかやめろって言ってるだろーが、狐狸精《あばずれ》老婆子！」

「老婆子老婆子うるさいよ！　猫並みの陽物しか持ってないくせに！」

「猫じゃねえよ！　虎だよ！」

「いいや、猫だね！　生まれたばかりの子猫だね！」

不毛な言い争いをする如霞と高牙を横目に、天凱は小首をかしげた。

「地下にいる金魚というのは、妖《あやかし》のたぐいか？」

「妖じゃないよ！　ぼく、金魚たちに訊いてみたもん。妖なの、って」

金魚たちは「ちがう」と答えたという。

「みんな、あそこに閉じこめられているみたい。すごく出たがってたから、出してあげようとしたけど、金魚鉢が封印されてて、ぼくじゃ開けられないんだ。しょうがないから、水だけ持って帰ってきたよ。美凰ならなにかわかるかもと思って」

星羽が両手で水をすくうしぐさをした。すると、小さなふたつの手のひらのあいだに水があらわれる。美凰は水面に手をかざし、呪を口ずさんだ。かざしていた手をぱっと離すと、石を投げこんだかのように勢いよく水面が砕け散る。微細なしずくが部屋中に散らばった。そして虚空でとまる。まるで時が死んだかのように。

つぎの瞬間、けたたましい絶叫が耳をつんざいた。罅割《ひびわ》れ、かすれ、獣じみているが、人のものだ。悲鳴のようにも、怒号のようにも、哀願のようにも聞こえる。

「金魚の軀《うつわ》に閉じこめられている魂魄の叫びだ」

美凰は飛び散ったしずくのひと粒を指先でつまんだ。

「信徒から抜きとられた魂魄か」

「そのようだ。棐山水は見鬼病を癒やす妙薬ではなく、魂魄を抜きとる秘薬だったのだろう。魂魄はいまも、見鬼病に苦しんでいる。人の軀がないから死ぬこともできず、永劫《えいごう》の病苦の最中で恐怖と激痛を味わいつづけ、怨霊と化しつつある」

「おい待てよ。朧月観は怨霊をつくってたってことかよ？」

「目的はわからぬが、わざわざ抜きとった魂魄を保管しているところから見て、そうだろうな。魂魄を喰らうのが目的なら、とっくになくなっているはずだから」

「怨霊を集めているとなると厄介だな……。この三月で急激に死者が増え、陰の気が強まっている。これ以上、陰の気が増えれば、鬼どもがいっそう活発になるぞ」

「そうなる前に厲鬼を仕留めねば。まだ確証はないが、私が思うに――」

美凰が何事か言いかけたとき、部屋に駆けこんでくる足音があった。

「主上！　たいへんですよ、主上！」

あわてふためいて駆けてきたのは貪狼である。

「九宰八使およびもろもろの高官が謁見を求めて昊極殿《こうきょくでん》につめかけてきました。主上は臥せっていらっしゃると言って追いかえそうとしましたが、お目通りがかなうまでは一歩も動かぬと居座っており、ほとほと困り果てております」

「いったいなんの用件で騒いでいるんだ」

「一刻も早く景蝶の封印をとき、皇太后さまを処刑すべきだと申しています」

なんだと、と高牙が気色ばんだ。

「美凰は厲鬼祓いに骨を折ってるんだぞ。なんで処刑されなきゃならねえんだ」

「はあ、諸官は事情を知りませんので。そもそも昨日から城肆《まち》は大騒ぎなんですよ。各地の府寺に士民がつめかけて楼門が破られ、官房《しつむしつ》は荒らされるわ、金目のものは盗まれるわ、乱闘になって怪我人《けがにん》が出るわ、官吏たちはてんやわんやしております」

士民が美凰の処刑を求めて荒っぽい陳情に訪れていることは、すでに聞いている。

「府寺の騒ぎがもう朝廷にまで波及したか。やけに早いな」

手際がいい。はじめから筋書きがあったかのようだ。

「蒼梧に危篤のふりをさせ、連中をなだめておけ。解印どころではないと」

「それでおさまるでしょうか」

「おさめろ。俺はこれから城肆に出る」

視界の端で、美凰が空中に手をのばした。繊細な指先にどこからともなく紅蓮の蝴蝶が舞い降りる。けぶるような柳眉がすいとひそめられた。

「持ってきてもらいたいものがある」

美凰は高牙に用事を言いつけた。高牙はふっと姿を消し、寸刻後に合子《ごうす》を持って戻ってくる。美凰は合子の中身を調べて、小さく息をついた。

「天凱、そなたは城肆を鎮めよ。士民の暴動は陰の気に油をそそいでしまう。厲鬼以外の鬼どもが跳梁跋扈しはじめる前に擾乱《じょうらん》をおさめておかねば」

「厲鬼の頭目はあなたひとりで狩るつもりか」

「単に狩るのではない。仕留めるのだ」

荒々しい車輪が石敷きの地面を食《は》む。その耳障りな金属音を聞きながら、湯永巍《とうえいぎ》は軒車《くるま》に揺られていた。車内は漆を塗りこめたように暗い。時刻は深更に近づこうとしている。春の夜といえども、老骨には冷気が容赦なくしみいる。

入日以降は家門の外に出るなと府寺《やくしょ》がふれまわっているせいか、閑散とした大路には無言の闇が堆積していた。閉ざされた家門からもれる人びとの恐れがぐらぐらと煮えたち、夜陰を暗く焦がす。軒車は疾風のごとく垂衣巷の大路を駆ける。行先《いきさき》は外《がい》城《じょう》の西門だ。急がなければならない。一刻も早く外城のむこうへ行かなければ。

――いったいなぜ？

暗がりのなかで、永巍は気難しげに眉を引き絞った。なにゆえに自分はこうも急かされているのか、外城から出ようとしているのか、いまひとつ判然としない。

――妖魔が出るというのに。

いまや妖魔は冏都のいたるところに出没する。毎日だれかが襲われたらしい、だれかが高熱で倒れたらしいと噂を耳にしている。もはや、危険と無縁でいられる者などこの国には存在しない。草竄巷で暮らす窮民も、垂衣巷に豪邸をかまえる高官も、ひとしく赤目の妖魔に襲われて死の病にとり憑かれてしまう。

人びとが家門の内側で息を殺している時刻に、永巍は軒車を走らせている。いったいなんのためなのかわからぬまま、はやる気持ちだけはつのっていく。

軒車は一路、外城の城門を目指す。追いたてられる車輪がけたたましい軋り音をあげ、車内に閉じこめられた薄闇が激しく上下に揺れる。

卒然として、軒車がとまった。馬がいななき、随身たちが狼狽する。おのがじし言葉にならぬ声をほとばしらせ、ばたばたと複数の足音が遠ざかっていった。

何事だ、と窓紗《まどかけ》をめくりあげようとしたまさにそのとき。軒車の屋根になにかが飛び乗った。人の重さではない。軒車を押しつぶすほどの重量が人のものであるはずがない。山からさまよい出てきた野猿のたぐいにしては息遣いが不気味すぎる。それが呼吸をするたびに屋根が軋むのだ。みしりみしりと、歯ぎしりのように。

妖魔だ。死の病を運ぶ鬼にちがいない。こめかみが脈打ち、首筋を脂汗が伝う。懐に手を入れて護符を捜すが、うろたえる指は黄麻紙をつかめない。気づけば歯の根が合わないほど震えている。膝が笑い、ばらまいたように全身に粟《あわ》を生じた。

――逃げなければ。

痛いほどに脳裏で警鐘が鳴っているのに、身体は縮こまるばかりでみじんも動かない。焦燥で頭が焼き切れそうだ。歯ぎしりのような軋り音が間断なく降ってくる。じわりじわりと車内がひしゃげていくのがわかった。闇が押しつぶされ、鼓動がはねあがる。恐怖が満身を駆け、心の臓が喉から飛びだしそうになる。

軋り音が途絶えた。須臾《しゅゆ》ののち、強烈な破裂音が頭上で炸裂《さくれつ》する。腐肉をあぶるような臭気が髻を覆った。禍々しい息遣いがすぐそこまで迫り、なまぐさい唾《つばき》がぽたぽたとしたたってくる。とうに言葉は死んでいた。喉が壊れているせいだ。なすすべもなく震えることしかできない。これからなにが起こるか、わかっているのに。

屋根にぽっかり開いた穴から、黒々としたものがぬっとのびてくる。それは永巍の首を鷲掴《わしづか》みにし、車外に引きずりだした。そのまま妖魔が軒車から飛び降り、永巍は地面にほうりすてられる。骨という骨が砕け散ったかのように衝撃で息がつまった。おそるおそる視線をあげれば、火炉さながらの巨大な双眼が永巍を見おろしている。大猿のかたちをした醜怪な鬼は嘗《な》めまわすように永巍を眺め、にやりと嗤った。耳まで裂けた口から匕首のごとき牙がこぼれ、毒々しいほど赤い口腔が闇に浮かぶ。

妖魔はなにかを口にほうりこんだ。よく見ればそれは、永巍の右腕であった。咀嚼音とともに飛び散った鮮血が永巍にふりかかる。思わず顔をそむけると、今度は左腕を引きちぎられた。骨を噛み砕く音が響くや否や、永巍は地面に倒れこむ。

——ああ、そうか。

餓えた鉤爪に深々と腹をえぐられたとき、永巍はなにもかもを思い出した。

こういう手はずだったのだ。

彼は無我夢中で彼奴《きゃつ》の腸を喰らっていた。やわらかい肉を喰いちぎり、生血を喉奥に流しこむたび、脳髄が痺《しび》れるような喜悦を味わう。

――やっと……！　やっとだ……！

この日をどれだけ待ちわびたことか。彼奴のおかげでどれだけ辛酸を嘗め、艱難《かんなん》に耐えてきたことか。とうとう苦労が報われた。積年の怨みを晴らすことができた。夜な夜な夢にまで見てきたことを、ようやく実現できたのだ。

得も言われぬ陶酔が胸に満ち、彼は血まみれの口まわりを舌で舐《ねぶ》った。彼奴の肉は蜜で煮た肥肉のようで、血の一滴一滴は薫り高き旨酒のようだ。貪っても貪っても足りない。小枝のごとく骨を噛み砕き、石敷きの地面に飛び散った血糊をすする。

「復讐の味は甘いか」

玲瓏たる声音が暗がりを震わせた。彼はぎょっとして首をめぐらす。焼け落ちる残陽のような目玉を動かし、四方に迫る夜陰に視線を這わせる。

「私はここだ、湯大人《とうたいじん》」

半壊した軒車の屋根に細身の人影があった。檳榔子染《びんろうじぞめ》の襦衣《ころも》に刺繍された文様は饕餮。卓抜した巫覡の才を見いだされて禁台《えいだい》の長を任されたという少年菟官、貞企《ていき》。才《さい》雄《ゆう》をだれよりも苛立たせるその人物は弓張り月を背にこちらを見おろしていた。

「そなた、厲鬼の血を飲んだのであろう」

抑揚に乏しい声が夜の絃《げん》を爪弾く。

「どうりで腐臭がするはずだ。妖気に毒されて、肉叢《ししむら》が腐っている。白雄黄《はくゆうおう》の膏薬でごまかしていたようだが、ここまで腐爛《ふらん》が進んでいては、もはや隠しきれまい」

それがどうした、と才雄は言いかえした。否、言いかえしたつもりだった。実際には言葉ではなく、夜陰を粉々に打ち砕く妖物の唸り声がほとばしった。

「そなたに厲鬼の血を与えたのは大法師か？」

ほかにだれがいるというのだろう。才雄を理解してくれる者が。

――大法師さまと出会わなければ、私はできそこないのままだった。

生まれつき愚鈍だった。著名な鴻儒《せんせい》に師事してもいっかな経書を覚えられず、書画はてんでものにならず、琴棋を学べども身につかず、およそ士大夫の素養というものがまったくなかった。当初、祖父は物覚えが悪い孫を一人前にしようと躍起になってきびしく叱責していたが、期待はみるみるしぼみ、父親は麒麟児《きりんじ》であったのにと、ため息をつくばかりになった。祖父に見放された才雄は親族から鴻毛《こうもう》のごとく軽んじられた。一族の恥だ、湯氏はじまって以来の愚物だと、みなが公然と侮蔑した。

側仕えの奴婢にも「湯家のごくつぶし」と罵られる始末だったが、才雄にはかえす言葉もなかった。多くの権官を輩出してきた湯家において、解試《かいし》にさえ及第できない鈍才は、生きている値打ちすらない恥ずべき存在なのだった。湯家の汚点らしく、才雄は間抜けな亀のように首を縮めて生きてきた。毎日食事をするときも、衣を着がえるときも、湯浴みをするときも、寝床に入るときですら、祖父に見捨てられた役立たずが分不相応にもひとなみのことをしていると罪悪感にさいなまれた。

「おまえに正途《せいと》は無理だ。武芸もからきしなのだから、あきらめて朝巫になれ」

科挙に及第して官途につくことを正途という。幾人もの鴻儒があまりに暗愚な弟子に匙を投げたので、祖父は受験勉強をやめて朝巫になれと才雄に命じた。朝巫はいちおう官人だが、進士や挙人でなくてもよいことになっている。文科挙や武科挙に及第せずに朝廷に仕えるには、巫覡の徒になるしかないということだった。

才雄は祖父に従った。巫覡の才などなかったが、祖父が霊台に口利きしてくれた。朝巫になってからは懸命に巫術を学んだ。だれかの役に立ちたかった。一族に認められる働きをしたかった。だが、経書を神書に持ちかえたところで結果はおなじだった。霊台でも才雄は木偶《でく》の坊《ぼう》と嘲笑われた。どこに行っても無能をさらしてしまう自分にいやけがさしていたころ、祖父が才雄に縁談を持ってきた。思いがけないことに驚いたが、同時に欣喜雀躍《きんきじゃくやく》した。才雄もひとなみに妻を娶ることができるのだ。しかも相手は深窓の令嬢で、沈魚落雁《ちんぎょらくがん》と評判の美姫だった。さっそく婚約した。天女のごとき許嫁の姿絵を眺めながら、才雄は輿入れの日をいまかいまかと待ちわびた。

待ち望んだ輿入れの日は、やってこなかった。許嫁が才雄に嫁ぐことを拒んで、恋人と駆け落ちしたのである。茫然自失《ぼうぜんじしつ》した才雄は祖父に譴責された。おまえがとんだ空《うつ》け者であるばかりに、湯家は幾度も赤恥をかかされている。こたびもせっかく苦労して良縁をととのえてやったのに、土壇場で許嫁に逃げられるとは、末代までの恥だ。もう金輪際おまえの面倒は見ない。後罩房《はなれ》で暮らせ、と正房《おもや》を追いだされた。本来、後罩房は婢僕《めしつかい》が起き臥しする場所である。才雄はとうとう祖父に切り捨てられ、嫡子でありながら婢僕同然の待遇にまで落とされてしまった。

失意の淵に落ちた才雄は毒薬を買い求めた。死ぬためである。しかし、実際に毒薬を手にとってみるとなかなか飲む決心がつかない。中途半端な気持ちを引きずって坊肆《まち》をさまよっていたとき、才雄は出逢《であ》ったのだ。この世のすべてを知る大法師に。

大法師は才雄の絶望を理解してくれた。親族も世人もおまえを誤解している、おまえにはとてつもない力が内在しているのに、まるで気づいていないと。

「おまえ自身も知らぬのだ。おまえのほんとうの姿を」

できそこない、ごくつぶし、木偶の坊。それらは才雄の仮の姿だというのだ。

「毒をあおるくらいなら、これを飲むがよい。厲鬼の喉笛からほとばしった生血だ。おまえのなかに眠っている力を呼び覚ましてくれる」

大法師がさしだした小瓶には、鬼火を水にしたような不気味に光る液体が閉じこめられていた。才雄はおそるおそるそれを受けとり、ひと思いに喉に流しこんだ。

その後は夢を見ているかのようだった。才雄は夜な夜な妖魔に姿を変え、人を襲った。人びとは才雄を恐れ、逃げ惑った。才雄がふりかざす鉤爪やむき出しにする牙に対し、彼らは憐れなほどに非力であった。才雄に襲われた者は例外なく病の床に臥した。病苦にもだえながら面白いようにばたばたと死ぬ。患者の魂魄は夜ごと才雄の配下となって城肆を飛びまわり、どんどん感染をひろげていく。もはや、才雄は湯家の落ちこぼれではなかった。冏都を恐慌せしめる、強大な鬼神となり果てたのだ。

人を襲えば襲うほど、力が漲るのを感じた。はじめは軒轅が弱い区域の人間を狙っていたが、妖気が強まるにつれて、金練巷《きんれんこう》、嘉卉巷《かきこう》、青槐巷《せいかいこう》と、徐々に強力な軒轅を破って狩場をひろげていった。いままでさんざん自分を見下した連中に復讐するときがきたのだ。才雄を愚図と嘲笑った武官、ごくつぶしに娘はやれないと言った商人、才雄の答案を貼りだして笑いものにした書生、才雄を裏切った許嫁。いや、直接の被害がなくても、才雄が得られなかったものを手にしている者は全員死ぬべきだ。進士や挙人、高位高官。有能と称賛され、将来を嘱望されている輩《やから》。とりわけ怨めしく呪わしいのは、才雄を湯家の恥と蔑み、一族から切り捨てた冷酷非情な親族ども。

――そうだ、祖父のことだ。

才雄は祖父を尊敬していた。祖父のような社稷《しゃしょく》の臣《しん》になりたいと願った。祖父の期待にこたえようと努力した。だがしかし、才雄は学問が不得手だった。才覚に恵まれていなかった。それでも祖父への敬慕は変わらなかったのに、祖父は才雄を見捨てた。一族の恥と公言してはばからなかった。理解してほしかった。努力を認めてほしかった。なにひとつうまくできなくても、孫として受け入れてほしかった。

敬愛する祖父もいまや才雄の腹のなか。祖父が才雄を受け入れてくれなかったから、才雄が祖父をとりこんだのだ。痛快至極。これほど愉快なことはない。

「湯太宰は生きているぞ」

腸が躍るような心地を、静かな声が断ち切った。

「さきほど、そなたが喰い殺したのは私が用意した紙人だ。嘘だと思うなら、吐きだしてみるがよい。神呪を書きつけた、単なる紙切れにすぎぬから」

貞企が唇のまえに指を立てて何事かをとなえると、才雄は嘔気をもよおした。毛むくじゃらの身体を波立たせて胃の腑からせりあがってくるものを吐きだす。おびただしい羽虫とともに口から飛びだしたのは、人のかたちをした小さな黄麻紙だ。

「そなたがすすった紙人の血は私のものだ。妖気におかされた軀に私の血は猛毒も同然。ほどなくしてそなたのなかで生きる厲鬼は死に、そなたは人に戻る」

貞企は左手で大きな半月を描いた。それは鉄漿《かね》を塗ったように黒い長弓になり、貞企が右手で矢をつがえる動作をすれば、銀の鏃を持つ矢があらわれる。

「罪を償え、湯大人。そなたは鬼ではない、人なのだ。人として己が罪にむきあえ」

矢が放たれる直前、煮え滾る激情のままに才雄は跳躍した。人などという脆弱な生き物に戻るつもりはない。才雄は厲鬼として生きるのだ。いや、いまの姿こそが本物の湯才雄なのだ。ほかの何者にもなりたくない。すくなくとも祖父を喰らうまでは。

――こいつはどんな味がするだろう？

才雄は……かつて湯才雄であった漆黒の化け猿は貞企めがけて虚空を蹴った。

羽虫の群れが鼻づらに迫り、美凰はとっさに軒車から飛び降りた。地面に足をつくまえに腐肉の臭気が追いかけてくる。予想よりも速い。思わず息をのんだとき、呼びかけるまでもなく飛びだしてきた高牙が厲鬼に襲いかかった。

厲鬼が高牙を相手にしているうちに、美凰はさらにあとずさる。翬飛矢《きひや》を射るには距離をとらなければならない。周囲にはりめぐらせた結界ぎりぎりまでさがり、黝《ゆう》弓《きゅう》をかまえる。銀の鏃で厲鬼を狙うが、厲鬼の動きが速すぎて狙いがさだまらない。

視界が空転するかのごとく、厲鬼と高牙はもつれあい互いを喰らいあう。それはさながら巨大な翳と翳の衝突であった。黒煙のような毛並みがぶつかりあい、どちらのものともわからぬ咆哮がほとばしって、砂礫《されき》を巻きあげながら怪風が吹き荒れる。

湯才雄は人に戻ることを拒んでいる。厲鬼のままでいたいと渇望するあまり、美凰の血――禘華のしずくによる禳解《じょうかい》に必死で抗っているのだ。時がたてばたつほど、才雄の魂魄は厲鬼のそれとまざりあってしまう。完全に融合してしまえば、翬飛矢で射ても人に戻せない。急がなければならない。一刻も早く才雄を引き戻さなければ。

――私のように、なってはいけない。

禘華と景蝶に毒されて、美凰は人の世の軛から外れてしまった。もはや人として生きることはかなわず、人として死ぬこともかなわない。おなじところに堕《お》ちてはいけない。美凰の轍を踏んではいけない。人として生まれたからには、人として生きなければ。すくなくとも、天命が尽きる瞬間までは。それが人の生を享《う》けた者の義務だ。

翬飛矢をつがえたまま息を殺す。高牙が厲鬼の脚に喰いついたのを視線のさきにとらえた。暴れくるう厲鬼に狙いをつけて翬飛矢を放とうとした刹那、厲鬼が一転して高牙の頸部《けいぶ》に嚙みつく。肉を喰いちぎられ、高牙は低くうなってあとずさる。傷口からこぼれる血は鬼火とおなじ色。墨水のなかに落とした青い染料のように妖気がたちのぼる。美凰はすかさず駆けよろうとした。しかし、厲鬼のほうが速かった。

厲鬼は雷のごとく疾走してくる。火炉のような両のまなこに美凰だけを映して。四つ足で駆ける化け猿の背中を、手負いの高牙が追う。肉をそがれた頸部から青々とした鮮血をしたたらせながら。美凰は反射的に翬飛矢を放つ。銀の鏃は冴《さ》えた音を立てて闇を貫いたが、そのきらめきが厲鬼の眉間を射貫くより速く厲鬼が消えた。否、跳躍したのだ。二本目の翬飛矢をつがえようとしたときには厲鬼がこちらに前肢をのばしていた。羽虫まじりの臭気に襲われるや否や、おぞましいほどの膂力で黝弓を弾き飛ばされる。その勢いにまきこまれて美凰の身体も横ざまに吹き飛んだ。

全身が地面に叩きつけられ、衝撃で呼吸がとまる。骨が軋むような痛みに耐えて両腕で上体を起こし、顔をあげた。そして息をのむ。鼻先にあったのは漆黒の闇。ぬらぬらと不気味に光る牙にふちどられたそれは、むせかえるような腐肉のにおいを吐き散らしながら、美凰の頭に喰らいつこうとしていた。

これくらい、恐れるに足りない。どうせ死にはしないのだから。

厲鬼に頭を喰いちぎられようとも命まで奪われはしないとわかっているのに、なぜか満身がすくんでいた。まばたきすらできず、ただわけもなくわなないている。

ふと、眼前の闇に荊棘《ろうげぼう》奇案の情景が映しだされた。ふりおろされる斧《おの》、襲いくる長刀、叩きつけられる狼牙棒《ろうげぼう》。真っ赤な血飛沫が視界を塗りつぶし、打ち鳴らされる鐘のように激痛が鳴り響く。命乞いは黙殺され、美凰を罰するためにありとあらゆる武器が用いられる。返り血を浴びて嗤笑《ししょう》する青年は、かつて美凰にやさしい笑みをむけてくれたひとで。君が愛《いと》しいとささやいた端整な唇は、いまや美凰を呪い、美凰の死を願うことしかしない。もっと苦しめと、もっと泣きわめけと……。

「美凰！　下がれ！」

だれかが叫ぶ。声の主を捜す前に、美凰は飛びすさった。こちらに覆いかぶさっていた厲鬼の巨体がぐらつき、耳まで裂けた口から羽虫まじりの鮮血が飛び散る。厲鬼が地面にくずおれるのを見てはじめて、背後から斬りつけられたのだと悟った。

「無事か、美凰」

血まみれの大刀《だいとう》をひっさげ、天凱が問うた。だれに訊いている、といつぞやのように言いかえそうとしたとき、厲鬼が身をひるがえす。殺気を漲らせて天凱に襲いかかったが、さきほどより動きが鈍い。大刀のかたちをした化璧《かへき》に斬られたせいで妖気がもれているのだ。天凱の頭をつかもうとして突きだした右腕をあざやかに斬り落とされ、かえす刀で脇腹を斬り裂かれた。それでもなお、厲鬼は攻撃をやめない。全身から血潮を噴きだしながら、残された左腕で空を引き裂き、汚臭と羽虫を吐きだして牙をむく。血を流せば流すほど、飛びださんばかりに見ひらかれた双眼には激憤の炎が滾る。荒れくるう咆号は迅雷のごとく石敷きの地面を震撼させた。

――もう十分であろう。

これ以上はだめだ。天凱の化璧は強すぎる。才雄ごと厲鬼を葬ってしまう。

美凰は弾き飛ばされた黝弓をつかみ、翟飛矢をつがえた。慎重に狙いをさだめ、暴れくるう厲鬼を射る。銀の鏃が血濡れたひたいに深々と突き刺さった瞬間、月をゆすり落とすほどの叫喚が響きわたった。厲鬼はのたうちながら倒れこむ。地面にうずくまった漆黒の化け猿は見る間に小さくなり、人らしい大きさに戻った。

念のために駆けよって脈を診る。意識はないが呼吸は保たれており、厲鬼の血の気配も消えていた。安堵して結界をとく。ひっそりと静まりかえった街路の風景が戻ると、結界の外にひかえていた皇城司の武官たちが駆けこんできた。

「お怪我はございませんか、皇太后さま」

才雄に縄を打ちながら問うたのは、期限付きで皇城使に任命された孔綾貴だ。女好きのしそうな容貌にはいささか因縁があるが、素知らぬふりをして首を横にふった。

「私より主上を心配せよ。あの馬鹿め、結界の内側には入ってくるなときつく言いつけておいたのに。引きとめなかったそなたらも同罪だぞ。皇上《みかど》の盾となり剣となるはずの皇城司がみすみす主上を危険な場所に送りだすとは……」

「皇城使を責めるなよ。制止をふりきって飛びこんだ俺が悪い」

悪びれる様子もなく笑い、天凱は美凰のとなりにならぶ。蒐官服につつまれた長軀は返り血まみれだ。厲鬼の血は生者の身体を毒す。はなはだしい場合はふれただけでやけどすることすらあるが、さすがは亜堯というべきか、何事もないようだ。

「ひらきなおるな、阿炯。なぜ入ってきたのだ」

「あなたの血が流れるのを見たくないからだ」

「……馬鹿者。天子のくせに軽率すぎるぞ」

きつく睨みつけたが、天凱のおおらかな笑顔はくずれない。

「小言はあとで聞くから、高牙を手当てしてやれ。かすり傷だ」深手を負ったようだ。

「べつにたいした怪我じゃねえよ。かすり傷だ」

高牙は人の姿に戻っていた。不機嫌そうに口をねじ曲げ、首に手をあてている。

「見せてみよ。手当てが遅れると長引くぞ。急いで呪封《しけつ》しなければ」

美凰はちらりと天凱をふりかえった。

「そなたはさきに行け。すぐに追いかける」

茲冥教のねぐら、朧月観。その最奥に巣くう大法師を引きずりださねばならない。

朧月観は混乱の極致にあった。儀式の最中、事前に潜入していた如霞と星羽がひと騒ぎ起こしたからだ。無支奇を祀った井戸屋形から轟音《ごうおん》とともに水が噴きだし、篠突く雨のごとく広場に降りそそいだ。礫のような水滴は地面にふれるなり無数の蛇と化し、黒光りのする肢体をくねらせて道士たちや信徒たちの手足にからみつく。突然の変事に狼狽した彼らは、無支奇の逆鱗にふれたのだと悲鳴をあげて逃げ惑った。

「いや、無支奇さまではない！　この鬼のしわざだ！」

大柄な信徒が井戸の陰に隠れていた星羽をひきずりだした。松明《たいまつ》を突きつけられ、星羽は青ざめて縮こまってしまう。溺鬼にとって炎は脅威なのだ。

「そいつじゃない！　妖魔が外院《まえにわ》に駆けていくのを見たぞ！　あいつが元凶だ！」

天凱が暗がりから叫ぶと、信徒たちは星羽を置いて外院のほうへ駆けていった。

「大丈夫か？」

地面にへたりこんでいる星羽に歩みよる。星羽は脅かされた蛙《かえる》のようにびくりと飛びあがり、四《よ》つん這《ば》いになって井戸の陰に身を隠した。

「心配するな。俺は味方だ」

星羽は小さな頭をそろそろと出したが、天凱と目が合ったとたんにさっと隠れる。

「大法師がどこにいるかわかるか？」

「……さっきまでは地下牢にいたよ。でも、いまはいない。消えちゃった」

「消えた？」

「今日だけじゃなくて、ふだんからときどき消えちゃうみたい。如霞が言ってた」

美凰が来るまで身を隠していろと言いつけて、星羽と別れる。阿鼻《あび》叫喚《きようかん》の巷と化した広場を離れ、天凱はそそりたつ九層の高楼に駆けこんだ。漆を塗ったように暗い階を駆けのぼり、最上層にたどりつく。高楼は上に行くほど狭くなっているが、最上層にはがらんどうの部屋が一間あるだけだった。火の気のない室内を横切り、櫺子窓を開けて露台に出る。懐から扇子をとり出し、さっとひらいて頭上にほうり投げた。

扇子は月光を弾きながら舞い落ちてくる。天凱は剣を抜いてそれを十字に切った。石床に叩きつけられた繊細な白磁のごとく扇子は粉々に砕け、ひとつひとつのかけらが白き翼を持つ鳥となって眼下の坊肆に飛びたつ。それらは地上で右往左往する道士や信徒に襲いかかり、彼らの軀に巣くった妖魔の魂魄を喰らう。

——だれもみな、わが父のようになるな。

日に日に妖物に近づいていく養父の姿が脳裏によぎった。

「こっちだよ！」

星羽に手を引っ張られながら、美凰は駆けていた。たくみにからまりあう水の階《きざはし》を駆けおり、逆さ瀑布の牆《かきね》をいくつもとおりぬけてひらけた場所に出る。

突如として飛びこんできたまぶしさに目を射られ、一瞬めまいがした。

「ね、すごくきれいでしょ？」

そこはさながら元宵《げんしょう》の都大路であった。天井には蓮花《はちす》のかたちをした玻璃の器がびっしりとつりさげられている。器は翡翠の滴りのような水で満たされ、色とりどりの金魚がゆらゆらと泳いでいた。星羽が灯籠のようと称したのも無理はない。暗がりにぼうっと浮かびあがる金魚の群れは火樹銀花《かじゅぎんか》そのものである。

「金魚たちを壊しちゃうの？」

美凰が黝弓に翟飛矢をつがえると、星羽は残念そうな顔をした。

「壊すのではない。解き放つのだ」

ひきしぼられた弓弦が弾ける。翟飛矢は殷紅《くれない》の矢羽根をきらめかせて闇を貫き、玻璃の蓮花に突き刺さる。涼やかな破壊音が響いた。器は粉微塵《こなみじん》に砕け、閉じこめられていた金魚が躍りでる。金魚は紅緋《べにひ》の鱗で闇を弾いて空中を泳ぐ。薄紗《うすぎぬ》のごとき尾びれは徐々に青い炎となった。背びれが、腹びれが、胸びれが青く染まり、やがてひとつの鬼火と化す。美凰はつぎつぎに翟飛矢を射かける。玻璃の蓮花がつづけざまに砕け散り、金魚たちは水の封印から解き放たれて鬼火に変わっていく。

「如霞」

はあい、と翳のなかで気だるげな声がこだまする。直後、天井が振動した。はじめはささやかだった揺れがしだいに大きくなり、枯れ枝を踏むような空鳴りが響きわたって天井の中央にぽっかり穴が開いた。穴のむこうにはふっくらとした弓張り月。

「還《かえ》れ。そなたたちの軀《うつわ》に」

美凰が呪をささやくと、鬼火たちはすいこまれるようにして外界へ出ていく。天凱が棐山水に侵された者たちの軀を空にしてくれているはず。厲鬼は祓われているから、あとは人びとの魂魄が生まれ持った軀に戻ればいい。見鬼病による死者を生きかえらせることはできないが、彼らが己をとり戻すだけでも救いとなろう。

「やってくれたな」

くつくつと笑う声が聞こえて美凰はふりかえった。水銀色の道袍《どうほう》を着た人物が暗がりの沼に身をひたしている。闇にふちどられた面輪を見るなり、息がとまる。

「……雪峰さま」

柔和な眉目、微笑みがにじむ口もと。複雑な感情が喉をつまらせた。

「あなたが大法師だったのですか。なぜこんなことを」

「まだ気づかぬのか、美凰。いや、わが翡翠よ」

声が割れた。ひとつは敬宗のもの、もうひとつは――。

「……伯母さま」

姿かたちは道袍をまとった雪峰にちがいない。さりながら明器たちを居すくませるすさまじい魂気は、鬼道を操り天下を震撼させた凶后劉瓔のもの。

「どうして……なぜ、先帝の姿など」

「雪峰の骸《あれ》を喰ろうたのよ。封印を解くのに難儀したゆえ、禕華を回復させねばならなかった。軀は得られたものの、とんだ欠陥品じゃ。哀家《わらわ》の力をおさめるには……」

強風に吹き倒された燭火のように、雪峰の姿が揺らいだ。

「時間切れじゃ。忌ま忌ましい晟烏鏡《しろがらす》め、やつの光にあてられて軀がもたぬわ」

憎々しげに吐き捨て、霧のように薄らいだ手をこちらにのばす。

「また会おうぞ、翡翠。わが掌中の珠よ……」

指先が美凰の頬にふれる直前、雪峰の――凶后の姿はあとかたもなく消え去った。

「おい、聞いたか？　皇后さまは廃妃されないようだぞ」

勇成は回廊で綾貴を呼びとめた。

「見鬼病をひろめていた厲鬼が従兄の湯才雄であっただけでなく、湯太宰が朧月観から多額の賂《まいない》を受けとっていた事実もあきらかになった。さらに湯才雄は女官を蠱《むし》で操って主上に毒を盛っている。弑逆《しいぎゃく》は未遂でも大罪。本来なら湯一族には族滅令が下り、婦女子は奴婢に落とされ、皇后さまは廃妃となるところだが……」

「皇太后さまが強硬に反対なさったそうだね。廃妃ですむことではないと」

綾貴は退屈そうに欄干にもたれ、紫煙を吐いた。

「十分な毒味をせずに菓子を主上にさしあげたことはもとより、これまでの皇太后さまに対する数々の不遜な言動にたいへんお怒りになっていらっしゃるとか」

「ああ、宗長のおともをして謁見してきたが、恐ろしいほどの剣幕だったぞ」

――湯氏は主上の叔母たる哀家《わらわ》にたびたび盾突いたばかりか、龍床に召される妃嬪に嫉妬し、夜伽を妨害した。国母でありながら夫の叔母に仕えず、妃嬪を虐げ、宗室の子孫繁栄を妨げるとは不忠にして不孝、不寛容にして不道徳である――

「天子の后たるに値せぬ女子《おなご》が廃妃として史書に名を遺すなど汚らわしいとおっしゃって、宗正寺《そうせいじ》に后妃の名簿から湯氏を削除せよとお命じになった。湯氏は龍床に侍っていないので、主上と夫婦の縁を結んでいたとはいえない。湯氏の入宮自体を白紙に戻し、身柄は実家に帰して、金輪際、皇族に嫁することを禁じると」

湯氏は大婚せずに入宮した。大婚は笄礼《けいれい》後に挙行される予定だった。大婚していれば入宮の事実をなかったことにはできないが、大婚していなければ可能だ。

「要するに皇太后さまは湯氏にお慈悲をおかけになったわけだね」

廃妃となってしまえば、死ぬまで再嫁できない。まだ十にしかなっていない湯氏に生涯未婚の罰は不憫だと、劉太后は情けをかけたのだろう。

それが証拠に、劉太后は「金輪際、皇族に嫁することを禁じる」と命じた。裏をかえせば、皇族以外ならだれにでも嫁ぐことができるということだ。

「お慈悲をおかけになったのは皇太后さまだけではない。主上は湯一族に見鬼病の死者が多かったことを斟酌して、族滅令を下さないとおっしゃった」

厲鬼の頭目であった湯才雄は処刑されるが、湯一族は財産を没収され、冏都から追放されるだけですんだ。見鬼病で多くの犠牲が出たので、このうえ湯一族を誅九族《みなごろし》にして冏都に陰の気を蔓延させたくないというご宸念《しんねん》である。ただし、見鬼病の流行にひと役買っていた兹冥教の道観はすべてとりつぶされることになった。

「なんとか穏便におさまりそうだが……皇太后さまはどうなさるんだろう。厲鬼祓いにご尽力くださったらしいから、後宮に残ってもよいのではと思うが」

「おや、君は反皇太后派じゃなかったのかい？」

「皇太后さまが駆鬼なさっているなんて知らなかったからな」

今上は劉太后に密令を下して駆鬼をさせていたことを公表した。高官たちは半信半疑だが、厲鬼が祓われたことも、劉太后にその力があることも事実だ。

「鬼を従えることができるなら、鬼を祓うこともできるだろう。皇太后さまは凶后とおなじ力をお持ちなのだから、つかいようによっては有用じゃないか？」

「皇太后さまにむかって有用とは、大それたことを言うね」

「不敬を働くつもりはないんだが……凶后に対抗するには皇太后さまが必要じゃないかと思ったんだ。凶后は完全に滅ぼされたわけではなく、いつよみがえってもふしぎではない。いざというときに皇太后さまがいらっしゃれば、心強いだろう？」

亜堯たる今上と禬華を持つ劉太后が手を組めば、凶后を滅ぼせるのではないか。

「ずいぶん虫がよすぎる考えだね。荊棘奇案であれほど皇太后さまを虐げておきながら、今度は凶后を禦《ふせ》ぐために利用したいというのは」

薔薇棚《そうびだな》を見やり、綾貴は目を細めた。

「皇太后さまは羈袄宮にお戻りになるだろう。きっとそれがあのかたのためだよ」

「数々の非礼……ひらにご容赦ください」

安済房の様子をのぞきにいくと、天凱は丘文泰に叩頭《こうとう》で迎えられた。

「そうかしこまるな。いままでどおりでいい」

「いえ、そういうわけには……。主上に対してあまりに礼を欠いておりましたので」

「蒐官として会っていたのだから当然だ。むしろ、ひと目で皇上と見抜かれるほうが問題だぞ。おまえの目を欺けたということは、悪くない変装だったということだ」

最後の厲鬼狩りの夜、文泰は大法師を捜すため一足先に朧月観へむかっていた。大法師の気配をたどっている途中、見たそうだ。高楼から白鳥《しろがらす》を飛ばす天凱を。

「無礼であるだけでなく、浅学非才の身ゆえ、お役に立つこともできず……」

「謙遜はやめよ。囧都じゅうの安済房のなかで、もっとも死者がすくなかったのはおまえが管理していた安済房だ。幾たびも機会があったにもかかわらず、湯才雄が患者を皆殺しにしなかったのは、おまえが目を光らせていたせいだろう」

有能であればこそ、垂衣巷《すいいこう》の軒轅《けんえん》に残されていた凶后の残滓にいち早く気づいた。なおよかったのは、それを才雄には話さず、天凱に打ちあけたことだ。

「湯才雄を警戒したのは、やつの魂気《こんき》が脆弱だったからです。あれほど弱々しければ妖物に魅入られやすいだろうと考え、重要なことはなにも話しませんでした」

逆に天凱のことは、優秀な蒐官だとあたりをつけていたという。

「蒐官にしては陽の気が強すぎるとも思いましたが……」

それは仕方ない、と天凱は鷹揚《おうよう》に笑った。文泰が知らせてくれたおかげで、朧月観では凶后を警戒し、晟烏鏡であたりを照らしていた。

「して、今後はどうするつもりだ？　市井で野巫をつづけるのか？」

「そうするよりほかありません。俺は……私は禁台から逃げだした身ですので」

文泰は十三で禁台に入ったという。十五のころに凶后の迫害から逃れるためひそかに禁台を去った。その後はずっと野巫として活動してきたらしい。

「古巣に戻る気はないか」

文泰は物言いたげに口をひらいたが、結局、言葉にならない。

「無理強いはせぬが、考えておいてくれ。予には梟棊《てごま》がすくなすぎる。先帝が遺した禁台がまるであてにならぬゆえ、こうして蒐官の真似事などする始末だ。かようなことはいつまでもつづけられぬ。予は天子であって、蒐官ではないのだからな」

「おっしゃるとおりで。主上がたびたび先陣に立たれれば、百官の寿命が縮みます」

「百官に天命をまっとうさせるためにも、おまえのように有用な者がひとりでも多く欲しい。戻ってこい、文泰。いまなら榮大夫《えいたいふ》をくれてやってもよいぞ」

はあ、と文泰は歯切れ悪く苦笑した。

「ひとつお願いしたいことが」

懐から輪になった革ひもをとりだす。革ひもには玉石のかけらがとおされていた。

「こちらを皇太后さまにおかえしください」


今日も今日とて、美凰は宋祥妃につけまわされていた。

「皇太后さまぁ。いいじゃないですか、ちょっとくらい」

「いやだと言ったらいやだ」

「つれないことおっしゃらずに、どうやって厲鬼祓いしたのか、そこのところくわしく教えてくださいよー。ここだけの話にしておきますから」

「なにがここだけの話だ。書き物にするつもりだろうが」

「書くだけですよ。だれにも見せませんから。天地神明に誓ってほんとですって」

宋祥妃につきまとわれながら荷造りをする。といっても、わずかな書具や書物、燭《しょく》台《だい》などの小物なので、さして時間はかからない。

「これってなんですかー？　切り刻んだ絵？　ですかね」

宋祥妃が荷物をのぞいて剔紅《てきこう》の合子を手にとり、中身を玉案《つくえ》にひろげる。

「あ、わかった。先帝からいただいた姿絵でしょう。たしか、だれかに切り刻まれたんでしたね。下手人は見つからなかったんでしたっけ」

美凰が無言で睨むと、宋祥妃はいかにも能天気そうに笑った。

「怖い顔しないでくださいよー。取材しただけですから。私が思うに、下手人は身近にいる人物ですよ。だって、この絵が皇太后さまの大切なものだと知っている者は限られていますからね。まあ、順当に考えれば側仕えの宦官や女官、つまりは——」

「そこの手炉《しゅろ》をとってくれ」

玉案にひろげられた紙切れを合子に戻す。手炉を持った宋祥妃を連れて書房《しょさい》の外に出ようとすると、屛風の陰にいた眉珠が物言いたげに進み出た。彼女がなにか口にする前に、書灯《ともしび》を持ってくるよう命じる。美凰は内院に出て方塼《れんが》敷きの地面にしゃがみこんだ。合子から絵の断片を一枚とって、書灯の火をうつす。

「燃やしちゃっていいんですか？　大事なものなんでしょう」

「先帝は私を心底憎んでいらっしゃった。こんなものを私がいつまでも持っていては、先帝の御霊《みたま》が心安らかに眠れまい」

姿絵を切り刻んだのが眉珠であることは、絵の残骸を手にとった瞬間にわかった。宋祥妃が言うように姿絵のことを知る者は限られていたし、青檀紙《せいだんし》に染みついた香のにおいは眉珠のものだった。事実を知りつつも、あえて知らぬふりをしていた。彼女が自分を怨んでいるのなら、怨まれる理由があるのだろうと思ったからだ。

「そなたも手伝ってくれ」

火のついた絵の断片を手炉にほうり、眉珠をうながす。眉珠は視線を泳がせた。

「……皇太后さま、わたくしは」

「だれがやったのかは知らぬが、姿絵を切り刻んだ者には感謝している」

「……感謝、ですか？」

「実はいままでに何度もこの姿絵を処分しようとした。しかし、なかなか決心がつかなくてな。われながら未練がましいことだ」

また火をつけて手炉にほうる。紙が焼けるにおいが苦く胸に染みた。

「こうなってしまったおかげで、やっと処分する決心がついた。正直、助かったよ。情けなくも、案外、自分では思いきれないものだから……」

か細い煙が天にのぼっていく。過ぎ去った日々を燃やしながら。

「皇太后さまは……ほんとうに先帝を慕っていらっしゃったのですね」

気づかわしげな眉珠の声を聞き流して、美凰は姿絵を処分する作業に没頭した。


「帰りたくないわあ」

格天井に寝そべった如霞が艶っぽくため息をもらした。

「皇宮じゅうの潘郎《いいおとこ》をぜーんぶ食べ尽くすつもりだったのに、まだほんの味見程度だもの。ねえ、美凰。もうちょっと長居しないかい？　せめてあと十年ばかしさ」

「冗談じゃねえ。十年もこんな糞《くそ》みたいなとこにいられるかよ」

高牙は格天井で胡坐をかいて煙草をふかしている。

「なんだい、猫老頭子《じじい》。あんたも妃嬪だの宮女だのと楽しんだらいいじゃないか」

「皇帝の女なんかに興味ねえよ。羈袄宮で飯食って寝てるほうがいい」

「まったく、猫ってやつはぐうたらだねえ。星羽、あんたはあたしと同意見だろ？」

「ぼくも帰りたいよ。後宮《ここ》って男のひとが多すぎて怖いもん」

星羽は明日着て帰る服をたたんで寝支度をしている。もちろん、格天井でだ。

「またそれかよ。後宮には男なんかいねーって何度も言ってるだろ」

「そうさ。宦官は男じゃないよ。大事な陽物《もの》がついてないんだからね」

「大事な陽物って？」

「自分の股座《またぐら》を見てごらんよ。そこにぶらさがってるもんさ」

「またぐら？　うーん、なんのことかわかんない」

「おまえな、いい加減かまととぶるのやめろよ。ほんとは知ってるんだろ」

「ぜーんぜん知らないよ。だって、ぼく、童子《こども》だもん」

「嘘つけ。五十年前に死んでるんだから五十四だろうが。いい年したおっさんが物を知らねえ小鬼《がき》のふりなんかするなよ、気色悪《わる》りぃ」

「みおー！　高牙がひどいこと言うよお！」

星羽が嘘泣《うそな》きしはじめたとき、苦虫を嚙み潰したような顔の鹿鳴が入室してきた。

「皇太后さまにお目にかかりたいと申す者が来ております」

「だれだ？　こんな時間に」

美凰は第七段錦《だんきん》の動作をといて首をかしげた。とっくに湯浴みをすませ、夜着に着がえている。寝る前の習慣である八段錦《はちだんきん》を行っていたところだ。

「皇太后さまの昔なじみで、阿炯と名乗る者です」

「阿炯だと？　いったいなんの用件だ」

「さあ、存じません。客庁でお待ちですので、お急ぎください」

鹿鳴に急かされ、上衣《うわぎ》を羽織って客庁へ向かう。客庁では梁《うつばり》からつりさげられた珠《しゅ》灯《とう》がぼんやり光っていた。薄明かりのなかに立つ人物を見て片眉をはねあげる。

「なんだ、その恰好は。まだ蒐官の真似事をやっているのか」

「龍袍《りゅうほう》姿でうろつくと、あれこれ詮索されるからな」

饕餮文の褠衣をまとった天凱が飛罩《らんま》の下で苦笑した。

「そうだな。皇上が夜更けに廃妃を訪ねるものではない」

「あなたはもう廃妃じゃないぞ。今後も皇太后のままだ。いままでよりも頻繁に勅使が羈袄宮を訪《おとな》うことになるだろうが、追いかえさないでくれ」

「監視のためか」

「実の母子でなくても、皇帝は皇太后を敬うものだ。あなたを軽んじたら、俺は不孝者になってしまう。だから、言葉を飾らずに言えば保身のためだな」

「よいだろう。皇上の体面はなにより大事だ」

美凰がうなずくと、天凱は懐から革ひもをとりだした。

「丘文泰からあずかってきた。これをあなたにかえしてほしいと」

「私に？　なぜ？」

「あなたからもらったものだからだそうだ」

輪になった革ひも。その中央には翡翠のかけらがとおされている。

「十二のころ、文泰は病身の弟を抱えて苦労していた。両親はなく兄弟ふたりだけの暮らしだ。身を粉にして働けど、小鬼の稼ぎなど知れたもの。薬代にもならない」

ある日、文泰は大路をとおる香車《くるま》を見た。香車の主はいまをときめく翡翠公主。護衛の武官たちを恐れて人びとが遠まきにするなか、文泰は香車に駆けよった。

「翡翠公主が自分とおなじ年ごろだと聞いて、助けてもらおうとしたという。われながら無謀なことをしたと文泰は笑ったが、あながち無謀でもなかったわけだ」

文泰を追い払おうとする武官たちをとめ、翡翠公主は紗帳越《まどかけご》しに彼の話を聞いた。

「まあ、かわいそうに」

紗帳の隙間から出てきた白い手は翡翠の手鐲《うでわ》を握っていた。

「わたくし、銀子を持っていないの。これで薬代になるかしら？」

足りなければもうひとつあげると言われ、文泰はひとつで十分だと答えた。

「弟君が早く元気になるよう祈っているわ」

文泰が惚《ほう》けているあいだに、香車は走り去った。

「手鐲を割ってすこしずつ銀子に換え、弟に薬を買っていたらしい。弟の病は癒えなかったものの、翡翠のかけらは残った。いつか翡翠公主に会って、もう一度、きちんと礼を言おうと思っていたが、紅閨の変が起きてそれどころではなくなった」

天凱は美凰の手をとり、革ひもの項鏈《くびかざり》を手のひらにのせた。

「自分でわたせと言ったが、気恥ずかしいそうだ。意気地のないやつだろう？　しかしまあ、新任の榮大夫の頼みとあっては断れぬので、俺が持ってきたわけだ」

「丘大人が榮大夫になるのか。それはよい。そなたも気が楽になるであろう」

しかしこれは受けとれぬ、と美凰は項鏈をかえす。

「一度、贈ったものだ。もう私のものではない」

「あいつもあなたなら受けとらないだろうと言っていた」

「……だったら、持ってくる必要はなかったではないか」

「必要はあったさ。あなたに救われた者がいたことを知ってもらうために」

天凱が項鏈ごと美凰の手を握る。視界が一変し、やわらかなあかるさに目を射られた。気がつくと、桃林のなかにいた。四方に咲きほこる桃花が豊かな雲のごとくふわふわと下枝を揺らし、たおやかな香りをただよわせている。晟烏鏡が見せる幻だ。偽物とわかっていても、その精巧な春爛漫の景色に見惚れてしまう。

「文泰だけじゃない。俺もあなたに救われた者のひとりだ」

淡粉《うすべに》の雲をふりあおぎ、天凱は目もとをゆるめた。

「ゆめゆめ忘れるな。この世にはあなたを怨む者ばかりではないことを」

さあっと駆けぬけた風がにおいやかな雨のように花びらを降らす。

「いつか、あなたにかけられた景蝶の封印を解く。だが、いまではない。いま死なせたら、あなたは苦しみを抱えたまま鬼籍に入ることになる。死ぬことが救いだとは言わないでくれ。どうか生きて救いを見つけてほしい。なにかが、だれかがあなたの苦しみを癒やし、あなたが今生からの逃避ではなく、苦境から救われるためではなく、人間らしく人生をまっとうしたいと純粋に願ったとき、景蝶を祓おう」

言葉にならぬ言葉を抱えたまま、美凰は立ち尽くしていた。

「そのときが来るまで、毎年ふたりで桃花を見ないか」

「……なぜ、そなたが」

「先帝の代わりをつとめようなどと、おこがましいことを言うつもりはない。だが、俺だってあなたを娶るはずだった男だ。すこしはその資格があると思う」

「資格……？」

「あなたと約束をかわす資格だ」

たわわに花をつけた枝を手折り、天凱は美凰の髻にさした。

「だれしも生まれかたは選べない。死にかたも選べないことが多い。しかし、生きかたまで天にゆだねるな。自分で選べ、美凰。あなたの生きかたはあなたのものだ。たとえなにがしかの制約があったとしても、すべての夢が完璧に実現しなかったとしても、己が選びとった道は、選ばなかったそれよりも、はるかに美しい」

雨がしたたったように、こちらを見おろす天凱の面輪がにじんだ。

美凰は目をそらした。風にそよぐ桃花に見惚れているふりをする。

「……きれいだ。とても」

髻にさした淡粉の簪は幻とともに消えてしまうだろう。

けれど、この胸にきざしたぬくもりは、とこしえに消えない。そんな予感がした。

―――本書のプロフィール―――

本書は書き下ろしです。

小学館文庫

# 廃妃《はいひ》は再《ふたた》び玉座《ぎょくざ》に昇《のぼ》る
## 耀帝後宮異史《ようていこうきゅういし》

著者　はるおかりの

二〇二〇年七月十二日　初版第一刷発行
二〇二〇年八月二十二日　第三刷発行

発行人　飯田昌宏
発行所　株式会社 小学館
〒一〇一-八〇〇一
東京都千代田区一ツ橋二-三-一
電話　編集〇三-三二三〇-五六一六
販売〇三-五二八一-三五五五
印刷所――大日本印刷株式会社



ISBN978-4-09-406794-1